公爵家の図書係は恋をする

キース・ラーセンへ

ひとくちに狼といっても、すべての狼が
おなじ種類だというわけではなく、
なかにはなかなか如才ないのもいて、
騒ぎもしなければ、不機嫌でもなく、激昂《げっこう》しやすくもなく、
馴《な》れ馴《な》れしくて、愛想がよくて、穏やかで、
若いお嬢さんたちのあとを追いまわし、
家のなか、閨房《けいぼう》のなかにまで付いてきたりするものです。
ああ、しかし、知らない人はいないでしょう、
そういうやさしげな狼こそ、あらゆる狼のなかで
もっとも危険な狼だということを。

――〈赤頭巾ちゃん〉シャルル・ペロー
（『眠れる森の美女　シャルル・ペロー童話集』村松潔訳／新潮文庫）

主な登場人物

ティファニー・ウッダール……………ボーフォート公爵家の図書係
サミール・ラスロップ……………書店主。治安官
キャサリン・ボーフォート……………公爵夫人
トーマス・モンターギュ……………キャサリンの養子。アフリカ出身
ペレグリン・ボーフォート……………キャサリンの息子。愛称はボー
シメオン・フォード……………ボーフォート公爵家の執事
エミリー・ジョーンズ……………キャサリンのレディーズ・メイド
ユーフェミア・ドラモンド……………ボーの家庭教師
メアリ・ジョーンズ……………ティファニーのメイド。エミリーの妹
フランク・デイ……………パブの店主
ジェシカ・デイ……………メアリの親友。フランクの娘
カロライン(カーロ)・アンスティ……………葬儀屋の娘
ローレンス・ハドフィールド……………ブランブル農場主
サー・ウォルター・アブニー……………準男爵。治安判事
ヒゼキヤ・ハドソン……………医師
ミセス・バログ……………ハドソン医師の家政婦兼助手

1

ミス・ティファニー・ウッダールは四十歳で、母親になったことはない。彼女は独身だから、これはこれでいいことなのだろう。とはいえ、毎月、月のものがやってくるたび、子どもがいないことを思い知らされるという痛みがなくなるわけではない。今朝も、すでに当て布《ラグ》から経血が浸みだし、いつになく下腹部がしくしくしている。

「ほんとうにパンをちっとも食べなくていいんですか？」きらきらした青い目と艶やかな髪の持ち主で、ティファニーと同居する若くてかわいらしいメイドのメアリが訊いた。

ティファニーはなにか言おうと口をひらきかけたけれど、すぐに閉じて指先で口許を覆った。台所にいるだけで、あらゆるにおいにすっかり参ってしまう。しばらくすると平静さをとりもどすことができた。「薄い紅茶だけでいいわ、メアリ。残念だけれど、今朝は食べられそうにないの」

メアリは磁器製のカップに注いだ紅茶を持ってくると、頭をふるふると振ってから、テーブルについて座るティファニーの向かいに腰をおろした。メアリの皿には、トーストと卵がいっぱいに載っている。「もう少し食べないといけません、ミス・ティファニー。でないと

ドレスをぜんぶ、お直しすることになります。どんどん痩せていますから」

「じきに食欲はもどるわ」

メアリはフォークの先をティファニーに向けた。「ブラック・コールドロン・パブのミセス・デイが言っていましたけど、あなたがやつれているのは、例の書店主のことを思うあまりなんですよね」

ミスター・サミール・ラスロップ。ティファニーは紅茶にむせた。ゴホゴホと咳きこみ、ナプキンを口許に当てる。「彼女といつ話したの?」

片方の肩をすくめ、メアリは鼻を鳴らした。「村に行ったときですよ。ミセス・デイの娘のジェシカとは友だちなんです」

ティファニーはもうひとくち紅茶を飲み、昨年の九月、自分の裁判のまえの夜に、サミールが言いかけたことを途中で止めなければよかったと思った。そう思うのは、これで何千回目かわからない。あのとき、サミールは言った。「ティファニー、話しておかないとならないことが――」

ティファニーはその先を言わせなかった。昨年、このコテッジを失いたくなくて、異母兄のユライアになりすますという愚かな行ないに出たせいで、監獄に行くか首を吊られるか、わからなかったからだ。翌日にボーフォート公爵夫人が現れ、巡回裁判所の判事を説得してティファニーに対する告発を取りさげさせるという救いの手を差し伸べてくれるとは、思っ

ても いなかった。あの夜、サミールの話を止めてさえいなければ。ティファニーは心の中で、彼のことばの続きをいくつも考えていた。

愛している。
ぼくと結婚してくれないか？
きみの子どもたちの父親になりたい。
子どもたちのために図書室をつくろう。

でも、サミールはあのときのことは二度と話題にしなかった。それどころかあれ以来、ティファニーは彼とふたりきりになったことはない。メアリがいつもいっしょにいるし、自身の評判も、異母兄のユライアになりすましていたせいで少しばかりぐらついているからだ。そのうえサミールは、メイプルダウンの治安官という立場であるため慎重にならざるを得ない。それでもティファニーは、結婚を申しこんでほしいと願っている。サミールのことはどこまでも愛しているし、彼の妻になること以上の望みはないのだから。

ティファニーは兄の懐中時計を取りだし、時間を確認した。「たいへん、遅刻しそう。また、お皿を片づけなくてごめんなさい。夕食のあとでわたしが洗うわ」

メアリは口唇の片方だけで笑ってみせた。「いいかげん認めてください、ミス・ティファニー。わたしはあなたの使用人ですよね？」

ティファニーも気づくと、口許をほころばせていた。五カ月まえなら、メアリは目を伏せてテーブルを見つめるばかりで、雇い主をからかおうなんて夢にも思わなかっただろう。物怖じしなくなったこの若い女性のことは、前よりもずっと好きになっている。

ティファニーは立ちあがったけれど、また下腹部が痛んだ。「認めているわ。でもね、わたしたちは雇い主と使用人という以上の間柄よ。わたしたちは友人で、わたしがあなたをうまく利用しようと考えているなんて思ってほしくない」

メアリはにっこりと笑った。「お給金もいただいて、勉強も教えてもらって、あなたを利用しているのはわたしのほうですよ」

ティファニーはメアリの肩をぽんぽんと叩いた。「とんでもない。家事を終えたら、アルファベットの書き取りの練習を忘れないでね。大文字と小文字、両方よ」

「ちゃんと練習します」

また片手で口許を覆いながら台所を出ると、ティファニーはカラシュ・ボンネットを被ってマントを羽織り、ブーツの下にあぶみを取りつけた。それから傘を摑《つか》む。雪か雨のどちらかが降りそうな天気のときは、どう備えるかはむずかしい。いずれにしても、アストウェル・パレスまでの道のりは泥だらけになるのだけれど。

ティファニーはもういちど大きく息をついてから、ブリストル・コテッジ——彼女自身の家——の扉を開けた。雨を降らそうか雪を降らそうか、空は決めかねているらしい。いまのところ、どちらも降らせている。ティファニーは傘をさし、通りまでの小径を歩きはじめた。

まっすぐ前を向いていたので、通り道になにか大きな物体があることに気づいていなかった。彼女はそれにつまずき、雪と泥の中へ顔から倒れた。傘が手から離れ、一メートルほど先まで飛んでいった。

手袋は濡れて泥にまみれた。ドレスのスカート部分もおなじように汚れた。いつもの通り道を、いったいなにが塞いでいるというの？　ティファニーはよろよろと立ちあがり、なににつまずいたのかを確認しようと、そちらに目をやった。

男性だった。

しかも、その身体の半分は雪に覆われている。ということは、この生気のない身体は冷たく、まずまちがいなく死んでいるということだ。肌に温もりがあれば、雪は解けるから。ティファニーの頬の雪が解け、涙で濡れているように見えるように。屈《かが》んで膝をつくと、この男性はずいぶんと背が高いことがわかった。うつぶせで顔は泥の中だけれど、身長は百八十センチちかくありそうだ。大男と言ってもいい。帽子は被っていない。後頭部とその付近の髪が血にまみれていた。

ティファニーはありったけの力をふりしぼり、死体をひっくり返そうとした。右手で押してから肩も使い、死体をゆっくりと仰向ける。脚はまだ、頑固に絡まったままだった。

ティファニーはその顔を知っていた。

泥だらけで血まみれでも、ミスター・バーナード・コラムのことはどこでだって見分けられただろう。

ティファニーは濡れた手袋の片方をむしり取り、彼の首に手を当てた。脈はない。肌は氷のように冷たく蒼白だ。片方の目は、真っ黒に塗りつぶされたかのようになっている。左の頰に、長いひっかき傷が四本ある。口唇は青く、雪が眉を凍らせている。死んでから何時間もたっているのだ。

この若いフットマンを好きだったことなどないけれど、死ねばいいともけっして思っていなかった、とティファニーは胸の内でつぶやく。

それに、このひとはわたしのコテッジの近くでなにをしていたの？

ティファニーのコテッジは、メイプルダウンの村から少なくとも一・五キロは離れている。コテッジの前の通りは、ボーフォート公爵夫人の住まいであるアストウェル・パレスへとつづいているけれど、彼はそのお屋敷での仕事を、五カ月まえに解雇されている。夫人の養子のミスター・トーマス・モンターギュに、とんでもない濡れ衣を着せたせいだ。そういえば、とティファニーは思いだした。バーナードの両親の農場はこの村の近くにある。

ミスター・コラムはだれに、どうして殺されたの？

つい昨年のこと、異母兄のユライアとお屋敷のレディーズ・メイド、このふたりが殺された事件を解決するのにティファニーはひと役買っていた。彼女は道の周辺をぐるりと見回した。雪が降りつもった泥の上には、頭を打ちつけるくらいに大きな石は見当たらない。凶器として使われたかもしれない、なにか細工されたようなものもない。動物だか殺人者だかが残したであろう痕跡は、みぞれがすっかり覆い隠していた。頰のひっかき傷は、運が悪いこ

とにオオカミかクマに出くわしてしまったことを示しているかもしれない。ティファニーは子どものころに読んだ、〈赤頭巾ちゃん〉を思いだした。祖母のコテッジを訪ねようと森にはいった少女が、祖母になりすましたオオカミにだまされる話だ。


「お祖母さん、なんて長い腕をしているの！」

「それはおまえをしっかり抱きしめるためだよ」

「お祖母さん、なんて長い脚をしているの！」

「それは速く走れるようにだよ」

「お祖母さん、なんて大きな耳をしているの！」

「それはよく聞こえるようにだよ」

「お祖母さん、なんて大きい目をしているの！」

「それはよく見えるようにだよ」

「お祖母さん、なんて大きな歯をしているの！」

「それはおまえを食べるためさ」（『眠れる森の美女　シャルル・ペロー童話集』村松潔訳／新潮文庫）

そうしてオオカミは少女を食べてしまう。ティファニーのコテッジは森の中にあるけれど、大きくて悪いオオカミの足跡は、ぬかるみに残されていない。馬車の車輪がつけたばかりと思われる轍《わだち》が二本、あるだけだ。というわけで、バーナードはひとの手にかかって死んだと、

ティファニーは考えるようになった。

もういちど息をつき、ティファニーは踵《きびす》を返してコテッジへもどった。水の中で磁器がカチャカチャと鳴る音が聞こえる。メアリが朝食で使った食器を洗っていた。お母さまのお皿がこの試練を耐えられますように。

「メアリ」ティファニーは呼ばわった。自分のメイドをおどろかせないように。「ちょっと災難があったみたい」

メアリはエプロンを着けたまま、台所からすばやく姿を現した。泥にまみれたティファニーを見て、目を大きく見開く。

「やだ、どうしました、ミス・ティファニー！　なにがありました？」

ティファニーはもう片方の手袋を脱いだ。「災難に遭ったのはわたしではなくて――というか、少なくとも深刻ではないわ。通りに死体があるの。コテッジの裏から町に行って、ラスロップ治安官に知らせてもらえないかしら。わたしが行ってもいいけれど、すでにとんでもなく仕事に遅れているから」

メアリはうなずいた。「災難があったなんて知ったら、小さな公爵は大喜びするでしょうね」

ティファニーは返事をする間《ま》も惜しみ、あぶみをつけたブーツを脱ぐと上階《うえ》にあがって、泥まみれのスカートを着替えた。ありがたいことに、泥はブラウスには跳ねていない。ほんの数分のうちにふたたびコテッジの扉から外に出て、彼女はアストウェル・パレスに向かう

道へともどった。今回は、慎重に死体を避けた。何回か規則的に深呼吸をして、傘をしっかりと摑んだ。雪交じりの雨が、着替えたばかりのスカートに浸みこんでくる。でも、まさか仕事に遅れるわけにはいかない。ボーフォート公爵夫人はただでさえ、お屋敷で図書係を務めていたユライアが亡くなったあと、彼の職にティファニーを就かせるという、とてつもない便宜を図ってくれたのだ。教育を受けた男性だけが就くことのできる職業なのに。とはいえ公爵夫人のほうも、ティファニーには恩義がある。夫人の養子であるトーマスの命を救うことになった証拠を見つけ、彼ばかりでなく夫人自身の命も救ったのは、ティファニーなのだから。それでもやはり、公爵夫人のひとの良さにつけこむようなことはしたくないと思っている。彼女のひとの良さというものをどう判断したらいいのか、わからずにいるけれど。夫人は予測のつかない間合いで、ティファニーのようすを確認しようと図書室に現れるのだ。そしてティファニーは、ちゃんと仕事に来ているかということからその仕事ぶりまで、なにもかもに対してお小言をちょうだいしている。

執事のフォードが、ティファニーのために調理場のそばの使用人用ドアを開けてくれた。

「遅刻ですよ、ミス・ウッダール」

年配の執事は鳥のくちばしのような鼻をして、右脚をわずかに引きずっている。いまは非難するような表情を見せていた。

ティファニーはゆっくりと息を吐きだした。「今朝、とんでもないことがあったからで、断じてわたしの落ち度ではありません。コテッジの前で死体を見つけてしまったんです」

メイドたちが食器をゴシゴシ洗う手を止め、ぎょっとしたようすでティファニーに目を向けた。シェフのムッシュー・ボンがボウルと泡立て器を手にしたまま、調理場から出てきた。ティファニーが名前を知らない庭師たちまでも、腰をおろした椅子の上で身を乗りだした。好奇心で目を大きく見開き、彼女をじっと見つめる。

「それは浮浪者でしたか？」フォード執事が訊いた。

バーナードの真っ黒な目と頰のひっかき傷が頭の中によみがえる。ティファニーは頭を左右に振った。

家政婦長のミセス・ホイートリーは小柄で、均整の取れた体軀をしている。鋭い目は緑色だ。その目がいま、ティファニーに焦点を合わせている。「だれなのでしょう、ミス・ウッダール？　わたしたちの知る人物かしら？」

ティファニーはここでもまた、思わず片手を口許に持っていった。死体を見つけたときのことを思いだし、吐き気が喉元にこみあげてくる。どうにか、短くうなずいた。「残念ながら、そうでした。死体はバーナード・コラム、以前、こちらでフットマンをしていました」

ムッシュー・ボンがなにやらフランス語でまくし立てた。勢いこみ、とんでもない早口だ。ティファニーには、彼の言っていることはひと言も理解できなかった。かつて学校で習ったフランス語は、彼《か》の国からやってきた使用人が話すことばとは似ても似つかないと、とっくに知っていた。ティファニーはメイドや馬丁や庭師たちをぼんやりと眺め、そこで交わされる会話を聞くともなしに聞いた。そうしながら、泥だらけのあぶみを取りはずす。それは、

泥をよけてティファニーの靴をきれいなままにしておくという役目を、まったく果たしていなかった。それから彼女はマントとカラシュ・ボンネットを脱ぎ、傘を壁のフックに掛けた。

フォード執事が咳払いをすると、彼が国王だとでもいうように、みんなの話し声はすぐにぴたりと止んだ。「おしゃべりはここまでです――仕事にもどってください」執事は言った。それから、鳥のくちばしのような鼻先をティファニーに向ける。「この件は治安官には知らせたのでしょうね?」

ティファニーはうなずいた。「メアリに行ってもらいました。わたしはすでに遅刻しているのに、これ以上、遅れるわけにはいきませんでしたから」

執事はハンカチーフを取りだしてティファニーに渡した。「右の頰です、ミス。泥がわずかについていますよ。ラスロップ治安官が到着したら、図書室に行ってもらいます。死体を発見した状況を、あなたに聞きたいと思うでしょうから」

ティファニーは白い布で頰を拭い、そこに大きな茶色い痕が残ったのを見て決まり悪くなった。

「治安官はおそらく、使用人のみなさんにも話を聞きたいと思うでしょう。ミスター・バーナード・コラムには、この中に友人も敵もいましたから」

ティファニーはハンカチーフを執事に返そうとしたけれど、彼はほんのかすかに頭を振った。銀髪は一本も乱れない。受けとってもらえない気まずさで顔に血がのぼるのがわかり、ティファニーは白い布を、スカートの中で腰に巻いたポケットにしまった。

フォード執事はもういちど、喉を鳴らした。「殺人について、ただちに奥さまに報告します。お知りになりたいでしょうから」

ティファニーは乱れたカールをうしろになでつけてからすばやくお辞儀をすると、威厳を備えた執事の前から姿を消した。けれど、使用人用宿舎を出て中央の廊下を歩いているときになってはじめて、フォード執事が殺人ということばを使ったことに気づいた。彼女はコテッジの前で死体を見つけたと言っただけで、死体の状態についてはひと言も触れていなかったのに。

2

図書室のドアを開けたとたん、ティファニーは木製の剣を手にした六歳の無法者から、荒々しい声で迎えられた。

「降参しろ、船底のネズミ《ビルジ・ラット》め！」彼は甲高く甘い声で、海賊が名付けた侮辱的な名前でティファニーを呼ばわった。声の主の髪は、天使のように黄金に輝いている。その色はほとんど赤褐色と言ってもよく、小さな顔の周りでくるくると巻き毛になっている。顔の中でいちばん目立つのは茶色い目で、鼻は小さくて丸く、頬はバラのようなピンク色、歯は小ぶりで鋭い。頭に巻いたサッシュ以外、身に着けているものはシルク製だ。すぐに、幼いボーフォート公爵だとわかる。つまり、ペレグリン・フランシス・アルフレッド・デイヴィッド・アースキン卿。名字の〝ボーフォート《Beaufort》〟にかけて、ティファニーは彼を〝ボー《Beau》〟と呼んでいた（beauには〝美しい〟という意味がある）。

彼は鋭く完璧にまっすぐな歯を見せて、ティファニーに笑いかけた。このお屋敷のひとはだれもが彼の言いなりになってしまうけれど、そうなる理由をティファニーはちゃんとわかっている。彼女自身も言いなりだ。

ティファニーは片手を額《ひたい》に当て、彼に敬礼した。「ウッダール一等航海士、ただいま参上しました、キャプテン・ボーフォート。遅れて申し訳ありません——真っ先に対処しなければならない出来事がありましたせいです」

ボーは木製の剣をおろした。目を大きく見開いている。「どんな出来事？　血や内臓もあった？」

殴られて血まみれになったバーナードの頭部を思いだし、ティファニーの胃がしくしくと痛んだ。慌てて片手を口許に当て、何回かゆっくりと呼吸する。「ひどい話ですが、ありました、キャプテン。このお屋敷でフットマンを務めていた男性が亡くなっていました」

「どのフットマン？」

「ミスター・コラムは憶えていますか？　髪の色が淡い、とても背が高いフットマンです」

ボーは頭を横に振った。「憶えてない。でも、その死体を見られる？」

「見られません。お見せしたら、わたしがあなたのお母さまに殺されます」

ボーはへそを曲げた。「でも、ぼくはティファニーのキャプテンだよ！」

ティファニーは肩をすくめた。「でも、わたしはあなたのお母さまからお給金をいただいているのですよ」

彼の小さな顔には、はっきりと反抗的な表情が浮かんでいる。ティファニーはこみ上げる笑いを抑えなければならなかった。夫を亡くした公爵夫人から、図書係としての仕事のほかに息子の教育も任せると言われたとき、ティファニーはかなり困惑した。ただその取り決め

は、ふさわしい女性家庭教師が見つかるまでの一時的なものにすぎない、と夫人は保証した。それから五カ月が過ぎ、彼女は適切な候補を探すつもりがあるのかと、ティファニーは訝《いぶか》っている。そしてある部分では、探さないでほしいと願っていた。ティファニーには子どもと触れあった経験はあまりない。ましてや、すでに公爵となった、いばりちらす六歳児とは。でも、ボーにはすっかりハートを奪われてしまい、まるで自分の子どもだというように、彼に愛情を注いでいた。幼い少年は、ティファニーの人生にぽっかりと空《あ》いた穴を埋めてくれる。

「『ガリヴァー旅行記』を読みはじめたら、キャプテンのご機嫌は直りそうですか？」ティファニーは訊いた。「単語の綴りと発音の練習は、昼食を終えたあとにしませんか？」

ボーは木製の剣を放り投げてテーブルに走って向かい、分厚い本を手に取った。それをティファニーのところに持ってくると、暖炉のそばの長椅子に、ふたり並んで腰をおろした。ボーは頭をティファニーの腕に預け、ティファニーは身体中が温かくなるのを感じる。

「さて、どこまで読みましたっけ？」

「ガリヴァーはイングランドにもどってきたけど、また旅に出るんだ。それで、インドの近くで海賊に襲われるの。でもそのとき、飛ぶ島のラピュータに助けられたんだ。その島ではね、武器じゃなくて数学で戦うんだよ」

まあ、だいたい合っているわ。

ボーにはどうにかして、数学をより楽しいと思ってもらわなければならなかった。空を飛

ぶ島に乗り、数字を使いこなしながら世界を駆けめぐる海賊よりもおもしろいものが、ほかにある？ わたしの改変で著者のジョナサン・スウィフトが気を悪くしませんように、とティファニーは願った。

飛ぶ島の国王の領土となっている陸地は、普通《ふつう》、バルニバービと呼《よ》ばれており、その首都は、前にも述《の》べたとおり、ラガードと呼《よ》ばれている。（『ガリヴァー旅行記』坂井晴彦訳／福音館書店）

ティファニーは何ページかを読み聞かせ、小さな相棒が興奮していることに気づいた。あきらかに戦闘態勢にはいっている。

ティファニーはバタンと大きな音を立てて本を閉じた。「キャプテン、前方に海賊を発見しました。椅子五つとテーブルふたつの先です。海賊がここにやってくるまでに越える椅子とテーブルは、合わせていくつでしょう？」

ボーはぱっと立ちあがった。「七つだ！ 剣を取れ、ウッダール一等航海士」

もういちど言ってもらう必要はない。ティファニーは走って図書室を横切り、自分の木製の剣を摑んだ。ボーの横にもどり、荒くれ海賊がいるという設定で、ふたりそろっておもちゃの剣で空《くう》を切る。

「何人倒しましたか、キャプテン？」

「八人だ！」

「まあ、すごいですね」彼女は認めた。「わたしが倒したのはふたりだけです。合わせて何人でしょう？」

「十人だ。けど、またひとり倒した。だから、いまは十一人だ」ボーは言った。「けど、まだやってくる。船にもどるぞ！」

ティファニーはにやりとした。この寸劇の中で、梯子にのぼって海を進むところは彼女のお気に入りだ。ティファニーはボーにつづいて、高さが五メートルほどの鉄製の梯子へ向かった。彼はひょいひょいと梯子をのぼっていく。船に帆を張るためにマストをのぼる船員のように。ティファニーは梯子の一段目に足を掛け、キャプテンがうなずくのを待ってから、その足で梯子を押しだした。梯子は書棚の前を滑り、部屋の反対側へと航行をはじめる。

べつの書棚にぶつからないよう、彼女は足をおろして梯子を止めた。「追い詰められました、キャプテン。戦わないとなりません！　女の海賊が四人と男の海賊が五人います。海賊はぜんぶで何人でしょう？」

ボーは剣を放り投げたけれど、ありがたいことにそれはティファニーから数センチ離れたところに落ちた。ボーは両手を広げ、指で九と示した。

「完璧です、キャプテン。ですが、ご自分の剣をお取りください」

「あい、一等航海士」ボーは彼女のことばに従い、梯子をおりて木製の武器を拾った。「宝物をいただこう」

ティファニーはうなずき、自分の木製の剣を、見えない敵に向かってぶんぶんと振り回し

た。

「もう戦わなくていいぞ、ウッダール一等航海士」ボーが指示した。「みんな死んだ。海の底に沈めないと」

ティファニーは言いつけられたとおりに剣を置くと、見えない敵をラグの端まで運び、空中に放った。

ボーがティファニーの手に剣をもどした。「では、ふたりで剣闘の練習をしよう」

「かしこまりました」ティファニーは言い、剣を顔の前に掲げる。「構え《アン・ガルド》！」

ティファニーもボーも、じっさいにはフェンシングの知識はなかったので、おもに剣をぶつけ合い、相手の武器を落とそうとした。交わす。打つ。ぶつける。

ティファニーが何歩か後退し、反撃に備える。そのとき図書室のドアが開き、ボーフォート公爵夫人がはいってきた。そのあとにレディーズ・メイドのエミリーがつづく。夫人の年齢はティファニーとおなじ四十代前半だけれど、そう言い当てられるひとはひとりもいないだろう。見事な鬘《かつら》と、美しいフランス製のガウンを身に着けているおかげと言える。彼女は歩く芸術作品だ。白粉《おしろい》をはたき化粧を施し、完璧に仕上がっている。エミリーはエミリーで、その若々しい顔、体つき、輝く茶色の巻き毛、飾らない美しさは、夫人とすばらしい対照を成していた。エミリーはメアリの姉だ。

公爵夫人が幼い息子に笑いかける。どちらかといえば冷たい、ふだんの顔とは大違いだ。

「あらあら、ふたりはまたリリパット国に行ってしまったのね」

「リリパット国にいたのは二週間まえだよ、お母さま」ボーは言い、母親のところに走っていって頬にキスをした。「先週はブロブディンナグ国で、今週はラピュータの海賊なの」

「数学を使いこなす海賊という設定です」ティファニーが補足する。「代数学と幾何学は、立派な略奪者になるには必要ですから」

「ぼくたち、ラピュータっていう飛ぶ島に乗ってるの。それで、下にいるひとたちに石を投げるんだ」ボーが言い足す。

ティファニーは顔をしかめ、ボーがそのことに触れずにいてくれれば、と思った。前日、ふたりは敷地にある湖に石を投げ入れて遊んだ。お屋敷にもどると、ボーは調理場の近くの窓に石をぶつけた。ティファニーは彼に、石を投げるときは建物やひとから離れたところでないといけないと、丁寧に言い聞かせたのだった。夫人がやってきたのは、その割れた窓のことで話をしたいからかも。ティファニーはぼんやりと考える。実質的には、わたしの責任なのだから。

「数学を使いこなす海賊はなにかを盗んだかしら、ミス・ウッダール？」ボーフォート公爵夫人が訊く。冷めた声色だ。

顔がかっと熱くなり、ティファニーはボーに視線を向けた。「キャプテン・ボーフォート、図書室の外では宝物を奪っていませんよね？」

「ティファニー一等航海士、それは、ふほ——うこう——い——だ」小さな両頬に、真っ赤な斑点が現れている。

「不法行為――もう少しでしたね。キャプテン、わたしはまじめにお尋ねしています。ですから、ほんとうのことをお話しください」

ボーは小さな片方の肩をすくめた。「たぶん」

ティファニーの胃がぎゅっとよじれた。髪の毛根からつま先にまで惨めさを感じる。

公爵夫人は咳払いをした。「エミリー、ボー坊ちゃんを散歩にお連れしてくれる？　しばらく歩かせておいてちょうだい」

エミリーは膝を曲げてお辞儀をした。「はい、奥さま」

「剣を持っていってもいい？」ボーが訊く。

「かまいませんよ」険しい口調で夫人は答えた。「でもコートを着て、散歩のあいだはずっと、ボタンをすべて留めておきなさい」

エミリーが幼い公爵に手を差しだし、ボーはその手に自分の手を握らせた。

ティファニーは息をのみ、口の中でふたたび苦いものが広がった。「わたしのコテッジに近づきすぎないようにして。ちょっとした出来事があったの」

レディーズ・メイドも死体のことを聞いているのだろう、真っ青な顔でうなずき、ボーを図書室から連れだした。ボーはふり返り、ティファニーに小さくウィンクをしてみせる。ほんとうに、かわいい子。

ふたりが出ていってドアが閉まると、自分が困った状況にいることをティファニーは悟った。公爵夫人はわたしの教え方がお気に召さないのだわ。

公爵夫人は長椅子のほうに移動した。暖炉の火のそば、ほんの少しまえに、ティファニーとボーがいっしょに座っていたところだ。夫人は指先部分のない優雅な手袋を嵌《は》めた手で、ティファニーも隣の椅子に腰をおろすよう合図した。ティファニーは言われたとおりにした。両手は腿に置き、かかとを交差させる。視線はずっと床に向けていた。

「いまはその時期なのかしら?」公爵夫人が訊いた。声の調子は先ほどよりも柔らかい。詰問するようでもない。

ティファニーはおどろいて顔をあげた。夫人が何の話をしているのか、よくわからなかった。「『ガリヴァー旅行記』の、ですか?」

優美に着飾った夫人は目をぐるりと回した。「お願いよ、ミス・ウッダール。あなたの具合が悪そうなことは、この目で見てわかります。月のものの時期なの?」

ティファニーはしくしくする下腹部をぎゅっと握った。「はい。ですが、ミスター・コラムの死体をコテッジの前で見つけたせいで、ひどくなったのではありません」

夫人は頭をゆらゆらと振った。「彼はほんとうにとんでもない若者だった。ろくな最期を迎えないことはわかっていたわ」

「その最期を、わたしの家の前で迎えることさえなかったなら、と思います」

公爵夫人はうなずいた。「ここ、アストウェル・パレスにも近いわ。トーマスがロンドンにいて、帰るのが二、三日先だということだけはありがたいけれど。ふたりがたがいに反目していたことは、ここの使用人にも村のひとたちにもよく知られているから。息子にまた疑

いの目を向けられるなんてことになっていたら、わたくしはどれほど哀しんだかしら」

ティファニーもやはり、ほっとした。トーマスとは監獄ですぐに親しくなり、たがいの身の潔白を証明しあった仲だ。ボーフォート公爵夫人は、養子であるトーマスの嫌疑を晴らしたティファニーにたいそう感謝し、ブリストル・コテッジとその周囲の三エーカーの土地を彼女に与えた。ティファニーは自分の家を持つことになった。

「トーマスはふさわしい家庭教師を連れてもどることになっているわ、ミス・ドラモンドとかいう名前の。ある教会区牧師の娘で、家庭教師としてすでに十年の実績があるそうよ」

ティファニーの表情が曇った。ボーといっしょに過ごせなくなったら、さびしいことだろう。図書係の仕事は、けっして骨の折れるものではない。幼い公爵に勉強を教えることは、彼女の日々の歓びになっている。ボーの笑顔。ボーと寄り添うこと。ボーのかわいらしさ。平らなお腹に手を当て、自分の子どもがいたら、とティファニーは思った。

「数学を使う海賊になれなくなるのはさびしいですね」

公爵夫人は短い笑いを洩らした。「石を投げる海賊がいなくなるのは、せいせいするわ。ええ、フォード執事が割れた窓のことを報告してくれました。でもボーは自分からも、執事とわたくしに告白したのよ。それに海賊の活動の一環として、お屋敷のあちこちから品物をいくつかくすねたことも話してくれたわ。あなたたちふたりには、くすねたものを今週中に返してほしいの、新しい家庭教師がくるまえに」

ティファニーはうなずき、〈ふたりが最初に手に入れた宝物――彼女のダイアモンドのク

ラスターピンもふくめ）なにをどこに隠したか、ボーが憶えていてくれますようにと祈った。

「もちろんです、奥さま」

公爵夫人は立ちあがってドアのほうへ向かい、その前で待った。ティファニーは慌ててドアまで行くと把手《とって》を回し、彼女に代わってドアを開けた。

「きょうはもうお休みを取ったらどう、ミス・ウッダール？」夫人は言った。「ラスロップ治安官はミスター・コラムの死体を見つけたことについて、あなたと話したいと思うはずよ。それにあなただって、個人的な件で彼を急かすこともできるのではないかしら」

「個人的な件とは？」

ため息をつき、ボーフォート公爵夫人は頭をふるふると振った。「結婚よ、ミス・ウッダール。自分自身の子どもがほしいなら、あなたとあなたの本屋さんはすぐにでも結婚なさい。ふたりとも、いまより若くはなれないのよ」

ティファニーの口はぽかんと開き、顔は真っ赤になった。けれど、公爵夫人は見ていなかった。なにも言わず、ティファニーに目を向けることもなく、ドアから出ていった。

公爵夫人はわたしたちの仲を取りもとうとしている？

ティファニーはそう考えてくすくすと笑った。それでも、ラスロップに会う目的を思いだして冷静になった。すぐに村に向かわなければならない。死体のことで彼と話すために。それに、自分の気持ちも。ひとの命はほんとうに短いと気づかせてくれるのに、死ほどうってつけのものはない。

3

ティファニーがコテッジの前まで来ると、ありがたいことにバーナード・コラムの死体はなかった。サミールがすでに収容してくれたにちがいない。ほんの少しだけれど、ほっとしないではいられなかった。メアリのようすを確認しようと、コテッジのドアを開ける。彼女の名前を呼ばわったけれど、返事はなかった。部屋をあちこち見てまわっても、どこにもろうそくは灯っていない。コテッジの中は暗く、冷え冷えとして、空《から》っぽだった。

いったいメアリはどこに行ってしまったの？

まだ村にいるにちがいない、とティファニーは思うことにした。手を洗い、きのうの残りのパンを取りだすと、自分のために一枚、切った。ぱさぱさだけれど、しくしく痛む気の毒なお腹をなだめるには役に立った。

ティファニーはまたカラシュ・ボンネットを被り、コテッジを出た。雨もみぞれもやんでいたのは、せめてもの救いだ。地面はあいかわらずぬかるんでいるけれど、彼女はメイプルダウンまでの道へと慎重に足を踏みだした。そうして歩けば、泥がつくのはドレスやペチコートの裾だけですむだろう。サミールの書店が目にはいると、鼓動が速まった。本やインク

やサミールのにおいほど、わたしが好きなにおいはないわ。ティファニーはそう思いながら自らを元気づけるように息を整え、あえて元気よく歩いてドアに向かい、それを開けた。

　サミールは店の奥にいた。いまにも出かけるとでもいうように、トライコーンハットを被り、コートを着ている。ティファニーが現れたことで、彼は身体を硬くした。ふっくらとした口唇が引き結ばれ、一本の線になる。ティファニーに会えてうれしいというより、戸惑っているというほうが、よりふさわしい。彼女の気持ちとしては、幸先のよいはじまりとはとうてい言えない。でも、サミールは自分の任務に集中しているのだ。彼の生真面目さは、ティファニーとは何の関係もない。

「わたしに会いに来るつもりだったの？」

「ああ。いや」サミールはそう答えながら片手で帽子を取り、もう片方の手で黒い巻き毛をなでつけた。「ミスター・コラムの農場に行って、息子が亡くなったことを伝えてから、きみに事情を聞こうと思っていた」

　バーナードの父親に会う。息子になにがあったかを話すのは気が重いだろうし、そんなことを聞かされたら、だれでも気を落とすだろう。

「わたしが同行してもかまわないわ、もしそうしてほしいなら。そういう用件をひとりきりで伝えに行くのは、気が進まないでしょうから」

　サミールは帽子を被ったけれど、ティファニーのことばは受けいれなかった。彼女を外に出すためにドアを開け、それから錠を掛けただけだった。そのままティファニーのコテッジ

に向かって、遠回りの道を歩きはじめる（近いほうは、シャーリー牧師の住まいの近くだ）。サミールに追いつくため、ティファニーは最初の何歩か、急ぎ足になるしかなかった。彼の足取りはいつになく速い。

「ミスター・コラムのことはよく知っている？」ティファニーは訊いた。彼女自身は、バーナードの家族のことはまったく知らない。

サミールは小鼻を膨らませた。「この十年、彼のコテッジの中にはいったことはない。意地悪な偏屈じいさんでね。いまの妻はふたり目で、彼女のほうはまだ、ましだ」

カエルの子はカエルというわけね、とティファニーは胸の内でつぶやいた。バーナードもやはり、不愉快な若者だった。外国人や、自分とはちがうところのあるひとたちを、まったく信用していなかった。彼がサミールやムッシュー・ボンのことを、これ以上ないくらい悪しざまにののしっているのを、ティファニーは耳にしたことがあった。

町のいちばん端にある住居の前を過ぎると、ティファニーは歩調を速めてぬかるんだ道を歩きつづけた。「こんなことを言うのに、いまがいちばんふさわしくないとはわかっているけれど……このところ、いい機会がないみたいで。というか、わたしたちがふたりきりになれる時間がないでしょう。つまり……わたし、えっと――」

サミールは立ち止まり、ティファニーをふり返った。こちらを見ないでほしかった、と思う。自分の気持ちを打ち明けるのに、彼の肩に向かっているほうが、面と向かうよりもずっとびくびくしないですむのに。

「なにかぼくに話したいの、ティファニー？」サミールが訊いた。その口調はやさしく、ティファニーを見つめる目はいっそうやさしい。

いろいろな疑念はあったけれど、サミールはわたしのことを気に掛けてくれていると、ティファニーにははっきりとわかった。でもそれなら、彼の愛情についてあらためて話してくれないのは、どうして？　以前、自分の気持ちを話そうとしたときにわたしが止めたから？

ごくりと息をのみ、ティファニーは深呼吸をした。「サミール、あなた――あなたのことを愛している。あなたもわたしのことをおなじように思っていてほしいと、そう、願っていたの」

彼の視線は、ふたりの下のぬかるみに落ちた。彼が息を吸って吐く音がティファニーの耳に届く。周りのあらゆるものさえも息を潜め、サミールの返事を待っている。一羽の鳥のさえずりも、一匹のハエの羽音もない。

「す――すまない。いまは、きみが望むことを言ってあげられない」サミールはそう言い、歩きつづけた。

ティファニーは頬を張られたように感じた。彼の拒絶は、魂の奥深くに突きささった。彼の気持ちをひどく誤解していたのだわ、と思った。願い、祈り、恋い焦がれていたこの何カ月。わたしが彼を愛しているように、彼もわたしを愛していると思っていたのに、彼のほうはわたしを友人としか思っていなかったにちがいない。泣くまいと思いながら、ティファニーはサミールのあとを追って道を歩いた。ぶたれた犬のように。耳の中がガンガンと鳴り、

脚はぶるぶると震えた。家に帰りたかったけれど、バーナードの父親に息子の死を知らせ、サミールにバーナードの死体を見つけたときの状況を説明するという、気が重いことを先にすませてしまうのがいちばんいいだろう。

サミールに追いついたときには、こぢんまりとした草葺《くさぶ》きの屋根のコテッジの扉は開いていた。サミールの訪問に応えて扉を開けた女性は、ティファニーよりもそれほど年嵩《としかさ》ではない。左目の周りに紫の痣《あざ》ができていた。それでも彼女は茶色い髪をきっちりと結い、ドレスもエプロンも清潔だった。

その女性はサミールとティファニーにお辞儀をした。「なにか用ですか、治安官?」

サミールは帽子を取った。「ご主人はいらっしゃいますか、ミセス・コラム?」

彼女は頭を横に振った。「息子たちと農場に出ていますよ、ちゃんとした仕事人とおなじで」

「そうですよね」サミールはそう言い、顎を引いた。「あいにくですが、哀しいお知らせを伝えにやってきました。あなたの義理の息子さんのバーナード・コラムは、今朝、路上で死体となって見つかりました……どうやら、殺されたようです」

ミセス・コラムはまた頭を左右に振り、歯を食いしばった。彼女は泣くのだろうとティファニーは思ったけれど、泣かなかった。

ミセス・コラムは汚れてもいない両手をエプロンで拭った。「あの子がろくな死に方をしないだろうことはわかっていましたよ。夫にもそう言ったのは、いちどだけではないわ。か

わいいバーナードに関する悪い話に、夫は耳を貸しませんでしたけどね。それで、なにが必要でここまで来たんです？　葬儀のお金のこと？　まぬけな牧師とやる気のない棺《ひつぎ》職人に、お支払いはしますと伝えてくれてかまいませんよ」

それだけ言うと、ミセス・コラムはふたりの面前で扉をバタンと閉めた。サミールの横にいるティファニーには、まったく目もくれようとしなかった。

4

「バーナードを見つけたときの話をしましょうか？」メイプルダウンまでもどりはじめると、ティファニーは訊いた。

サミールはティファニーのほうを見ずに答える。「ハドソン医師の家に行ってからのほうがいい。彼はいま死体を調べているところで、やはり詳しいことを知りたいだろうから。サー・ウォルター・アブニーは彼に、この件についてはより積極的に関わるよう要請したんだ」

ティファニーは口唇をなで、治安判事が村の医師に捜査への協力を要請したのはどうしてかしらと、ふしぎに思った。サミールという治安官がいるのに。それについてはあえて訊かず、ふたりは黙ったまま歩いた。少なくとも、いまは彼の歩調はゆっくりだった。でも、サミールはとんでもなく変わってしまったように感じられる。バーナードの死は、彼にこんなにも影響しているの？　それとも、わたしには恋愛感情はないことをわからせようとして、わざと冷たく接しているの？　そう考えてティファニーの身体は震えた。サミールがこんな態度を取るなんて、思いもしなかった。まるで、すっかり別人になってしまったようだ。

ハドソン医師の住まいが見えて、ティファニーはほっとした。正面玄関は明るい青色に塗られ、おかげで大通りに建つレンガと石でできたほかの住まいの中にあって、簡単に見分けることができた。ティファニーはサミールを待たずに、木製の玄関扉をどんどんとノックした。

ハドソン医師の家政婦、ミセス・バログが扉を開けた。ふくよかで愛想のよい女性だった。豊かな茶色の髪には、白いものがだいぶ交じっている。歳は五十代後半だろう。顔は丸っこく、鼻の先も丸かった。

彼女はティファニーに温かい笑みを向け、すばやくお辞儀をした。「ミス・ウッダール、あなたもいらっしゃるとは思っていませんでした。ラスロップ治安官、医師《せんせい》がお待ちです」

ティファニーは頭をさげた。「もっと楽しい用件で伺えればよかったのですが、ミセス・バログ。今朝、死体を見つけたのはわたしなのです。わたしのコテッジの前で」

ミセス・バログは豊満な胸に片手を当てた。「まあ、それはそれは。たいそう衝撃だったでしょうね」

とてつもない衝撃だったけれど、きょうのもうひとつの衝撃に比べたら、ほんの少しはましだ。ティファニーはうなずくだけにしておいた。

ミセス・バログは中にはいるよう、ティファニーを促した。「気分がよくないように見えるのもむりないわね。医師《せんせい》のところに行くまえに、紅茶を淹れましょう」

ティファニーは家政婦のあとをついて台所に向かい、サミールは反対のほうに歩いていっ

た。

「わたしたちの治安官はほんとうに仕事熱心ですよね。それに、容姿もすてき」ミセス・バログはウィンクをしながら言った。

ティファニーもおなじように思っていたけれど、サミールに冷たくされて、心はまだ傷ついている。

ミセス・バログからソーサーに載せた熱い紅茶のはいったカップを渡され、ティファニーは少し口をつけた。温かく、ピリッとしたジンジャー風味の液体が、しくしく痛む腹部を落ち着かせるようだった。

「ビスケットは召しあがる？」家政婦が訊き、丸いシュガー・ビスケットのはいった缶を開けた。

「いいえ、食べられそうになくて」

ミセス・バログはにっこりと笑い、缶をティファニーに近づけた。「月のものが楽になるわよ」

ティファニーはあやうくカップを落とすところだった。カップはソーサーの上でカチャカチャと音を立て、ティファニーの手袋に熱い紅茶がこぼれた。「なんですって？」

「ジンジャー・ティーは下腹部の痛みに効くのよ。ビスケットのような乾物もおなじようにね」

ティファニーは震える手でカップをソーサーにもどした。きょうはすでに、試練の一日だ

った。「わたし――何と言えばいいのかわかりません」

家政婦は頭を振った。「ハドソン医師の家政婦兼助手になる以前、わたしは三十年間、助産婦をしていたの。女性の毎月の生理について、なんでもわかるのよ」

あいかわらず震える手を伸ばして、ティファニーはビスケットを一枚、取った。まん丸なビスケットは薄金色で、砂糖がまぶされている。少し齧《かじ》ると、ミセス・バログが正しいことがわかった。乾いた食感は舌に心地よく、嚙むほどにその心地よさが増す。ビスケットを食べながら、カップに残った紅茶も飲み干すことができた。

「ありがとうございました」ティファニーは言った。

ミセス・バログに連れられ、ティファニーは暖かい台所を出て廊下を進み、診察室へ向かった。ハドソン医師は二十代半ばで、寄りぎみの目と長く尖った鼻をして、顔には吹き出ものができていた。薄い茶色の髪を、頭のうしろの低い位置でひとつに結っている。医師はティファニーに向かって頭をさげた。ティファニーも膝を曲げてお辞儀を返したけれど、視線はずっとサミールに向けていた。彼を目にするだけで、愛情がどっと湧きあがってくる。背が高く、たくましく引き締まった体軀。でも、彼はわたしの気持ちに応えてはくれなかった。ティファニーはそう思いながら、どうにかして彼からそらした視線を若い医師に向けた。

「ミス・ウッダール」ハドソン医師が話しはじめる。「善き治安官といっしょに来てくださって助かります。ミスター・バーナード・コラムの死体を見つけたときの状況について、いくつか質問させてください」

知らず識らずサミールに向いてしまう目を、ティファニーは医師に据えた。

「死体を見つけたとき、ひょっとして彼を助けようとなにかしましたか？　後頭部の血を少しでも拭いましたか？　つまり、死体の周りをすっかりきれいにしましたか？」

ティファニーは頭を左右に振り、台の上に横たわる、生気をなくした身体に視線を落とした。「お屋敷での仕事に遅れそうというときに、文字どおり、バーナードにつまずいて転びました。どうせもう膝をついていたし、なにか処置のしようがあるかと確認したのですが、彼はすでに冷たくなっていました。身体を仰向けにすると、口唇は真っ青でした。後頭部には血がついていて、それで彼は死んでいるとわかりました。それからコテッジにもどり、転んで汚れた手を洗って服も着替え、うちのメイドのメアリに治安官を呼んでくるようにと言いつけました」

サミールの役職名を口にするときにあふれ出た、彼を見たいという思いに、ティファニーはのみこまれるところだった。それでも、目は死体に向けたままでいた。そのときまた、バーナードの頬のひっかき傷に気づいた。最初に見たときは、獣につけられたと思った。でも、いまそれは、人間の爪でひっかかれた傷に見える。バーナードの身体にはなにも着せられていないので、筋骨たくましい男性だったことがわかる。そんな彼を、だれがこれほどまで傷つけたというの？　それに、そんなことをした理由は？

「これは困ったことになりました」ハドソン医師は話をつづける。「治安官とわたしであなたのコテッジをあちこち調べてみたところ、あなたの部屋で血まみれの布きれが見つかりま

してね……ほんとうに、バーナード・コラムになにがあったか知らないし、彼の傷を拭ってもいないと？」

ティファニーの顔がかっと熱くなった。医師とサミールは、彼女がきのうの夜ときょうの朝に使った生理用の当て布を見つけたのだ。当て布の血を洗い落としておくべきだった。仕事からもどってからでなく。

熱い首を片手でぎゅっと摑み、ティファニーは大きく息をついた。「当て布の血はミスター・コラムのものではありません、医師《せんせい》。わたしはいま、生理中なのです。家政婦のミセス・バログに確認させたいのでしたら、歓んで協力します」

「その必要はありませんせん、ミス・ウッダール」サミールが言った。彼自身の頬にも、かすかに赤みが差している。「傷から出た血と女性の生理の血はまったくの別物だと、ブリストル・コテッジですでに医師《せんせい》に伝えてありますから」

どちらかといえば、サミールのことばにティファニーの顔はより熱くなった。サミールは正しいとはいえ、どうして女性の生理のそんなことを知っているのか、ふしぎに思わずにはいられない。恥ずかしさで頬が引きつり、ブーツの中で足先が丸まる。サミールに汚れた布を見られたなんて。

ふたりの会話に、ハドソン医師は気まずさなどまったく感じていないようだ。彼はバーナードの右手を持ちあげ、ティファニーのほうに向けた。「親指についたこの嚙み痕が見えますか？　だれであれ、彼に嚙みついた人物は、完璧にまっすぐな歯の持ち主です。この村の

住人にしては、めずらしい特徴だ」

ティファニーは思わず、自分のまっすぐな歯並びに舌を這わせた。「まさか！　わたしがバーナード・コラムを殺したとおっしゃりたいのですか？」

そのとおり、医師はそう言っている、とティファニーは思った。だから彼は、血で汚れた当て布のことを持ちだしたのだ。彼女の目が激しく瞬き、手と足はぶるぶると震えた。これ以上、最悪な日なんてある？

ハドソン医師が咳払いをして、喉仏が上下した。「問題はですね、ミス・ウッダール、あなたが――ええ、あなたが兄上に扮装していたとき、バーナードの頬を平手で打ったことがありましたよね、彼に暴力を振るったことが」

ティファニーはサミールに目を向けた。彼がその話を洩らしたの？　あの日、ハドソン医師はアストウエル・パレスにいなかったけれど、サミールはいた。ティファニーはサミールを守ろうとしたのだ。バーナードが彼のことを「忌々しい、浅黒い肌のインド人」と言ったから。その記憶はいまでも、ティファニーの心に激しい怒りを呼び起こす。でも、あのときサミールはなにもしなかった。そんなひどい扱いにもすっかり慣れている、とでもいうように。

「その出来事については、お屋敷の使用人のひとりから聞きました。治安官に聞いたのではありません」ハドソン医師が先をつづける。「それと、あなたはミスター・トーマス・モンターギュととくに親しいという話も聞きましたよ。この被害者のことを嫌っていた、もうひ

とりの紳士ですね」

ティファニーは、あいにくまっすぐな歯を食いしばった。かたかたと鳴ってしまわないように。「被害者のことを好きだという人物を医師《せんせい》が見つけられたら、わたしはおどろきますよ」

サミールが噴きだした。ハドソン医師さえも苦笑を洩らした。

「それはそれとしてですね、ミス・ウッダール。あなたの歯型を取らせてほしいと思っていました。死体の噛み痕と比較するために」

「それで、いくらか疑いは晴れることになるだろう」サミールが言い足す。彼の表情は、ティファニーに承諾するよう訴えていた。「死体を収容したあと、わたしとハドソン医師で治安判事に会った。彼は死体のあった場所を根拠に、きみがいちばんの容疑者だと考えている節がある。きみのことを徹底的に調べるようにと、ぼくたちふたりは言いつかったんだ。きみとの友情のせいで、ぼくの見方が偏ることを彼は心配している」

サミールの書店を訪れ、コラム農場へいっしょに向かったとき、わたしに殺人の容疑が掛けられていることを彼は知っていたのね、とティファニーは合点した。だから、わたしの愛の告白に応えることを避けたの？　わたしを愛していないとは、彼は言わなかった。すまないと詫び、「いまは、きみが望むことを言ってあげられない」と言っただけだ。この先、わたしへの気持ちがよみがえることはありそう？　殺人事件の捜査の過程で、わたしが最有力容疑者でなくなったら？

目を忙《せわ》しなくぱちぱちとさせ、治安判事に危険人物だと思われていることをティファニーは思いだす。進行中の問題の前では、自分が独身でいることなど、些細《ささい》なことだ。

ティファニーは深呼吸をした。空中に漂う金属的な血のにおいさえも、口の中に感じられる気がした。「どうぞ、歯型を取ってください。隠すことはなにもありませんから。わたしはこの半年ちかくのあいだ、バーナードとはひと言だって口をきいていません。教会でも見かけませんでした」

ハドソン医師はくるりとふり向き、棚から広口の瓶を手に取った。その蓋を開け、中から灰色の粘土を少し取りだすと、より軟らかくなるようこね合わせた。丸いビスケットのような形にしてから、それをティファニーに差しだす。

ミセス・バログのおかげで、下腹部の痛みがなくなっていたことだけはせめてもの救いだ。そうでなければ、こんな粘土を口の中に入れることも、ほんの少しでも歯で嚙むこともできなかっただろう。それでもやはり、粘土を医師に返すときには吐き気を感じていた。医師はナイフを取りだしてティファニーの歯型に〝T・W・〟と刻むと、バーナードの親指の横に並べた。彼がふたつの嚙み痕を比べるあいだ、ティファニーは息をすることもできなかった。

「ミス・ウッダールの口はあきらかに、死体を嚙んだ人物の口よりも大きいですね」サミールに向かって歯型を示しながら、ハドソン医師は言った。「ミス・ウッダールの顎周りのほうが一センチほど広い。それに、歯も大きい」

ティファニーは鼻を鳴らした。安堵するあまり、おかしな笑い声をあげてしまわないよう、

必死で堪《こら》える。けれど、うまくいかなかった。人生ではじめて、大きな口のおかげで厄介事に巻きこまれずにすんだのだ。いつもは、巻きこまれるのに。厳格だった父親も、おもしろみに欠けていた異母兄も、こんなことがあるとは信じられなかっただろう。

「ミス・ウッダール、だいじょうぶですか?」医師が訊き、棚の気付け薬の瓶を手に取ってティファニーに差しだした。

ティファニーは片手をあげた。「すみません。口が大きいせいで、わたしは何度もひどい目に遭ってきたのだわ、と思っただけです。きょうはその大きな口のおかげで窮地を逃れたのですから、皮肉なことですよね。でも、これだけは言えます。バーナードは嚙まれて死んだのではありません。わたしは彼の後頭部を見ました。彼が死んだのは、その傷のせいにちがいありません」

ハドソン医師は気付け薬の瓶をバーナードの死体が乗せられた台の上に置き、彼の頭部の向きを少し動かした。ティファニーにもその傷が見えた。洗い流されてきれいになっている。この善良な医師とサミールがそうしたのだろうけれど、それでもやはりおぞましかった。頭蓋骨に沿って、少なくとも三センチくらいの長さの傷がついている。これほどの衝撃を加えることのできる人物を、ティファニーはひとりも思い浮かべられない。

「このような損傷を頭部に受けると、極めて大量に出血します」医師は言った。「ですが治安官とわたしは、彼の死体の周辺やあなたのコテッジの前の通りで、一滴の血も見つけられませんでした。あなたが傷を洗ったのでなければ、わたしが思うに——」

「彼はそこで殺されたのでない」ティファニーは医師のことばを引き取って言った。「問題は、コテッジの前に死体を放置してわたしに見つけさせようとしたのはなぜか、ということだけです。わたしとの間にわだかまりがあるひとなんて、ひとりも思い浮かびません。もしかしたら、シャーリー牧師かもしれませんが。でも、半年ちかくまえに求婚を断ったせいでわたしの家の前に死体を放置するなんて、言い訳として筋が通るはずありませんよね。何と言っても、牧師さまは再婚したのですし」

サミールは台に近づいた。「発見場所については、きみにもきみのコテッジにも関係ないのだろうね。ひょっとしたら、きみの住まいがメイプルダウンとアストウェル・パレスの中間にあるから、ということかもしれない」

「では、バーナード・コラムは村の近くか、お屋敷の近くで殺されたということ？」

サミールは頭を横に振った。「血痕が見つかれば、殺人に使われた凶器とそれを用意した人物を特定するのに、おおいに役立つだろう。でも、犯行が屋内で行なわれたのでなければ、雨と泥のせいで証拠はすべてだめになってしまう」

「屋内で殺されたと、どうすればわかるの？」

サミールは咳払いをした。「血痕は木材に残る。どこで犯罪が行なわれたかを見つけるのは簡単なんだ」

ティファニーはコテッジの木の床を思い浮かべた。そこに血痕がないことはなによりだわ、と思った。それに、口がかなり大きいことも。それでも、死体がコテッジのすぐそばで見つ

かったのだから、自分に疑いの目が向けられているような気がした。どれだけ潔白であっても。月にいちどの憂鬱な時期に、こんなひどいことが重なるなんて！

台に乗せられた死体にもういちど視線を落としたところ、人差し指の爪の中に黄色の糸が一本、挟まっていることにティファニーは気づいた。その鮮やかな色味は、彼女が死体を発見したときにバーナードが身に着けていた、バックスキンのブリーチズや黒い上着とは釣り合わない。べつのだれかの衣類のものにちがいない。十中八九、殺人者の。不快な気持ちをのみこみながら、ティファニーは冷たくなったバーナードの手を取り、見つけた糸を示して言った。「おふたりとも、この細くて黄色いものがなにかわかります？　もしかしたら、バーナードは襲ってきた相手ともみ合いになったのかも。これは、その人物が着ていた衣類の糸くずではないかしら？」

ハドソン医師は拡大鏡を取りあげ、ティファニーから死体の手を受けとった。その手を医師に託すことができて彼女はこのうえなく歓び、台の上の死体から後退《あとずさ》った。医師は爪の中に残された糸をじっくりと見てから引っぱりだし、台の上の銀製のトレイに置いた。

「ラスロップ治安官、このような衣類を着た人物をだれか知っていますか？」

サミールは胸の前で腕を組んだ。「知っているとは言いかねますね。明るい黄色。村で黄色のコートやシャツを着ている人物には、ひとりも心当たりがありません」

医師は長く尖った鼻をこすり、それから拡大鏡越しにもういちど、黄色い糸を見た。「この色合いは、女性のドレスでしょうね」

ティファニーは口唇をぎゅっと噛んだ。まさかこの医師、またわたしに疑いの目を向けていないわよね？」「わたし自身もわたしのメイドも、そういった色合いのドレスは持っていません。バーナードが身に着けていたものの中に、なにか手がかりはありませんでした？彼の着ていたものとか？」

サミールはふり返り、バーナードが着ていたコートを取りあげた。「財布に三ペニーはいっていました。殺人者はこの硬貨を持っていかなかった。つまり、強盗目的で襲ったのではないということです。だれであれバーナードを殺した何者かは、個人的な理由で襲ったのです。ほかにポケットにあったものは、ハーブのはいったこの小さな袋だけでしたよ」

サミールからハーブを袋ごと渡されたティファニーは、袋の黄麻布に血液の染みがいくつかついていることに気づいた。袋の口を縛っていた紐をほどき、中にはいっている乾燥した植物のにおいを思い切り吸いこむ。「アン女王のレースだわ」

ハドソン医師はティファニーから袋を受けとった。「またの名をノラニンジンですね。あなたのようなレディがこれを見分けられるとは、おどろきました」

ティファニーは顔が赤くなるのがわかった。「亡くなった異母兄のために、薬剤師のミスター・カニングからいくらか買っていました。兄はよくお腹を壊していて、このハーブが効くと教えてもらったのです。でも、わたし自身は服用したことはありません。便秘になりますから」

「ええ、なることはありますね、ミス・ウッダール。ですが、主な用途は望まない妊娠を防

ぐことです。男女が関係を持つ一週間まえに服用するのが、もっとも効果的です。紅茶に入れて飲んでもいいですよ」

診察台越しにちらりと見て、この場で顔を赤らめているのは自分だけではないとティファニーにはわかった。ただ、サミールはわたしをそういう目で見てはいない。少なくとも、いまのところは。それがどんな意味であるにしても。

ティファニーは息をのんだ。口の中に粘土の味が残っている。「男性が飲んでも、妊娠を避けられるのでしょうか、それとも女性だけが飲むべき？」

若い医師の頬がほんのりピンク色に染まった。「女性だけです」

「では、バーナードがアン女王のレースを持っていたとしたら、自分のためではなく、おそらく妊娠できる年齢の女性のためだった、ということですね。彼はアストウェル・パレスで、性的にかなり奔放に振る舞っていました。亡くなったミス・セアラ・ドッドリッジと事におよぼうとしているところを、わたしは見ました。それに、上位のメイドのミス・チャンドラーとふたりで、こそこそしているところも。ひょっとしたら、このハーブは彼女のためだったのかも」

「彼女に話を聞くことにしよう」サミールが言った。

ティファニーはもういちど、ほてる首のうしろに触れた。「大げさなことではないの。ふたりがキスしているところを見かけただけで。それ以上のことはなかったかもしれないわ。わたしは、ミス・チャンドラーの評判が傷つくことは望まない。お屋敷での彼女の立場が悪

くなることも」

ひとりの女性に欠点があるからといって、そのひとに向かって石を投げるなんて、とうていできない。ひとりの潔白な女性を疑いの目で見ることも。

サミールは素っ気なくうなずいた。「目立たないようにして、お屋敷の使用人を全員、個別に調べよう。どんな形であっても、彼女に注意が向かないようにする。医師という職業に就いているからには、ハドソン医師は分別ということばの意味をご存じですよね」

ティファニーの心が温かくなった。これこそわたしが知る、そして愛する、誇り高き男性だわ。

「もちろんです、ミスター・ラスロップ」医師が答える。「患者に関する話を広めるなんて、夢でもするつもりはありません。ですが、わたしも同行させてください。有力な容疑者全員の歯の形状を知りたいですからね、死体についた歯型と比べるために。死体の腐敗はすでにはじまっています。すばやく動くことが最優先でしょう」

「この寒さですし、保存は長めにできるのではないですか？」ティファニーが訊いた。

医師はため息をついた。「できるでしょうね。ですが、わたしの診察台に死体を置いておくつもりはありません」

「では、監獄に運んではどうかしら？　あそこなら、まちがいなく安全です。それに寒いわ。いまはだれも入れられていないから、火が焚かれることもない」

サミールは下唇を嚙んだ。「ミス・ウッダールの提案はもっともだ。葬儀屋のミスター・

アンスティに埋葬の準備をさせよう。死体は棺に入れてもらえばいい。ただ、蓋を釘で打つことはしない。それで、バーナードの両親のもとで葬儀を行なうまでに、もうあと数日の余裕ができる。そのあいだに見つけられるだけのものを見つけよう」

「バーナードの三ペニーはミスター・アンスティのところに持っていったほうがよさそうですね」ハドソン医師が言った。「彼は何事もただでは引き受けませんから」

「シャーリー牧師とおなじだわ」ティファニーがつけ加える。

サミールは肩をすくめた。「死というものは、まったくもってうまみがありますね。ミス・ウッダール、ミスター・アンスティのところへいっしょに来てもらえますか?」

気が乗らない誘いだったものの、ティファニーは断らなかった。真の殺人者を見つけなければならないのだ。どんな追加の情報も、むだになりはしないだろう。「もちろんです、治安官。では失礼します、医師《せんせい》」

若い医師はティファニーに頭をさげ、サミールは彼女の肘を取った。彼に触れられ、ほんのりした温かさが腕を伝って全身に広がるのをティファニーは感じた。彼の存在に肌がうずく。サミールにすばやく促されて診察室を出ると、廊下を進み、医師の住まいを出た。道を歩きはじめたところで、サミールが肘から手を放した。わたしの心も、これほど簡単にサミールから離れられさえできればいいのに。

5

あいにくなことに、ミスター・アンスティの家は牧師館の道を挟んだ向かいにある。棺を運んだり葬儀を行なったりするのに都合がいいのはまちがいないけれど、ティファニーの好みからすると近すぎる。ティファニーがティファニーとしてシャーリー牧師の住まいに足を踏みいれたのは、セアラ・ドッドリッジの葬儀のとき以来だ。日曜日の礼拝のときでさえ、信徒席に座るティファニーの脚はそわそわしていた。機会があれば、すぐ逃げだしたいとでもいうように。牧師がけっして目を向けてこないことは、ありがたかった。主教から叱責されたことが功を奏しているにちがいない。

深く息を吸い、ティファニーは黒い扉をノックした。ほんの少し待たされただけで、彼女とおなじくらいの年齢の女性が現れた。白いキャップの下の髪は燃えるように赤く、肌に散るそばかすがずいぶんと魅力的だ。痩せてもいないし太ってもいない、ちょうどいい具合の体形で、腰のところで赤ん坊を抱えていた。赤ん坊は一歳くらいかしら、とティファニーは見当をつけた。かわいらしい白い服を着て、髪はストロベリー・ブロンドの巻き毛だ。男の子か女の子かを見分けることはできない。

応対に出た女性はミセス・アンスティで、彼女は赤ん坊を抱いたまま頭をさげた。「ミス・ウッダール、きょういらっしゃるとは思っていませんでした。それに治安官まで」

ティファニーはこわばった笑みを浮かべながら、ミセス・アンスティにお辞儀をした。「気安い用件で伺えたらよかったのですが、残念なことに、メイプルダウンでまたひとり亡くなりましたので」

ミセス・アンスティはうなずいたけれど、おどろいてはいないようだ。このような小さな村では、情報はあっという間に広まる。「哀しいことですよ、もちろん。ただ、うちにとっては商売繁盛でもありますね。中にはいって葬儀の打ち合わせをします？」

「ありがとうございます」サミールは言い、帽子を取って彼女に頭をさげた。「椅子に座って暖かい火にあたることができれば、たいへんありがたいです」

ミセス・アンスティは扉を大きくひらき、サミールとティファニーは彼女について家の中にはいった。居間と台所が一体となった大きな部屋だった。ひとつある階段は、寝室につづいているのだろうとティファニーは思った。ミセス・アンスティとおなじような、燃えるように赤い髪の若い女性が、流しで食器を洗っていた。この家の娘なのは明らかだ。小柄で、身体は魅力的な曲線を描いている。背がひょろっと高いティファニーは、羨むことしかできなかった。

「カーロ、ミス・ウッダールとミスター・ラスロップにご挨拶をして」娘の母親が言った。「おふたりはお仕事と情報を持ってきてくれたのよ」

ティファニーは思わず苦笑を浮かべた。ミセス・アンスティは近所のひとたちよりもいち早く、殺人についての噂を知りたがっている。

娘は膝を曲げ、ごく短くお辞儀をした。豊かな巻き毛のひと房が彼女の顔にかかり、ティファニーの目は惹きつけられた。わたしのブロンドの髪は、だれかの目を惹くように顔にかかったことはないし、巻き毛にしようとするたびに抵抗するのに。

「お会いできてうれしいです、ミス・ウッダール、ミスター・ラスロップ」

ティファニーもお辞儀をした。「わたしのほうこそ。ミス・アンスティとお呼びすればいいかしら、それともミス・カーロと?」

「お座りくださいな、ミス・ウッダール、治安官」ミセス・アンスティが手をひらひらさせ、きつい口調で言った。「娘のことはカーロとだけ呼んでくれればいいですよ。まだ若いんですもの、気取ったことはなしです」

気の毒な娘の頬が真っ赤になる。ティファニーはカーロに申し訳なく思った。子どもでもなく、かといってすっかりおとなの女性でもないという状況は、どちらも厄介だ。ティファニーは座り心地のよさそうなウィングバック・チェアに腰をおろした。暖炉にいちばん近いところだ。手袋を嵌めた手を、オレンジ色の炎の前にかざした。バーナード・コラムの死体を見つけて以来、骨の随まで沁みていた寒けが、炎の暖かさでようやく収まりはじめた。サミールは、ティファニーが腰をおろした椅子からいちばん離れたところにある椅子に座った。あえてそこを選んだのかどうか、彼女は知りたいと思った。

膝に赤ん坊を乗せて隣に腰をおろすミセス・アンスティに、ティファニーは眉をあげてみせた。「ミセス・アンスティ、こちらのかわいらしい方に、まだ紹介してもらっていませんよね」

ミセス・アンスティは赤ん坊のストロベリー・ブロンドの巻き毛にキスをした。「この子はルークです。父親の名前をもらいました」

ティファニーは小さな男の子ににっこりと笑いかけられ、少なくとも二本の歯が生えているることがわかる。赤ん坊に手を振り、笑みを返さずにはいられなかった。「こんなにもかわいい赤ちゃんには、人生ではじめて会いました。お幸せですね、ミセス・アンスティ」

彼女はうなずいた。「ええ。夫とわたしは、もうひとり授かるなんてことはあきらめていましたから。子どもはふたりだけです、カーロとルークの」

姉と弟との年齢差が十六年か十七年というのは、あきらかに大きい。とはいえ、ティファニーはお産の専門家ではけっしてない。なにしろ、四十歳の独身女性なのだ。

「すてきなご家族ですね」サミールが言った。脚を組み、帽子は膝の上に置いている。

ティファニーが両手をぱん、と合わせた。「お子さんたちはかわいらしくて、ミセス・アンスティ。さぞ鼻が高いことでしょう」

ミセス・アンスティは満足そうにため息をついた。「ええ。それで、あなたのコテッジの近くで死体が見つかったと村じゅうのみんなが噂していますけど、どういうことですか、ミス・ウッダール？」

「正確には、バーナード・コラムの死体はわたしのコテッジの前の通りで見つかりました。わたしの地所で、ではありません」なぜ後半部分を言い足したのか、ティファニーは自分でもわからなかった。

カーロがポットを置き、カチャリと音が鳴った。その音にティファニーはびくりとした。

「彼はどうして亡くなったのですか、治安官?」

ティファニーは完璧にまっすぐな歯をぎゅっと嚙みしめた。ミセス・アンスティの上の歯は三本がなく、カーロの口許からは二本の前歯がのぞいていることに、いやでも気づく。ふたりとも、バーナードの親指にあのような嚙み痕をつけられはしなかっただろう。ふたりがそうしたとは、ティファニーも考えてはいなかったけれど。

「後頭部に傷がありました」サミールが静かに言った。「それが致命傷になったと思われます。ただ、背が高く体格のいい若い男性をそれほどひどく殴ることができる人物はだれか、わからないでいるのですが」

ミセス・アンスティは身体全体を前後に揺らしながらうなずいた。「ずいぶんと強い力だったのでしょうね。あえて言えば、男のひとならできたかも」

あるいは、背の高い女性なら。ティファニーは胸の内でつぶやいたけれど、村でいちばん背の高い女性として、さらに自分に疑いの目を向けさせる根拠は挙げないでおくことにした。

「可能性はありますね」サミールはうつむいて答えた。「ハドソン医師の住まいからミスター・バーナード・コラムの死体を運びだすので、木製の棺を注文したいと思います。死体は

監獄に移動させる予定です。腐敗を少しでも遅らせるために」サミールは硬貨のはいった袋をミセス・アンスティに差しだし、彼女はためらわずにそれを受けとった。「中には三ペニーだけはいっています。バーナードの所持品の中から見つかったものです。足りない分は、父親のミスター・コラムがご主人に支払うでしょう。棺代と、ハドソン医師の診察室から移動させる費用とを合わせた請求書を書いてください」

幼いルークが硬貨のはいった袋に手を伸ばそうとして、ミセス・アンスティは赤ん坊の手の届かないところにそれをよけた。ルークは声をあげて泣きはじめる。「わー、わー」

「カーロ、弟を上階《うえ》に連れていってお昼寝をさせてちょうだい」ミセス・アンスティは言い、膝の上のルークを持ちあげてカーロの腕に抱かせた。ルークは姉の胸に顔をうずめ、カーロは弟を連れて階段をのぼっていった。

ティファニーの頬は熱くなった。女性の乳房は赤ん坊に母乳を飲ませるためのものだ。ルークがカーロの胸に顔をうずめたところを見たからといって、恥ずかしく思う理由などない。ティファニーは立ちあがった。「こんなすてきな家の中に招いてくださってありがとうございました、ミセス・アンスティ。暖炉のそばにいて、身体が暖まりました。おかげで、コテッジまで長い道のりを歩く準備ができました」

ミセス・アンスティも立ちあがった。表情は浮かない。「死体を残していくには、奇妙な場所ですよね。ほら、あなたのコテッジの近くの通りというのは。ほかにもなにか、興味深そうなことはなかったんですか？」

ティファニーは頭をふるふると振った。「残念ですが、ありません。わたしがバーナードにつまずいたときには、彼の身体はもう冷たくなっていました。死んだのは、その何時間かまえのはずです」

咳払いをして、サミールも立ちあがった。「ハドソン医師は、彼の右手の親指に嚙まれた痕があることにも気づきました。それに、頰にはひっかき傷がついていました」ティファニーとサミールのために扉を開けながら、ミセス・アンスティが口早に言った。「それは殺人とは関係ないんじゃないかしら」

サミールはうなずいた。「わたしもそう思いますが、ほかに証拠がないのですよ。嚙み痕とひっかき傷だけが、ハドソン医師とわたしが手にした、追うべき手がかりなのです。あと、被害者の爪の間から黄色い糸くずが見つかりました。だれか、黄色い服を着た人物をご存じですか？」

ミセス・アンスティは頭を横に振りながら、チッチッと舌を鳴らした。「知りませんね、サー。黄色なんてちょっと派手じゃないですか？　それに、殺人は悪い商売ですよ、どれほどの硬貨を手に入れられるにしても」

ティファニーは最後にもういちど、お辞儀をした。「それでは、ミセス・アンスティ」

ティファニーは踵を返して葬儀屋の家を離れた。コテッジに向かって歩くあいだ、サミールとはひと言も話さなかった。道中ずっと、寒さと恥ずかしさとで身体は震えていた。コテ

ッジまでの道のりが、いつもの二倍の距離に感じられた。コテッジの玄関にたどり着いたころには、足は氷の塊のようになっていた。玄関扉に錠はかかっていなかったけれど、メアリと自分の安全を考えたら、家の中にいるときでも施錠しておくのが賢明だろう。ティファニーは中にはいって扉を閉め、湿ったマントや手袋を脱いだ。

客間には冷気が漂い、台所から物音が聞こえる。ティファニーが音のするほうへ向かうと、かまどでは火が盛んに燃え、メアリがスープのはいった鍋をその火にかけていた。

「お仕事は順調でしたか、ミス・ティファニー？」

そう訊いてからメアリはティファニーに笑いかけ——彼女の歯は、完璧にまっすぐだった。

6

「絶不調だったわ」ティファニーは不機嫌そうに言い、湿ったスカーフをフックに掛けた。「はじまりからしてひどかったし、時間がたつにつれ、さらに悪くなるだけだった。あなたはどう、メアリ？　昼間に立ち寄ったけれど、コテッジにいなかったわよね」

メアリは鍋つかみを使って鍋を火からおろした。「砂糖がなくなりそうだったので、いくらか買おうと、ミスター・ニックスのお店に行っていたんです。支払いは、缶の中の家計費用の硬貨でしました。それから、ブラック・コールドロン・パブでちょっと一杯、飲みました。でも、あなたのお金は使っていませんよ。このコテッジのそばでバーナードの死体が見つかったと話したら、ミセス・デイがただで飲ませてくれましたから」

「常備品を補充してくれるなんて、気が利いているのね」ティファニーは言い、最後のパンの包みを開けると、三センチほどの厚さに切り分けた。「でも、この先はもう少し、砂糖を使う量を減らさないといけないわ」

メアリは自分とティファニーのボウルにスープを入れ、ティファニーはスライスしたパンをボウルの横に置いた。「どうしてですか、ミス・ティファニー？」

ティファニーは自分のボウルを持ってテーブルに運んだ。テーブルには、メアリがすでに水のはいったグラスとスプーンを用意していた。「わたしがお給金をもらうそばから使っているからよ。なにかあったときのために、いくらか蓄えておいたほうがいいわ。それと、いまのところは村であまりあれこれと話さないこと。わたしたちの状況は、ちょっと危なっかしいから。家の前で死体が見つかったんですもの。疑いの目がわたしに向けられているの」

メアリはテーブルを挟んでティファニーの向かいに腰をおろした。「あなたがやったと思われているんですか？」

ため息をつき、ティファニーはグラスを手に取った。「バーナード・コラムのことは嫌いだったから」

「どうしてですか？　彼はハンサムで話もおもしろくて、ものすごくおしゃれだったのに」

ティファニーはうなずいた。たしかに彼は魅力的な若者だった。「だって、あなたがここに住むようになるまえに、彼はわたしの友人のムッシュー・ボンとミスター・モンターギュに罪を着せようとしたのよ、自分を殺そうとしたって」

メアリはカチャンと音を立ててスプーンを置いた。「なんてやつ！　あと、お金のことが心配でしたら、わたしはもうお給金はいりません、ミス・ティファニー。それで節約してください」

「ただ働きをさせるつもりはないわ。いまの世の中では、すでに女性のお給料は少なすぎるのに」

言う。

「でも、あなただってわたしに、ただで読み書きを教えてくれるじゃないですか」メアリが
　ティファニーが言いたいのは、お金ではなくメアリ自身のことだ。彼女が村に行って、あることないこと話すのがいやなのだ。でも、若いメアリの繊細な心を傷つけたくはない。

「わたしが教えることを楽しんでいるの。では、この話題はもうお終《しま》いにしましょう」

　夕食のあと、ティファニーはメアリといっしょに食器を洗った。あすの朝はパンを焼かないといけない、と彼女は思った。パンを焼いているあいだ、メアリにはニワトリが産んだ卵を取りにいくついでに、餌やりもしてもらおう。納屋にいるのはニワトリだけだ。もう少し大きな動物も置けるはず、と考える。牛がいいかもしれない。そうすれば牛乳が手にはいる。お金を支払うものがひとつ減る。

　乾いたばかりの鍋を置き、ティファニーは訊いた。「もしかして、牛の乳搾りのやり方はわかる？」

「はい、ミス、わかります」

「乳牛を手に入れると言ったら、あなたはどう思う？　乳搾りのやり方を教えてもらわないといけないけれど。でも、それで少なくとも、新鮮な牛乳と卵が手元にあることになるわ。自分たちでバターだってこしらえられる。それに、夏には庭でとれた野菜も食べられる。村に行って支払いをする常備品がひとつ減るわ」

　メアリはティファニーの腕に片手を乗せた。「牛は大好きです。わたしが選んでもいいで

すか？　あなたが選ぼうと思ったら、村のひとにふっかけられますよ。レディですから」

「あなたにはおおいに感謝しなくちゃ」ティファニーはそう言い、腕を組んだ。「では、これからは勉強の時間よ」

ふたりは並んでテーブルについて座った。メアリが石板にチョークでアルファベットを書き、ティファニーはそのようすを見守った。メアリはあいかわらず〝b〟と〝d〟をまちがえるけれど、それを除けば、文字も発音もあっという間に身につけた。ティファニーは石板の文字を消してから、短い単語を書いた。〝so〟と〝do〟と〝low〟だ。メアリはその三つを声に出して読み、それから自分でも石板に書いた。彼女の手書き文字は、ティファニーが書くカッパープレート体ほどきっちりしていないけれど、日に日に整ってきている。

ティファニーは石板とチョークを片づけ、メアリは本を一冊、取りだした。『オトラントの城』だ。「何章か読んでもらえますか、ミス・ティファニー？　イサベラがどうなったか、知らなきゃいけないんです」

ティファニーはほほえみ、彼女から本を受けとった。「二、三章だけね。きょうは疲れてしまったから」

メアリはティファニーの横にぴたりとくっつき、彼女の肩にもたれかかるようにして、ひとつひとつの単語に目をやった。なにが書いてあるのか、いまはまだわからないけれど。

四章分を読んだところでティファニーの喉がかすれ、眠気もやってきた。「続きはあしたにしましょう」

メアリは片手に顎を乗せて言った。「このお話、大好きです。でも、ほんとうは正しくないですよね、ミス・ティファニー？　だって、だれかが落としたのでなければ、どうして兜《かぶと》が空から降ってくるんです？　ひとを殺すのに、ちゃんとしたやり方ではありません」

　ティファニーはゆっくりと立ちあがった。「ひとを殺すためのちゃんとしたやり方があるとは、わたしは思わないわ」

「バーナード・コラムの頭のうしろに大きな傷があったみたいですけど、兜が降ってくるところを見たひとはだれもいません。ブラック・コールドロン・パブのミセス・デイに聞きましたよ、死体で見つかるまえの夜、彼はミスター・ハドフィールドとけんかになったんですって」

　ちゃんとしたレディは噂話はしない。パブで仕入れてきた、品がないとわかりきっている情報をもっと話すよう、自分のメイドをせっつくこともしない。そうは言っても、ティファニーはもはや、ちゃんとしたレディではない。「けんかの原因は何だったか、ミセス・デイは言っていなかった？」

　メアリは立ちあがってティファニーに身体を寄せた。内緒話をするとでもいうように。

「カーロ・アンスティです。ふたりとも彼女に夢中で、それはしかたないですよね？　カーロはこのあたりでいちばんの美人ですから。でもバーナードは彼女に、なんだか手荒なことをしたみたいです。それで頬をひっかかれたと、ミセス・デイが言っていましたから。ミスター・ハドフィールドはバーナードの目を殴ったんですけど、彼の体格はバーナードの半分

くらいじゃないですか？　だから反対に顎を殴りあげられて、地面に伸びたそうですよ。それでミスター・デイは、ふたりともパブから追いだしたんです。みんなが生きているバーナードを見たのは、それが最後になりました」

ミセス・アンスティは、バーナードの頰にひっかき傷がつけられた経緯を知っていたにちがいない。だから、彼が死んだことと傷は関係ないと、ティファニーに強調していたのだ。それに、男のひとなら殺せたかもしれないと言っていた。それは、カーロが黄色いドレスを持っているから？

きのうの夜、バーナード・コラムはメイプルダウン・ヴィレッジのブラック・コールドロン・パブにいた。そこを出たあと、つぎにどこへ行ったの？「ミセス・デイは、そのけんかは何時ごろのことだったとかは言っていなかった？」

メアリは厳粛にうなずいた。「九時を三十分ほど過ぎていたと言っていました。ほとんどのお客さんが帰るのは、十時半過ぎだそうです。つぎの日にも仕事がありますから」

「ということは、多くのひとがそのけんかを目撃したということよね？」

「少なくとも、町のおとなの半分は」

ティファニーはかまどの火に灰をかけ、メアリにろうそくを渡した。ふたりで階段をのぼって、それぞれの部屋に向かう。ティファニーはすばやくドレスを脱いで寝間着に着替え、ベッドの上掛けの中に飛びこんだ。身体は震えていたけれど、リネンが体温を高めてくれた。

わたしかサミールが真の殺人者を見つけるのが早ければ早いほど、わたしへの疑いが晴れる

のも早くなる。

サミール。

わたしは彼を愛しているけれど、彼はわたしを必要としていない。きょう一日じゅう、目からあふれるのをこらえていた涙が、いまは止めどなく頬を流れおちる。

7

シーツについた血液の染みを洗い落として一日をはじめることを、ティファニーは望んでいない。でも、そのままにはしておきたくなかった。布類に血液がついていれば、村のひとたちはそれをティファニーの血ではなく、バーナードの血だと思うかもしれない。台所でかまどの火をおこし、裏庭の井戸から新しく汲んできた水を沸かして、血液が染みたシーツを洗った。とにかく、きょうは雨が降っていない。ティファニーは物干し綱にシーツを吊してから台所にもどった。

「早起きですね、ミス・ティファニー」

ふり返るとメアリが立っていた。溌剌《はつらつ》として、目はきらきらと輝いている。「パンをしっかり発酵させたくて」ティファニーはそう答えた。

メアリはにっこりと笑い、朝食用のテーブルに皿とグラスとカトラリーを並べた。「卵を取ってきます。自分たちで牛を飼って、毎日、朝と晩に新鮮な牛乳を飲むのが待ちきれません。あと、バターの作り方はわたしが教えてあげますね」

ティファニー自身のお腹は、その中で牛乳がバターになるほどの勢いで激しくぐるぐると

動いている。「そうしてくれたら、ほんとうにうれしいわ。それで、牛を見にいくついでに、紅茶に入れるジンジャーも買ってきてもらえない？　なんだか、すごくジンジャー・ティーを飲みたいの」

「はい」メアリはウィンクをしながら言った。「ああ、そういえばきのう、サリー公爵夫人からまた手紙がきていましたよ。お伝えするのを忘れていました。手紙は暖炉の上に置きました」

「ありがとう、メアリ」ティファニーは言ったけれど、その手紙をすぐに読むつもりはない。サリー公爵夫人、つまりテスは、とてもまめに手紙を送ってくる。そしていつも、公爵である息子に無料送達の署名をさせるという配慮をした。おかげで、テスからの郵便を受けとるときに代金を支払わずにすむ（貴族や議員には郵便を無料で送れるという特権があった）。ティファニーは手紙のやりとりを楽しんでいたけれど、テスは不運にも（そして、それと知らずに）二件の殺人事件に関わったせいで社交界から疎外されたと、しょっちゅう不満を洩らしている。ティファニーは古い友人のことはいつも気の毒に思っているものの、いまのところは自分自身の問題のほうがずっと大きい。

ティファニーはパン生地の塊をかまどに入れると、暖かい台所を出てドレスに着替えようと自分の部屋に行った。いちばん上等の緑色のシルクのタフタドレスを選び、いつもより時間をかけて髪型を整えたのは、すべて図書係という気高い職業のためで、サミールがきょう、使用人たちから話を聞くためにお屋敷にやってくるという事実とはまったく関係ない。ティ

ファニーはちょっとしたおまけに、首にリボンを巻きさえした。ドレスの胸元にダイアモンドのクラスターピンをつければ見映えもしただろうけれど、そうするには海賊の宝の地図を頼りに、ピンを捜すところからはじめなければならない。

朝食の席でメアリから「まあ、とってもすてきです、ミス・ティファニー」と言われ、ティファニーの食欲は少しだけもどった。

顔を赤くしながら、ティファニーはほてる頬に触れた。「ありがとう、メアリ。あなたといると、専属のお陽さまといっしょに暮らしているみたいだわ」

メアリはティファニーを手で急かした。「さあ、もう行ってください。パンはかまどから出しておきますね。もう忘れませんから」

ティファニーは手を振って彼女に応え、扉に向かった。そこでマントを羽織ってボンネットを被り、あぶみをつけた。いまのところ雨は降っていないけれど、そうでなくても道はあいかわらずぬかるんでいる。玄関扉を開けると、踏み段にサミールが立っていた。

サミールはトライコーンハットを脱いだ。「ティファニー、今朝はいっしょにアストウェル・パレスまで行ってくれないかと思って。きみが同意してくれれば」

ティファニーはいつも同意しているけれど、サミールが彼女の気持ちに応えないのだ。

「もちろんよ、ミスター・ラスロップ、あなたがいっしょだとうれしいわ」

サミールは帽子をかぶり直し、片方の腕をティファニーに差しだした。ティファニーは短く息をついてから、彼の曲げた肘の内側に指を三本、そっと置いた。

コテッジを離れて通りに出たところで、サミールが口をひらいた。「今朝のぼくは治安官ではなく、ミスター・ラスロップだ。きのうはきみに素っ気ない態度を取って、すまなかったと思っている——なにもかも治安官という立場のせいで、きみの問題ではまったくない」

彼のことばにティファニーの傷ついた誇りは回復したけれど、心の痛みは和らぎはしない。ティファニーは数歩、サミールのほうに歩み寄った。「亡くなったバーナードの頬の傷がどうしてつけられたのか、あなたも聞いたかしら」

「いや、聞いていない」サミールは言った。「町の住人はぼくを信用しようとしないからね、ぼくの肌の色と、はっきりしない社会的立場のせいで。ぼくが平民なのか紳士なのか、判断しかねているんだ。ぼくは教育を受けたが、半分は外国人だ。彼らより、上位にも下位にもいることになる。だから、住人たちの中にぼくの居場所はない」

サミールはそういったことを事実だとでもいうように話した。残念に思ってもいないし、腹を立ててもいない。ティファニーもやはり、社会での立場はぼんやりしている。レディとして生まれたのに、仕事をしている。社会階級というパズルの、どこにも嵌まらない。

「メアリがきのうパブに立ち寄ったときに、バーナード・コラムとミスター・ハドフィールドが取っ組み合いのけんかをしたという話を耳にしたの。でも、亡くなったフットマンの頬に傷をつけたのはミス・アンスティなんですって」

「噛み痕をつけたのも彼女なのかな?」

ティファニーはぼんやりとサミールの腕を親指でなぞった。「そうは思わない。きのう棺

の注文にアンスティ家を訪ねたとき、ミス・アンスティが笑うところを見たけれど、歯はまっすぐではなかったわ。彼女はかわいらしいお嬢さんだけれど、前歯が出ているの。それに、母親のミセス・アンスティの歯は何本かなかった。バーナードの親指につけられた嚙み痕は、ふたりのどちらがつけたのでもないわね」

「ミスター・ハドフィールドのところに行って、彼の話を聞いても害はないだろうね」

「住まいはどこ？」

「彼は自由土地保有権を持つ農場主だ。住んでいるのは町から三、四キロ離れたところで、土地の広さは十五エーカーちかい。気立てのいい二十代の若者だよ。ぼくは何回かしか話したことがないけれど、村での彼の評判はいい」（自由土地保有権があれば、土地や建物を永久に所有できる）

ティファニーはかすかに頭を振った。「教会で見かけたかしら」

サミールは無表情に短く笑った。「シャーリー牧師のお説教に姿を見せないからといって、そのひとを責められないね。一回でも聞けば、ぜんぶ聞いたこととおなじだから」

「そうね。わたしたちはみんな、地獄に向かいつつある、怖ろしい罪人《つみびと》なのよね」

「それだと簡潔にまとめすぎだ。われらが牧師さまは毎週、悪魔の炎についてひとりよがりにまくしたてるのに、最短でも一時間はかけるじゃないか」

「そういえば、バーナード・コラムのお父さまも自由土地保有権を持っているの？」

「いや」サミールは答えた。「彼はボーフォート公爵家の小作農だ」

ティファニーはそこにコテッジがあることは知っていたけれど、だれが住んでいるのかは

気にしていなかった。前日にサミールと訪ねて、コラム一家の住まいだと知ったくらいだ。

「ということは、だれかがバーナードの死体を彼の父親のコテッジに返そうとしていたのなら、わたしのコテッジの前に放置した時点では、そこに向かう途中だったと考えても問題ないわよね。でもそれなら、どうしてわたしのコテッジの前に置いていったの？」

サミールはたくましい肩をすくめた。「悪意のあるおふざけではなさそうだ。きみに嫌がらせをしたがる人物がいるとも思えないし」

「村でわたしを嫌っているひとといえば、わかるかぎりではバーナードとシャーリー牧師ね」ティファニーは認めた。「でも、おかしなことはもうひとつあったわ。きのうの朝、フォード執事にとんでもないことがあったと話したのだけれど、彼はすぐに、それが殺人だと考えたの。わたしだったら、そんな結論に飛びつかなかったはず」

サミールの口唇が動いて小さく笑った。「ミスター・フォードに話を聞いてもいいが、あの執事なら、ひと睨みで国王さえもうろたえさせられる。ぼくは生まれたときからずっと彼のことを知っているけれど、多くの話を引きだせるとは思えないな」

「あなたが治安官という高尚な立場にいても、彼はひるんだりしないかしら？」ティファニーはからかう。

「まったく、ひるまない。彼を取り調べるなんてことになれば、聖餐式でぼくがワインを何杯飲んだかを暴露されそうで怖いよ」

ティファニーはおおげさに胸に手を当ててため息をついた。「サミール・ラスロップ、わ

たしは心の底からおどろきましたよ」

「十一歳のときの話だ」

「ほんの一年まえのことだと思ったわ」

自分がからかったことでサミールが満面の笑みを浮かべ、ティファニーの心臓が胸の中できゅっとなった。でも、彼は友情しか望んでいない。

ティファニーは口をひらいたものの、ことばを発しないうちに馬車の音が聞こえ、サミールといっしょにそちらをふり返った。

ハドソン医師が、栗毛の馬が引く一頭立て二輪馬車を操っていた。彼は手綱を引いて馬車を止めた。「ふたりともお屋敷まで乗っていきませんか？　少し詰めれば三人でも乗れます」

きのう、バーナードの死体の保管を断った医師にはまだわだかまりがあったけれど、ティファニーはすぐに彼の申し出を受けいれた。サミールの手を借りて馬車に乗りこみ、彼女はふたりの男性の間に収まった。自分の脚にサミールの脚がぎゅっと触れ、温もりを感じる。サミールの上半身はわずかにティファニーのほうに向いているので、彼の肩と胸に背中を預ける恰好になった。その感触は頑強でたくましく、なにを措いてもすてきだった。膝はハドソン医師の膝に触れていたけれど、石に触れているように冷たい。サミール以外の男性を好きだと思うことはないわ、とティファニーは胸の内でつぶやいた。彼以外のひとに触れられたり、抱きしめられたりするのはいや。

でも、彼はわたしを妻に望まない。

8

ハドソン医師とサミールは、ティファニーといっしょに使用人用玄関からアストウェル・パレスの中へはいった。医師や治安官であっても、正面玄関を使うのはふさわしくないのだ。ティファニーは泥だらけのあぶみをはずし、慎重にカラシュ・ボンネットを脱いだ。今朝は手間をかけて髪型を整えたのに、自分の不注意でだめにすることはできない。カールした髪を手で軽く押さえ、大きく息をついた。

フォード執事がマッドルームに現れた。この年配の執事には、たしかにたいした存在感があると、ティファニーは認めないわけにはいかない。それに、見てわかるほどに右脚が悪いことも。彼が夜のあいだに、泥の中、死体を引きずって移動させたとは思えない。執事を怪しんでいたことはもう、サミールが幼いときに聖餐式でワインをがぶがぶ飲んだという話ほどに、ばかげたものに感じられた。

フォード執事はまずティファニーにお辞儀をした。「ミス・ウッダール、ボーフォート公爵はただいま、キュウリから日光を採取されています。ただちに支援を得られればありがたい旨、あなたにお伝えするよう言いつかりました」

「何ですって？」ハドソン医師が訊いた。顔には好奇心が表れている。

ティファニーはぼそぼそと話した。「公爵とわたしは、ジョナサン・スウィフトの『ガリヴァー旅行記』を読んでいます。いまは、バルニバービ国の首都のラガードを訪れているところなのですが、そこはいっぷう変わった研究所の本拠地で、人びとにとっては現実的でない計画を立てては実験しているんです。風刺を利かせた茶番劇というわけですね」

「だからキュウリから日光を採取している、と」サミールがかすかに笑みを浮かべて言った。

「そのとおり」そう言ってティファニーは、はっとしたように執事のほうを向いた。「ボーに本物のキュウリを渡していませんよね？　たしか、いまは旬でないはずですし」

「わたしは渡していません」執事は不遜に答えた。「ですが、ムッシュー・ボンが温室のものを何本か渡していました」

ティファニーは頰に両手を当てて、頭をぶんぶんと振った。いまごろボーは、図書室の半分につぶれたキュウリを飛び散らせているはずだ。急いだほうがいい。「みなさん、失礼《アデュー》します。ハドソン医師《せんせい》、馬車に乗せてくださってありがとうございました」

ティファニーは執事か医師を見ようとしたけれど、目はどうしてもサミールのほうに向いてしまう。彼の、すばらしく形の整った口唇に。どうにかしてふり向き、彼のもとから歩き去った。まただ。いつだって、そうするには骨が折れる。

ティファニーの足は、いまや馴染んだ廊下をたどって図書室へ向かった。ドアを開け、自分がやってくるまえに小さな公爵が働いた悪事を目の当《ま》たりにする。ボーはティファニーの

木製の剣を持ち、頭にサッシュを巻いていた（まさに、いかにも海賊らしく）。剣を頭の上に持ちあげ、それを勢いよく気の毒な緑の野菜に振りおろす。キュウリは半分に切られ、つぶれたほうが飛び散った。ボーがキュウリをもう一本、机に置いたところで、ティファニーは慌てて飛びだした。「ボー！　すぐにやめてください。キュウリの中に日光はありません。あれはただの笑い話なんです」

ボーはティファニーを見た。小さな顔の中で茶色の目が大きく見開かれる。「数学をする海賊や、飛ぶ島も？」

ティファニーは、砕かれどろどろになったキュウリを拾いあげた。「海賊はちゃんといますし、その海賊はお仕事をするのに、足し算や引き算を理解する必要があるのはたしかです」

「略奪のお仕事だよね」

「そのとおりです」ティファニーは同意した。「一方で、飛ぶ島はミスター・スウィフトの頭の中にあるだけだと、わたしは思います。つまり、湖に向かって石を投げたときに、その石がどうなるかを見ましたよね。石はぜんぶ、湖に落ちました。サー・アイザック・ニュートンが発見した重力の法則に従っているからです。島が空を飛んだら、その石とおなじ運命をたどるでしょうね」

「小人《しょうじん》たちや大人《たいじん》たちはどうなるの？」

ティファニーはボーの想像力を壊したくないし、嘘もつきたくない。「いちばん背の高い

大人でも、あなたのお兄さまのトーマスとおなじくらいの身長ですよ。だいたい百八十センチか、それより少し高いくらいです。小人たちは、わたしがこの村に住むまえに住んでいたところで見たことがありますが、身長が十五センチほどのリリパット国の住人たちより、ずっとずっと背が高かったです。そうですね、九十センチくらいでしょうか」

「いまのぼくくらい？」ボーが訊いた。

「そうですね」ティファニーはうなずいた。「でも、いまは図書室の海賊は全員、甲板を掃除する時間です。どういうことか、わかりますよね？」

「キュウリを拭く？」

ティファニーはボーにハンカチーフを渡した。「そうです」

ボーはそれを受けとり、よくわからないという表情でティファニーを見た。

「でも、公爵は掃除のお手伝いなんかしないよ」

「海賊船のキャプテンは、手下に割りふった任務の内容を、すべて知っていなければなりません。ですから、わたしたちの〝甲板〟をきれいにして、差し迫った襲撃に備えましょう」

ボーはきゃっきゃっと笑った。「だれが襲撃してくるの？」

「イギリス海軍の艦艇、ダッチェス《公爵夫人》号です。朝のうちに掃除をして、勉強に取りかからなければ」ティファニーはそう答えた。

ふたりでいっしょに、半分になったキュウリと元の形を留めるキュウリの両方を集め、調理場に向かった。テーブルや床についたキュウリは、メイドのひとりが擦り落とすことにな

るのはまちがいないけれど、その手間のおかげで図書室はずっときれいになるだろう。ボーが無傷のキュウリをムッシュー・ボンに返し、ティファニーは残骸を調理場のドアを出たところにある、堆肥の山へ持っていった。調理場にもどると、ボーはスツールに座ってビスケットを食べていた。彼はティファニーを見て、陽気に手を振った。

「海賊はお腹がすくんだ」ボーが言い、自分の前に置かれた三段のトレイからビスケットをひとつ取って、ティファニーに勧めた。ムッシュー・ボンはティファニー以上にボーを甘やかしている。

ティファニーはビスケットを受けとり、ひとくち齧った。「一等航海士もお腹がすきます」ふたりともビスケットを食べ終わってシェフにお礼を言うと、ティファニーはボーを図書室へ連れていった。ボーは手紙の書き方や単語の綴りを勉強し、『ガリヴァー旅行記』を少し読み、そのあとで宝の地図を描いた。

「さて、ここで重要なのは、X印をつけておくということです。そうすればあとでこの地図を見て、どこに宝物があるかがわかります」

「ウッダール一等航海士？」

「はい、キャプテン」

「宝物を隠すまえに、そうしておくべきだった」

「何ということでしょう。でも、わたしたちはまだ見習い海賊で、修業しながら前進しているところですからね」ティファニーは言った。「どこから宝物を捜しはじめればいいか、な

にか考えはありますか？」

ボーは頭を横に振った。赤く燃えるような金髪の巻き毛が、灯りの下できらめく。

「では、図書室の地図からはじめましょう。宝物がないところぜんぶに、印をつけていくのです」

ボーが地図の上に大きな長方形を描き、じっさいある場所に読書用ソファやティファニーの机や暖炉を描き加えていくようすを、ティファニーは見守った。つづいてふたりでその三カ所を確認したけれど、宝物はなかった。つぎに、図書室の梯子を交代でのぼって、高い棚の上に宝物がないかを確認した。南側の二階分の高さがある棚で、そこにはラテン語の本だけがぎっしり詰まっている。一時間ちかく捜してから、宝物は図書室にないとティファニーは判断した。

「どこかべつのところに移したんだ」ボーが言った。

「つぎはどこを捜しましょうか？」

「育児室かな」

ティファニーは廊下のほうを示して言った。「案内をお願いします、キャプテン」

くすくすとかわいらしい笑い声をあげ、ボーは図書室から走りでた。ティファニーはゆっくりと歩いて、そのあとを追う。育児室は私室が並ぶ一角の近くにあり、ボーの寝室と乳母用の寝室はそこに隣接している。ティファニーは数カ月まえ、公爵夫人の部屋から育児室への秘密の通路があることを知った。ふたつの部屋を行き来するには、育児室のマントルピー

スに彫られたブタの鼻を押すだけでいい。公爵夫人の養子のトーマスがそう教えてくれた。トーマスがここにいてくれたらいいのに、とティファニーは思う。いちばん秘密にしておきたいことを打ち明けられるたいせつな友人で、ティファニーのことも、あまり手厳しく責めはしないこともわかっている。

育児室に足を踏みいれると、白と黒のチェス盤のような大理石の床に、木製のブロックが散乱していた。奥の窓のそばには木馬がある。まちがいない、ボーはきょうすでにここに来ている。わたしの魅力的な小さな公爵は、どこに行っても混乱と厄介事をつくりあげるのね。ティファニーがそんなことを考えていると、ボーが簞笥《たんす》の扉を開けた。中には、いっそう多くのおもちゃが詰めこまれていた。子ども時代を通して、ティファニーが持っていた人形はたったふたつだった。でもボーは、どう見ても十二体は持っている。おまけに、家具付きのドールハウスも。ふたりのおもちゃの兵隊（小さな大砲付き）も。すべて色違いの、着せ替え用の衣類十二着も。剣玉も。ほかにもさまざまな遊び道具がある。ローンボウルズの球、シープス・ナックル（古代ギリシア発祥の、お手玉に似た遊び）、輪投げ、チェッカー、それにチェスの駒。

異母兄のユライアは剣玉を持っていたけれど、いちどもやらせてくれたことはなかった。そう思いだしたところで、ティファニーは衝動的に棚に手を伸ばし、剣玉を取りだした。なにかが棚から落ち、床の上で跳ねる。屈んで見てみると、それは彼女のダイアモンドのクラスターピンだった。これをボーの手の届くところに放っておいたなんて、わたしはなんてうっかりしていたの、と思った。わたしの持ちものの中で、価値があるものはこのピンだけな

のに。このピンのおかげで、家族の絆を感じられるのに。だってこれは、以前はお父さまのものだったから。これをなくすなんておまえはほんとうに軽率だと、お父さまなら言ったわ。

ティファニーは親指と人差し指でピンをつまみ、ボーに見せた。「これは、われわれが捜している宝物のひとつではないでしょうか？」

ボーはにっこり笑ってうなずいた。「机の上に置いてあったから、ぼくがいただいたんだ」

まったく。

ティファニーは咳払いして言った。「わたしのピンを〝いただく〟のはかまいませんが、わたしたちは本物の海賊ではありません。ですから、ご自分のものでないものは、けっして持ち去るべきではありませんよ」

小さな肩をがっくりと落とし、ボーは下唇を嚙んだ。怒っていてもしょんぼりしていても、ボーはかわいらしかった。

「それと、真似っこ海賊は、窓に石を投げることもしてはいけません」ドレスの胸元のレースにダイアモンドのピンを留めながら、ティファニーは笑ってしまわないよう口許を引きしめる。気持ちを落ち着けられるようになると、重々しくうなずいた。「遊んでいるときでも分別は持つべきだと、頭に刻んでおくことは大切です。さて、お母さまがおっしゃっていましたよ、ほかにもいろいろいただかれたものがある、と。なにを持ち去ったか憶えていますか？」

ボーは頭をぶんぶんと振った。

神さま、どうか助けてください。ティファニーは大きくため息をついてから、剣玉を手にして玉を皿に載せようとした。紐の先の玉を振りあげ、五回目の挑戦で、なんとか玉を柄の先の皿に収めることができた。剣玉遊びはおどろくほど愉快だ。ティファニーがもういちど、皿に玉を載せようとしていると、うなるような音とともに秘密の通路の扉がひらき、ボーフォート公爵夫人が姿を現した。

文字どおり、ティファニーは遊んでいるところを見つかってしまった。顔がかっと熱くなり、慌てて膝を曲げてお辞儀をする。そのせいで玉が皿から落ちた。

「見て、お母さま。宝物のひとつを見つけたよ」ボーは言い、ティファニーのダイアモンドのクラスターピンを指さした。

公爵夫人は幼い息子に温かい笑みを向けた。「なんてお利口なのかしら！　さあ、あとはわたくしのルビーの耳飾りと、金の腕輪を六本と、アメジストのブローチだけ見つけてくれればいいわ」

ティファニーは思わずため息をついた。盗まれた宝物がそれだけですめばいいのだけれど。

「図書室に海賊の略奪品はひとつもありませんでした。それで、育児室を捜すことにしました。奥さまの宝石が見つかるかどうか、このまま捜しつづけます」

ボーが前に歩みでて小さな木製の箱を引っぱりだしはじめ、その中身をぽんぽんと床に落としていく。赤いコートを着た小さな兵士の大隊が、刺繍を施された公爵夫人の美しいピンク色の靴に襲いかかった。

公爵夫人は後退った。「わたくしは退散するので、あなたたちは探索をつづけてちょうだい、キャプテン・ボーフォート。ウッダール一等航海士も」そう言って公爵夫人は暖炉のところまでもどり、彫り物のブタの鼻を押した。うなるような音を立て、秘密の通路につづく扉がふたたびひらく。夫人はふり向いた。「もうお祝いをしてもいいかしら、ミス・ウッダール？」

ティファニーは目をぱちぱちさせた。わたしがサミールに気持ちを伝えたことを言っているのね。思いのたけをすっかりさらけ出したのに、サミールからは手痛くはねつけられたと、実質的には他人である公爵夫人に認める心の準備はできていない。

ティファニーは口唇の端をあげ、どうにか小さく笑ってみせた。「ここ最近、ミスター・ラスロップとそのことで話しあう時間がずっとありませんでした。バーナード・コラムが不幸な亡くなり方をしたので」

公爵夫人はため息をついた。「時間をかけすぎないことよ」彼女はそう言い、ティファニーのダイアモンドのクラスターピンを指さした。「そのダイアモンドのピンを結婚指輪に作り直せばいいわ」

ティファニーは片手で胸元のピンに触れた。その先に指を一本、押し当てると、血が流れた。止血しようと指を口許に持っていく間もなく、小さな血のしずくが一滴、白い大理石の床に落ちた。ティファニーは血の出た指を吸い、赤い染みに目をやった。バーナードがどこで死んだにしても、そこでは大量の血が流れたはず。では、それはどこ？

数学をする海賊だとはいえ、ティファニーがきょう誇れることは、アストウェル・パレスにある六十七部屋のうち、二十三部屋を捜索したことくらいだ。ほぼ三分の一。おそらく、海賊になるという考えはあまり賢い思いつきではなかったのだ。ティファニーのダイアモンドのクラスターピン以外、ほかになくなった品々は取りもどせていない。

9

仕事を終えてお屋敷を出たティファニーは、ふうっと息をついた。

「きみにも長い一日だったんだね？」サミールの声が背後から聞こえた。

ティファニーがふり返ると、サミールは使用人用の玄関から出てくるところだった。彼にほほえみかけずにはいられない。それでも、両手はむりにでも身体の横にぴたりとつけておく。ひどい罰に思えた。彼に抱きしめてほしいと願っていたのだから。彼の肩で泣きながら、あなたのせいで不安だと打ち明けてしまいたいと。でも、こうして彼に笑みを向けることしかできない。

「はじめに考えていたほど、海賊と勉強の両立はうまくいかなくて」ティファニーは認めた。

「ボーが公爵夫人のジュエリーをくすねて、そのいくつかが見当たらなくなったの。それで

丸一日かけて、部屋から部屋へと捜しまわったわ。ボーがお屋敷じゅうをうろうろしてあんなに多くの部屋に出入りしていたなんて、ぜんぜん知らなかった」

サミールはにやりと笑ってうなずいた。「あの坊やには、たしかに女性家庭教師が必要だね。それも、より注意深く目を光らせる教師が。彼に読み書きや数学を教えるのに、きみがまったくの力不足だというんじゃない。ボーのような小さな子には、朝も晩もお目付け役が必要なんだ。それに、おなじ年頃の友人も」

「たしかに、ボーは手がかかる子だものね。ところで、ハドソン医師は嚙み痕を特定できたのかしら？　だれかのものと一致した？」

サミールがティファニーに身体を寄せた。かすかにムスクと革のにおいが感じられる。香煙を吸いこむみたいに、彼のにおいを思いきり吸いこみたい、とティファニーは思った。

サミールは頭を横に振った。「そのことだけど、ハドソン医師とぼくとで使用人と個別に話して、女性使用人全員からは粘土で歯型を取らせてもらった。ミス・チャンドラーもふくめて。バーナード・コラムといい雰囲気だったと、きみが言っていた女性だ。彼女の犬歯は一本ないが、それが抜けたのは一年以上まえだと、レディーズ・メイドのエミリーが保証した。だれの歯も、バーナードを嚙んだ人物ほどにはまっすぐでなかった。しかもフォード執事によると、すべてのドアには錠がかかっていたというし、元フットマンがお屋敷に侵入する手段はほかにはないと断言したんだ」

ティファニーは歩きはじめた。「なにかほかの手がかりは？」

サミールはため息をついた。「ハドソン医師は、きみのメイドのメアリの歯型も確認するつもりでいる。彼が家にもどる途中で」

ティファニーは身体をびくっとさせた。「メアリはバーナードの死とは何の関係もないのに」

「サー・ウォルター・アブニーは、バーナード・コラムを殺す手段も動機も機会もある人物はきみだけだと信じている。バーナードの死をぼくに報告するのに、きみ自身が来るのではなくメアリを来させたことも、すごく疑わしいと考えているんだ。ハドソン医師とぼくとでほかの可能性をすべて調べるのが、きみにとってはいちばんだ」

ティファニーは下唇を噛みしめ、目に涙をあふれさせた。ひとりきりなら泣いていたわ、と思う。でも、サミールはわたしを救おうとしている。わたしが彼を愛しているようには、彼はわたしのことを愛していないのかもしれない。それでも、彼はわたしを信じてくれている。

サミールはティファニーの歩く速さに合わせ、やがてふたりは湖の端までやってきた。

「ミスター・ハドフィールドに話を聞かないといけない。バーナードが死体で見つかった前夜に諍《いさか》いを起こしたのだから、彼はとうぜん容疑者のひとりだ。彼は背が低いから、バーナードを殴り倒すなら、背後から一撃するというのがいちばん効果的な方法だったろう。ふたりともいっしょにパブから追いだされたと、きみは言ったよね」

ティファニーはサミールの横顔をちらりと見た。濃い色の眉、がっしりとした鼻、柔らか

そうな口唇。心臓から放たれた温もりが、腕や脚へと発散される。

「ふたりはパブを追いだされてからも、けんかをつづけたのかしら？」ティファニーは訊いた。

眉根を寄せ、サミールは顔をしかめた。「さあ、どうかな。だれかが知っているということもなさそうだ。ただ、ふたりの住まいは逆方向にあるということをぼくは知っている。ミスター・ハドフィールドの農場はサー・ウォルター・アブニーの地所の近く、メイプルダウンの北側だ。バーナード・コラムの父親の農場は南東にある」

「では、つぎにミスター・ハドフィールドの農場に向かうの？」

「ああ。ぜひとも同行したいというなら、村で馬と馬車を借りてもかまわないが」

コテッジにもどってメアリのようすを確認するべきだ。彼女もいまや容疑者なのだから。サミールとこれ以上いっしょに時間を過ごしたら、痛みが大きくなるだけだろう。断ろうと口をひらいたのに、気づくとティファニーは「歓んで同行するわ」と言っていた。

ふたりはブリストル・コテッジを通り過ぎた。サミールはティファニーを先導して長い道のりを行き、コラム家のコテッジの前までやってきた。かつてのお屋敷のフットマンに関しては、どんなことでも好感を持ちたくはない。それでもティファニーは、このコテッジがきちんと手入れされていることに気づかずにはいられなかった。コテッジのまわりの畑も整備されている。これほどよい状態の農場には、ほとんどお目にかかったことはない。バーナードの父親はボーフォート公爵家の小作農だとサミールが言っていたことを思いだす。

ティファニーはぐるりと周囲を見渡した。「それで、この土地はぜんぶ、ボーフォート公爵家のものなの？」

サミールはうなずいた。「メイプルダウンとバーズリーのあいだの土地は、どこもかしこもボーフォート公爵のものだ。あるコテッジと三エーカー分以外は」

わたしの地所。

ティファニーはにっこりと笑った。「最高の三エーカーよ」

「だろうね」サミールはうなずいて同意した。「サー・ウォルター・アブニーはメイプルダウンの東側の土地のほとんどを所有している。彼の邸宅、メイプルハースト・パークはそのなかの北のほうにある。ただ、村の真北の二カ所は自由土地保有権の土地だ」

ふたりでメイプルダウンまでやってくると、サミールはブラック・コールドロン・パブに立ち寄り、馬と馬車を貸してもらえるかとミスター・デイに尋ねた。貸してもらえることになったのだろう、腕がビール樽ほどの太さの体格のよい男性がサミールについて外に出てきて、馬車に馬をつないでくれた。サミールはその男性、ミスター・デイに向かってトライコーンハットを少し持ちあげてから、ティファニーに手を貸して二輪馬車に乗せた。座席に腰をおろしたところで、ティファニーは感謝を伝えようと、ミスター・デイに向かってほほえんだ。彼はティファニーをじっと見つめ返してきた。太い首のあたりまで伸びる長く黒い髭《ひげ》は、きちんと切りそろえられていない。白く長い傷が、左目から頬まで走っている。彼がバーナードもミスター・ハドフィールドもいっしょにパブから叩きだしたという話を、ティフ

アニーは難なく信じられた。ずんぐりとして中身がぎっしり詰まっているかのような上半身は、筋肉だけでできているように見える。

ミスター・デイが人差し指で帽子に触れると、サミールは馬を急き立てて馬車を出した。もう安全だと思えるほどパブから離れたところで、ティファニーはひと言、洩らした。

「いままで会った中で、いちばん無愛想なパブの主人ね」

サミールはけらけらと笑った。「まあね。でも、いいひとだよ。愛想はミセス・デイが夫の分も引き受けている。それに幸いなことに、三人の娘たちは母親似だ」

背丈は低いけれど筋肉質という身体に、顔に傷があるミスター・デイの女性版を思い浮かべようとしたものの、ティファニーはくすくすと笑うしかなかった。「デイ夫妻ふたりに代わって、わたしが歓んでおくわ」

サミールはしばらく黙っていたので、たやすく馬車を走らせる彼の姿をティファニーは見つめた。手綱をしっかりと力強く握っている。こんなところにもまた、見惚《みと》れてしまう。サミールは馬を走らせ村を出ると、郊外の道を進んだ。ティファニーがこれまで、いちども通ったことのない道だ。いまでも自分がどれほど狭い世界で生きているかを思い知らされた。日々のすべてを、アストウェル・パレスかコテッジで過ごしている。バーズリーより向こうには行ったことがない。サー・ウォルター・アブニーの邸宅も目にしたことがない。いま、その邸宅が見えてきた。正面の六本の白い柱廊が目を惹く、赤レンガの豪邸だ。建物の左側に大きな池があり、その中央では噴水が水を噴きあげていた。

石造りの柵で仕切られた畑をいくつか通り過ぎると、灰色の石を積んでつくられた、藁葺き屋根のコテッジが現れた。

サミールは馬車を止めて馬に呼びかけた。「どうどう」

彼は手綱をティファニーに渡し、馬車から軽々と飛びおりた。それからまた手綱を受けとり、柵に結びつけた。馬車の横に来ると、ティファニーに片手を差しだす。温もりが火花となり、彼の手から自分の手に伝わって腕へとのぼってくるのが、ティファニーにはわかった。砂利道へおりて馬車を離れて歩きだしたけれど、身体はどこかに行ってしまったように感じていた。手袋を嵌めたティファニーの手を、サミールは放そうとしない。ティファニーはその手を引っこめることができなかった。

コテッジの玄関扉も赤く塗られていた。サミールはきびきびとその扉をノックした。すぐに年配の女性が応対に出てきた。とても小柄で、彼女の頭はティファニーの胸の下にようやく届くほどだ。白いものが多く交じる茶色い髪は、レースのついた白いキャップでほとんどが隠れている。茶色い目は深い皺《しわ》のようで、薄い唇はぴんと張った一本の線のようだ。

「なんの用ですか、治安官?」彼女は訊き、視線をサミールからティファニーへと移した。なにかを警戒するような声音だ。

サミールはトライコーンハットを脱いだ。巻き毛がくしゃくしゃになっているのに気づいて、ティファニーは思った。わたしがこの巻き毛をきちんと整えられたらいいのに!

「ミセス・ハドフィールド、こんにちは」サミールが言った。「息子さんと少し話したいと

思いまして」

「ローレンスはまだ畑に出ていますよ。だれかとちがって、あの子は一日じゅう、ぶらぶらするわけにはいきませんから」

そう話すミセス・ハドフィールドの目はティファニーに向けられていて、不当な言われようだとティファニーは感じた。わたしだって一日じゅう、懸命に仕事をしているのに。失われた海賊の宝物を捜して。

「どのあたりですか、ミセス・ハドフィールド？」サミールは訊いた。「わたしたちがそこまで行きます」

ミセス・ハドフィールドはわざとらしく咳払いをしたものの、コテッジの左側の畑を示した。「あの子がすでに種をまいたところには立ち入らないでくださいよ」

サミールはトライコーンハットを頭にもどした。「柵に沿って行きます。お世話さまでした」

ミセス・ハドフィールドは最後にもういちど、わざとらしく咳をしてから、ティファニーとサミールの顔の前で赤い玄関扉をバタンと閉めた。この年配の女性が自分たちに警戒心を露《あら》わにしたのは、サミールが法の執行者だからかしら、それとも彼の肌の色のせいかしらと、ティファニーは考えずにはいられなかった。どちらにしても、ふたりに対して彼女ははっきりと礼儀を欠き、無愛想だった。

畑にはいるのに踏み段を渡るとき、サミールはティファニーの肘を取って支えた。ミセ

ス・ハドフィールドの忠告を思いだし、ふたりで石の柵に沿って歩いていくと、仕事着《スモック》を着て大きな麦わら帽子をかぶった男性がいた。

「ミスター・ハドフィールド！」サミールが両手を口許に当てて呼ばわった。

呼ばれた男性は手に持っていたレーキを置き、ふたりのほうにやってきた。それから帽子を取って、サミールとティファニーに頭をさげた。母親とちがい、彼は笑顔でふたりを迎えた。彼の前歯の一本が曲がっていることにティファニーは気づいた。前に出っぱり、隣の歯を斜めに覆っている。髪は麦わら色で、目は濃い茶色だ。右の頰と顎に、青と黄に変色した部分がある。パブでけんかをした結果だろう。

「治安官、会えてうれしいですね」ミスター・ハドフィールドは片手を差しだし、サミールはその手を取って握手した。

「もっといい話でお会いできればよかったのですが、ミスター・ハドフィールド」

ミスター・ハドフィールドはうなずき、不意に表情が重々しくなった。彼はサミールやティファニーよりも、頭ひとつ分は背が低い。「あいつが死んで哀しいなんて、おれには言えません。あの男は腐った種だ。自分がまいた種を自分で刈り取ったということですよ。ただ、死に方は気の毒に思います。あなたが受けた衝撃もね、ミス・ウッダール」

ティファニーは目を瞬かせた。ミスター・ハドフィールドが自分のことを知っているとは思わなかった。でも、ふと思い当たった。わたしはメイプルダウンで、どちらかといえば悪名が高いのだわ、と。何といっても異母兄を裏庭に埋め、図書係という職とコテッジを失わ

ないため、彼になりすましたのだから。

「お気遣い、ありがとうございます、ミスター・ハドフィールド」ティファニーはそう言い、うなずいた。「これ以上ないほどおどろかされた朝でした、ほんとうに」

サミールが咳払いをした。「バーナードは悪い種だというようなことをおっしゃいましたね。もう少し詳しく聞かせてもらえますか？」

ミスター・ハドフィールドはスモックをぎゅっと引っぱり、耕したばかりの地面に視線を落とした。「男の価値は女をどうやって扱うかで決まる、と親父が言っていました。バーナードは価値のないやつだった。背が高いし見た目もいいから、気に入った相手ならだれでもかまわず、キスして身体をなで回していたから」

「パブでのけんかは、ミス・アンスティに関係があると耳にしました。バーナード・コラムは彼女にキスしようとしたんですか？」

ミスター・ハドフィールドの両手がきつく握られた。

「あのむかつく男は、カーロから触らないでと何度も言われたのに、彼女から手を引っこめることができなかった。それでとうとう、カーロはあいつの頬をひっかいたんです」

不快な怖気《おぞけ》がティファニーの背骨を伝いおりた。許していないのに触れてくる男を、彼女は憎んでいる。ちょっと肩を叩かれることも、髪を軽くなでられることも。女性の身体はその女性のものだ。だれにどのように触れてもらうか、その女性だけが選ぶことができるはず。ティファニーはミスター・ハドフィールドにもミス・カーロ・アンスティにも同情した。こ

の農夫への評価は、彼がなにか言うたびに上昇した。

ミスター・ハドフィールドは歯を食いしばって言った。「おれはコラムに、カーロに触るのをやめろと言ったんです。そうしたらあいつは彼女のことを〝好きものの尻軽女《ストロー・ダムセル》〟と言いやがった」

サミールは息をのんだ。

ティファニーは〝好きもの〟も〝尻軽〟も、正確にはどういう意味なのか知らない。でも話の流れからすると、とても気分が悪くなるうえに、性的なほのめかしがあることもわかる。

ミスター・ハドフィールドは握った左手を右手に擦りつけた。だれかを、あるいはなにかを殴ったせいで、いまでもヒリヒリしているとでもいうようだ。「あいつの言ったことを、黙ってやり過ごすなんてできなかった」

うなずきながら、サミールは大きなため息をついた。「それで、彼を殴ったんですね?」

ミスター・ハドフィールドは拳にした左手を右手に打ちつけた。その音にティファニーはびくりとした。けれど、彼は気づいていないようだ。「あいつはまさに大男だった。殴りかかったところで目にはかすりもしなかったけれど、腹に効くアッパーカットは二、三回、見舞ってやりましたよ。そうしたらおれたちふたりとも、ミスター・デイに力ずくで引き離されました。首根っこを摑まれて」

「パブを追いだされたあと、どうしました?」サミールが訊いた。

ミスター・ハドフィールドは痣になった右頰と顎を指さして言った。「コラムの拳は、お

れの顎をしっかり捉えました。怖ろしいくらいに痛かったですよ。大急ぎで農場までもどって、おふくろにステーキ用の厚切り肉を一枚、貼ってもらったんです。それで、痛みはほとんど治まりました」

サミールは自分の顎をなで、その痛みは理解できるとでもいうように、もういちど、うなずいて言った。「では、バーナードとの殴り合いは再開しなかったんですね？」

ミスター・ハドフィールドは頭をぶんぶんと振った。「おれはお人好しだけど、まぬけじゃない。あいつは少なく見積もってもおれより二十キロは体重が重いし、身長だってかなり高い。対等になんてやり合えませんよ」

「あなたがブラック・コールドロン・パブを離れたあと、バーナードがどこに向かったか、もしかして見たということは？」

農夫は両手を髪に滑らせた。「そのときにはもう暗くなっていた。でも、あいつの親父さんの農場に向かったように見えましたよ、お屋敷につづく有料道路《ターンパイク》を通って。メイプルダウンでは夜の九時を過ぎたら、たいしてすることもないし」（道路網の整備のため、地方の領主には道路の使用料を徴収することが認められていた。〝ターンパイク〟は、もとは道路を塞ぐ遮断機を指す）

「それはどうですかね」サミールはにやりと笑って言った。彼は片手を差しだし、ミスター・ハドフィールドはその手をしっかりと握った。「話を聞かせてもらって助かりました、ミスター・ハドフィールド。感謝します」

「その日の夜、ミス・カーロは黄色いドレスを着ていました？」ティファニーは思わず訊い

ていた。

ミスター・ハドフィールドは小首をかしげ、好奇心を浮かべた目でティファニーのことを見た。「いや、ミス・カーロは黄色いドレスは持っていないと思う。黄色は、彼女の髪の色をまったく台無しにしてしまうんじゃないかな」

ティファニーも同意せざるを得ない。赤毛の女性は、明るい黄色のドレスを着ても最高に見栄えはよくならないだろう。

ミスター・ハドフィールドはサミールのほうを向いた。「こちらこそありがとう、ミスター・ラスロップ。あなたはいい治安官だ。あなたに外国人の血が流れていることを、だれが何と言おうと」

サミールの頬にさっと赤みが差したことにティファニーは気づいた。彼女はミスター・ハドフィールドに膝を曲げてお辞儀をした。「お知り合いになれて光栄です、サー。よい一日を」

サミールがティファニーの手を取って自分の腕に置いた。ティファニーにはその手を引っこめる気はない。彼は、ティファニーと触れることで安らぎを得たがっているようだった。わたしが歓んで差しだすことのできる慰めはこれくらいしかないもの、とティファニーは思う。功績や知性ではなく、肌の色や生まれだけを根拠にあれこれ判断されることは、サミールには耐えがたいはず！　受けた教育も地位も同等ではない、年老いたミセス・ハドフィールドのような女性から失礼な対応をされることも。

サミールは馬車に乗るティファニーに手を貸し、それから自分も乗りこんで彼女の隣に腰をおろした。メイプルダウンにもどる馬車の中で、ふたりはほとんどなにも話さなかった。ただ、ミスター・ハドフィールドはバーナード・コラムの死には関係ないということだけは、ティファニーにははっきりとわかった。

では、関係しているのはだれ？

10

サミールとふたりでミスター・デイに馬車と馬を返しにいったとき、ティファニーは窓越しにブラック・コールドロン・パブの中を覗いた。いちども店内にはいったことはない。パブは男性と身分の低い女性だけの場所だから。いくつかのテーブルと椅子は見えたけれど、建物の中が薄暗いせいで、ほかはよく見えなかった。

「コテッジまで送ろう」サミールが言った。「ただ、先に鞄を店に置きにいってもいい?」

ティファニーは小さく笑った。「もちろん」

ふたりで歩いてサミールの書店に向かったけれど、店内にランタンの灯りが見えてティファニーはおどろいた。灯りは本が並ぶ売り場ではなく、建物の奥から洩れている。ティファニーが足を踏みいれたことのない場所だ。だれかがこの書店に押し入った?

サミールはティファニーの腕に触れた。「少しのあいだ、ここにいて」

「錠をしておかなかったの?」

サミールは頭を振り、指を一本立てて口唇の真ん中に押し当てた。それからティファニーの腕から手を放し、ドアの把手を回して中にはいった。サミールは身体の横で両手を拳に握

っているけれど、ティファニーには彼ひとりで侵入者に立ち向かわせるつもりはない。彼女はサミールのあとにつづいた。じりじりと書棚を通り過ぎ、灯りの出所《でどころ》に向かう。ランタンは大きな机に置かれている。奥にあるこの部屋はサミールの事務室にちがいない。

机について座る人物は悪党ではなく、ひとりの女性だった。年齢を推測するのはむずかしい。三十代前半だろうとティファニーは見当をつけた。髪は金髪で、汚れていた。肌は何層もの煤《すす》で覆われ、そのせいで目や口の周りの皺が目立つ。背が高く、着ているドレスは暗い色だけれど、身体の真ん中の、それとすぐにわかる膨らみは隠せていない。この女性は妊娠している。しかも出産間近だ。

「ここでなにをしているんだい、イーヴィ?」サミールが訊いた。

ティファニーは両腕で自分の身体を抱くようにした。ほっとしたし、おどろいてもいた。サミールはこの女性の名前を知っている。

女性は親指で自分の胸を示した。「あたしにはここにいていい、あらゆる権利があるんだよ、まったく。あたしはあんたの妻なんだから」

「な——何ですって?」ティファニーは目をぱちぱちとさせ、自分は彼女の言ったことを正しく聞きとれなかったにちがいないと思った。「あなたはサミールの何ですって?」

ティファニーより年下のその女性は立ちあがり、丸いお腹に両手を置いた。「妻だよ。あたしはミセス・イーヴィ・ラスロップ」

ティファニーのスカートの中で膝ががくがくと震えている。胃がぎゅっとねじれる。「サ

ミール、あなたには妻がいたの？　いつから？」

それに、子どもも。

けれどティファニーの口唇は、そういったことばを発したくないようだった。寒けが身体の隅々まで、一気に広がる。胃がこわばる。サミールがわたしの気持ちに応えてくれなくてもふしぎではない。すでに結婚していたのだから。

サミールはイーヴィからティファニーへと視線を移した。頬が紅潮し、目の周りの皺にばつの悪さが表れている。「話そうと思っていた、ティファニー……何度も何度も」

イーヴィはサミールの横を過ぎ、脅すような物腰でティファニーのところにやってきた。この女性の身長が、自分とおなじくらいだということにおどろく。男性でも女性でも、これほど背が高いひとはめったにいない。イーヴィ・ラスロップがあまりにも近づいてきたので、彼女の丸いお腹がティファニーの腹部に当たった。ティファニーはイーヴィから数歩、後退った。

「わたしとサミール・ラスロップは一七七四年に結婚したの。だからあたしは、法的にこのひとの妻なんだよ」イーヴィはそう言い、ティファニーの肩を両手で押した。意外なほどの力強さだ。「あんたのことを聞いてないなんて思わないでよ、ミス・ウッダール。弟がバーズリーまで訪ねてきて、あたしの夫がのぼせあがってる、不器量で歳をとった独身女のことを話してくれたんだ。それで、そんなことはやめさせようとやってきた、そういうこと。あたしはここにいることにしたから、あんたは近づかないほうがいいよ」

ティファニーは押されたせいで足がよろめき、そのままうしろに退《さ》がるしかなかった。

「教えてちょうだい、弟ってだれ？」

「ミスター・バーナード・コラムだよ」イーヴィは吐き捨てるように言った。「あんた、お屋敷での弟の立場を奪ったよね。それに、たぶん命も。あんたと、あの奴隷の男が」

彼女の言い草に、ティファニーはますます気分が悪くなった。顎が疼《うず》いて胸が苦しい。肌の色が濃いとはいえ、トーマスは奴隷などではない。彼はボーフォート公爵夫人の養子だ。敬意を払われるのにふさわしい、親切で聡明な若者だ――知性を感じさせない物言いをする女性から、不快なことばを投げかけられていいわけがない。

サミールがイーヴィとティファニーの間に割ってはいった。「きみがどうしてここにいるのかわからないが、イーヴィ、二度とミス・ウッダールに手を出すんじゃない」

ミセス・ラスロップは口許をゆがめて嘲笑を浮かべた。「それはあんたもだよ、だんなさま」

「なぜ、ここにいる？」サミールは訊く。「お金がほしいのかい？」

「あたしは夫とふたりきりで話したいんだけど」

ティファニーは喉元に手をやった。鼓動が激しく打ちつけているのがわかる。「わたしは帰ります」

サミールがティファニーをふり返った。罪の意識が表情を曇らせている。「待って、ティファニー。家まで送ろう」

自分で自分の身体を抱くようにしながら、ティファニーはゆらゆらと頭を振った。「あなたはやさしすぎるわ、サミール。でも、わたしは薬剤師のところに寄らないといけないから。おたがい、またすぐに会うことになると思う」

ティファニーはサミールの返事を待つことなく書店を出て、石畳の道をつきあたりの店へと向かった。涙で視界はぼやけている。心臓が壊れつつあるように感じられる。サミールはけっして、わたしを愛していると言おうとはしなかった。すでに妻がいると言おうとしていたのだ。それは、いまにも子どもを産もうとする妻だ。サミールの顔に浮かんだおどろきの表情からすると、お腹の赤ん坊は彼の子ではない、とティファニーは信じた。でなければ、赤ん坊は彼の子だけれど、妻とはこの九カ月ちかく音信不通だったのだろう。サミールとの友情は六カ月もつづかなかったわ、と胸の内でつぶやいた。彼と知り合って一年にもならないけれど、だからといってわたしの気持ちは、ほんの少しも変わることはない。

わたしは彼を愛している。

幼いころからずっと知っていたナサニエル・オッカムを愛したのとおなじくらい、深く愛している。でも、ナサニエルとおなじように、サミールは運命の相手ではなかった。ナットは海で死に、サミールはべつの女性と結婚しているのだから。自分よりもずっと若く、しかも、自分よりもずっとかわいらしい女性と。まあ、顔をきちんと洗えば、だけれど。

鼻をぐずぐずさせながらミスター・カニングの薬局のドアを開けたとたん、ティファニーは一ダースものさまざまな香りに迎えられた。乾燥させているハーブや植物が天井からぶら

下がり、例によって大きな釜が火にかけられていた。その中では、なにかしら怪しげな調合薬がぐつぐつと音を立てている。

ティファニーのお腹の中でも、薬剤師のつくる調合剤とおなじように、多くの感情がいっしょくたになってふつふつと煮え立っていた。裏切り、愛、苦痛、心の傷、屈辱感、疑念、無力感、欲望、困惑、そして嫉妬。

ミスター・カニングは白く長い髭をたくわえ、球根のような丸い鼻をした老人で、歯も何本か抜けている。彼はティファニーに笑いかけた。「こんばんは、ミス・ウッダール。なにかご用かな？　歯磨き粉がもっと入り用になったとか？」

ティファニーは無意識に、歯並びのよいまっすぐな自分の歯に舌を這わせた。「あ、いえ、そうではありません。少しジンジャーがほしいと思いまして。紅茶に入れようかと」

「乾燥させたものかな、それとも生《なま》のまま？」

ティファニーは肩をすくめた。まさにその点をミセス・バログに訊いておけばよかったけれど、自分の生理について、薬剤師にあえて詳しく話すこともないだろう。「どうでしょう。どちらがいいと思います、ミスター・カニング？」

薬剤師は曲がった指で鼻に触れた。「粉末のものだと鮮度が保てる。一包、お分けしよう」

ミスター・カニングが小さな黄麻布の袋を取りだし、それを黄味がかった粉末で満たすところをティファニーはじっと見つめた。

彼は袋の口をより糸で閉じ、糸をしっかり縛ってからティファニーに渡した。「勘定はい

まするかね、それともつけておこうか？」

ティファニーはドレスの中で腰に巻きつけたポケットを探って硬貨を二枚、取りだすと、それをカウンターに置いた。「それと、もうひとつ。もしかして、バーナード・コラムにアン女王のレースを売ったりしませんでした？」

皺々の老いた薬剤師は鼻を鳴らした。「いや、バーナード・コラムにはなにも売るつもりはなかった。すでに一ポンドちかくのつけがあったんでな。勘定ができないなら来るんじゃない、と言い渡した。それはそうと、妊娠を避けたいなら、アン女王のレースよりペニーロイヤルミントのほうが効く。あんたもペニーロイヤルミントが必要かね？」

頬を赤くして、ティファニーはもごもごと断った。「いえ、必要ありません。では、ごきげんよう」

いつまでも独身でいる女性が既婚男性に恋をしても、避妊方法を学ぶ必要はない。ティファニーはすっかり暗くならないうちになんとかコテッジに帰り着き、メアリといっしょに夕食をとることができた。自分の寝室でひとりきりになるのを待ち、枕に顔をうずめた。彼女はまえの夜につづいて泣き濡れた。

11

つぎの日の朝に目覚めたとき、ティファニーの目は腫れ、腹部はしくしくと痛んでいた。けれどジンジャー・ティーのおかげで、朝食の茹で卵とパンを一枚、食べることができた。

「いつものあなたになりましたね」茹で卵を口いっぱいに頬張りながらメアリが言った。

ティファニーは、口に食べものを入れたまましゃべらないようにと注意しかけたけれど、親切でしてくれていることを正すべきではない。たとえ、メイドのテーブルマナーが哀しいほどなっていなくても。「ありがとう、メアリ。わたしも、いつもの自分だと感じているわ」

メアリは茹で卵を飲みこみ、眉をひそめた。「ハドソン医師がわたしの歯型を取ったこと、聞いていますか？　心配したほうがいいでしょうか？」

「あなたはミスター・バーナード・コラムに嚙みついたことがあるの？」

メアリは頭をぶんぶんと横に振った。ティファニーはほっとしないではいられなかった。疑われているかもしれないけれど、メアリは潔白だ。

ティファニーは口唇の端をあげた。「それなら心配しなくていいわ。ハドソン医師は、バーナードの手に残された嚙み痕に合う歯型を探しているの」

メアリは十字を切った。「死んだひとのことを、そんなふうに気軽に話してはいけません。何といっても、まだ埋葬されていないのですから。彼の幽霊にこのコテッジをうろうろされたくありません」

「きちんと埋葬されたら、彼のことで二度と気を揉まずにすむわね」

メアリは念のためにともういちど十字を切り、朝食の食器を片付けはじめた。ティファニーは手伝おうと思ったけれど、お屋敷に行き、ボーといっしょに宝物の捜索をつづけなくてはならない。

あのかわいい坊やが、どこに宝石を隠したかを思いだしてくれさえすればいいのに！

ティファニーが玄関扉を開けると、土砂降りの雨が待っていた。傘をさし、スカートを持ちあげる。着ているものも自分自身も、泥で汚れたり雨に濡れたりしないように。どうせおおいに汚れ、濡れることになるのだけれど。

泥道を数歩も進まないうちに、サミールの姿が見えた。コテッジの前の道に立っている。帽子もコートもずぶ濡れだ。鼻の頭がかすかに赤い。かなりの時間、外にいたのだろう。

サミールは両手をティファニーに差しだした。「たいせつなティファニー、きのうの夜はあんなことになってしまって、すまなかった」

傘をさしたまま、ティファニーも濡れた手を片方だけ伸ばしてサミールの手を握り、そのあと引っこめた。また、彼の目に痛みが浮かんでいる。その痛みはティファニーの心にも広がっていた。「奥さんのことをどうして話してくれなかったの？　イーヴィのことを？」

サミールは後退ってティファニーから離れ、また雨に打たれた。頭を振り、大きなため息をつく。「イーヴィ・コラムとは結婚していた。十一年ちかくまえのことだ。でも、彼女はすぐにぼくのもとを去って、バーズリーの鍛冶屋のところに行ってしまったんだ」

ティファニーの頭と腹部がぐるぐると回転する。そういうことなら、イーヴィの赤ん坊はまちがいなくその鍛冶屋との間にできた子だ。サミールの子ではない。ティファニーは膝を折ってしゃがみこんでしまいそうだった。「それ以来、彼女と会ったり話したりはしていなかったの？」

サミールはティファニーから顔をそむけた。「していない。顔も見ていないし口もきいていない、息子のウィリアムの葬儀の日からは。ウィリアムは月足らずで生まれ、この世界ではいちども息をしなかったんだ。イーヴィは、褐色の肌の子どもとはいっさい関わりを持ちたがらなかった。シャーリー牧師からは、死んだ子に洗礼を施すのを断られた。ぼくの息子は地獄に行くと言われたよ。だからぼくはあの子を小さな木の箱に入れ、父のお墓の上に埋葬した。父とおなじ名前をつけてね。亡くなっているにしたって、あの子がひとりでいるなんて考えたら耐えられなかったから。そうして家にもどると、イーヴィはいなくなっていた」

サミールに触れようとティファニーは腕を伸ばし、そのままおろした。代わりに、自分の頬を流れる涙を拭った。そのあいだも、雨はサミールを打ちつける。「ああ、サミール。あなたの哀しみを想像することもできない。ほんとうに気の毒に思うわ。あなたは、わたしの

いちばんたいせつな友人だもの」

サミールがティファニーのほうへ歩み寄る。ティファニーはサミールを慰めたかった。でも、思いとどまった。彼は既婚者だ。「では、彼女のお腹の赤ちゃんはあなたの子ではないのね」

サミールは両手を髪に走らせ、その拍子に手が当たってトライコーンハットが地面に落ちた。「誓って言う、ティファニー。父の魂にかけても、彼女の赤ん坊はぼくの子でない。この十年、彼女とは連絡を取っていないとはっきり言える。イーヴィが去ってから消息を追ったのは、彼女が無事でいるか、必要なものがそろっているかを確かめようとしたからにすぎない。そのときはもう、鍛冶屋といっしょに暮らしていたけれどね。ぼくが扉をノックしても、彼女は玄関先までやってくることさえしなかった。一年たち、ぼくたちふたりの間のすべては終わったと思った。それから、さらに九年が過ぎた。名目上はまだ夫婦だけれど、それだけのことだ」

「どうして話してくれなかったの？」ティファニーは消え入りそうな声で訊いた。雨が頬を涙のように流れおち、サミールを傘に入れて雨に打たれないようにしようと、彼のほうに足を踏みだす。

雨に濡れた顔をサミールは両手で覆った。「きみに出会うなんて思ってもいなかったから。きみを愛するようになるなんて。それに、話してしまったら、きみはぼくから離れると思った。身勝手すぎるけど、そうなってほしくなかった。きみとは結婚できないとわかっている

のに。ぼくは法のもとの契約に囚《とら》われているから。愚かな若者だったときに交わした契約だ。あのころのぼくは能天気だった。世界はぼくの肌の色ではなく、ぼくの人格に関心があると考えていたんだからね。でも、まちがっていた。イーヴィがぼくを愛したことはなかったけれど、ぼくが父から相続した財産のことは愛していた。いっしょに暮らすのは悲惨だったから、彼女が去ったときはほっとしただけだった」

サミールがわたしを愛している。

わたしはそれだけを願っていた。

でも、どうにもならない。彼は法律上では、べつの女性の夫なのだから。

「なにか言ってほしい、ティファニー。きみを愛するぼくに、お願いだから、なにか話して。そうしないでいられないなら、非難してくれてかまわない。でも、黙ったままでいないで」

ティファニーは空《あ》いたほうの手でサミールの濡れた頬を包んだ。自分の思いを彼に伝えたかった――彼の善良さを、知性を、温かい心をどれほどすばらしく思っているかを。でも、サミールはすでにじゅうぶん傷ついている。これ以上、傷を増やしたくない。

「あなたの友人でいることは、わたしの人生でいちばんたいせつな関係だった」ティファニーは言った。感情があふれた声は、囁《ささや》きよりはかろうじて聞き取れるというほどに小さい。「この世界でどんな本も、どの図書室も、その友情に代わるものはなかった……でも、あなたには妻がいて、あなたのもとにもどってきた」

サミールは自分の大きな手で、頰を包むティファニーの手をすっぽりと覆った。「イーヴ

ィはどこにも行くあてがなかったんだ。拒むことはできなかった。彼女がぼくの妻だったことなど、なかったにしても」

ティファニーはサミールの目を見つめる。茶色のその目は深く、彼女はいともたやすく、その深淵の温もりに我を忘れてしまえる。「あなたに腹を立てているのではないの。でも、あなたに妻がいるという事実は変わらない。だから、わたしたちの間のそんな親密さは、終わりにしないといけないわ」

サミールの褐色の頬にかすかに色が差した。「イーヴィは十年以上、名目上の妻でしかなかった。きのうの夜、彼女は予備の寝室で眠ったよ」

そう聞かされてティファニーはサミールの頬から手を放したけれど、たちまちその肌にまた触れたいと思った。けれど、そんなふうに親しげに触れることは、くり返さないほうがいい。教会や国の法律のもとでは、このひとはべつの女性のものなのだから。

「でも、彼女はあなたの妻よ」

「できることなら離婚したい。彼女が誠実でなかったことははっきりしている。でも、ぼくにできることはなにもないんだ。結婚を終わらせるための法案を、議会に提出することもできない——ぼくは上流階級の一員ではないからね。イングランド国教会にたいした人脈があるわけでもないし。ぼくたちのような一般市民には、不幸な結婚を終わらせるための手段はないんだ。ということは、べつの場所で新たな幸せを見つけることもできない」

ティファニーは頭をこくんとさせるだけにしておいた。サミールは、ティファニーがすで

に知っていることしか話していない。離婚は稀《まれ》で、裕福なひとたちだけができる。「彼女のことはどうするつもり？」

わたしたちのこと、は？

サミールは喉を鳴らした。「出産まで書店の上階《うえ》の部屋にいてもらうことにした。イーヴィが言うには、もういつ生まれてもおかしくないらしい」

「それで、生まれたら？」

ため息をつきながらサミールは頭を振った。「わからない。彼女とはいっしょに住めない。かつてはわずかでもあった彼女への気持ちも、息子の死で消えてしまった。もういちどイーヴィの夫になるつもりはない。彼女とその子どもに、いくらかお金を渡さないといけないとは思っている。それで、どこかで暮らしてもらう。もう、父親の家にもどることは許されないからね」

「赤ちゃんのお父さんはどうなの？」ティファニーは訊いた。平らな自分のお腹に手を置きながら。「バーズリーの鍛冶屋さんよね。赤ちゃんのことは、なんとも思っていないの？」

「イーヴィは彼のことを話したがらない」

イーヴィを思い、哀れみの気持ちがティファニーの胸に湧きあがった。「お父さまがどうして娘をもどってこさせないのか、彼女はなにか言っていた？　バーナードはお屋敷での仕事をクビになったあと、お父さまのところで暮らしていたじゃない」

サミールはため息をついた。「父親ではない、継母が彼女を家にいさせようとしないんだ。

ふたりの間に愛情はないのだろう。いまのミセス・コラムには十人の子どもがいる。あの家に、もうひとりの女性は必要ないんだ。あるいは、もうひとりの赤ん坊も」

「ミセス・コラムはとんでもなく不愉快な女性のようね。バーナードが亡くなったという哀しい知らせをミスター・コラムに伝えにいったとき、わたしたちをコテッジの中に招き入れようとしなかったし」

「あの家でぼくが歓迎されたことはいちどもなかった。彼らの娘と結婚したというのに」サミールは言い、顔にしたたる雨を拭った。「イーヴィがぼくと結婚したたったひとつの理由は、継母から逃げたかったからではと思うこともある。仲が悪かったからね……イーヴィはきのうの晩、継母のテーブルから食事の残りものを分けてもらうくらいなら、死んだほうがましだと言っていた」

ティファニーは目を伏せたけれど、視線の先はサミールの口唇で止まった。彼にキスをしたい！　そう思うものの、なんとか彼の首元まで視線をさげた。「あなたとバーナードとの関係が良好だったことはある？」

サミールは息をのんだ。彼の喉仏が上下に動き、雨はティファニーの傘を打ちつづける。「最初のころは。でもイーヴィが去ってから、状況が悪くなった。そうなる以前、ぼくは彼に読み書きを教えたんだよ。フォード執事に紹介することさえして、彼がアストウェル・パレスでちゃんとした仕事に就けるよう、力添えをした。バーナードは未熟だったけれど、フットマンには背の高さが求められるからね。高ければ高いほどいい。だからフォード執事は、

あの男を従順な使用人に変えるという、骨の折れる、割に合わない任務を引き受けた」

「お父さまの農場はどうなったの？」ティファニーは訊いた。「長男として、彼が相続したのではなかったの？」

「よくあることだが、イーヴィが言うには父親は最初の妻を憎んでいたらしく、彼女との間にできた子どものことは気にかけていなかったらしい。イーヴィと結婚したあと、バーナードはぼくたちのところに来ていっしょに暮らしていた」

「バーナードはいつも不愉快だった？」

サミールはかすれた声で笑った。「自分の思いどおりにならなかったときだけは。バーナードは見た目も体格もいいから、特別に扱われてとうぜんだと考えていた節があった。そして、これは認めざるを得ないのだけれど、ぼくもイーヴィも彼を甘やかした。彼は、ぼくがつねにほしいと思っていた友人だったんだ。それにイーヴィは、なんでも与えていた。バーナードにとっては、姉というより母親という存在だった」

サミールの妻に同情したくはなかったけれど、ティファニーは同情した。自分を愛してくれない父親との生活がどれほどたいへんか、よく知っていたから。父親に代わってイーヴィが、愛情と思いやりを弟に与えていたのだ。そしていま、その弟は死んだ。

「弟が亡くなって、イーヴィはとんでもなくこたえているでしょうね」

「バーナードの素行の悪さは父親のせいだと、イーヴィはいつも言っていた。お屋敷の仕事をクビになったあと、彼は父親のところにもどったけれど」サミールはつづける。「しょっ

ちゅうイーヴィを訪ねていたことは知っている——バーナード本人がそう話していたよ。彼の収入は、イーヴィから借りたり、アストウェル・パレスを訪れた貴婦人方からもらった贈りものを売ったりして得たお金だけだった」

ティファニーは小首をかしげた。この話はちっとも意外ではない。バーナードは使用人たちの間でもまったく自由奔放に、くり返し性的な関係を持っていたのだから。「でも、彼の財布には三ペニーしか残っていなかった。売るものがなくなってしまったのね」

「バーナードは死ぬ数日まえに、お金を貸してほしいとイーヴィに頼んできたそうだ。でも、彼女に渡せるものはなかった。ミスター・テイト——彼女の内縁の夫の鍛冶屋だ——はその二カ月まえ、すでに一ポンドを渡していたらしい。でもバーナードは、酒を飲んだり賭け事をしたりして散財したにちがいない。彼には硬貨二枚を擦り合わせることはぜったいにできなかった、手にするそばから使ってしまうから」

ティファニーは口唇をぎゅっと閉じたけれど、頭の中では言わずにいられなかった。「ミスター・テイトは内縁の妻の弟にはお金を渡すのに、自分の赤ん坊には使おうとしないの？ それどころか、自分の子どもを宿した女性を家から追いだすのね」

サミールがまたため息をついた。「事の全容はぼくにもわからない。イーヴィは赤ん坊のこともミスター・テイトのことも話すのを拒んでいる。弟を助けてくれたいいひとだ、とだけは言っているが」

傘をさしていないほうの手を腰に当て肘を張り、ティファニーはひどく腹を立ててため息

をついた。いいひとは自分の子どもに責任を持つわ。

「あなたはいいひとよ、サミール」ティファニーは囁いた。「だから、あなたがけっしてわたしのものにならないという事実に、心が砕かれるの」

ティファニーはそれ以上はなにも言わず、傘を握ったままサミールの前から歩み去った。雨の中に彼をひとりきり残して。泥道を一歩進むごとに、ティファニーの心はさらにばらばらになっていった。

アストウェル・パレスに着いたとき、ティファニーの顔も髪もびしょ濡れで、水滴がしたたり落ちていた。兄がしていたように、顔に白粉をつけていなくてよかったと思わずにはいられない。ドレスのスカートはすっかり雨を吸いこみ、裾から二十センチほど上までたっぷりと汚れていた。言うまでもなく、あぶみは泥まみれだ。

ティファニーは腰をおろし、手袋に泥がつかないようにしてブーツを脱ごうとした——望みのない挑戦だ。彼女は泥だらけなのだから。

ふとふり向くとフォード執事がいて、くちばしのような鼻越しにティファニーのことをじっと見おろしていた。執事は頭をさげた。彼の外見は、どこかもかしこも非の打ち所がなかった。コートには皺ひとつ見当たらない。頭上の銀髪は一本残らず、収まるべきところに収まっている。

ドレスをなでつけながら（それくらいしかできなかった）ティファニーは立ちあがり、小さく膝を曲げてお辞儀をした。「おはようございます」

彼は喉を鳴らしただけだった。黙っていることで多くを語っている。「ミスター・モンターギュと新しい家庭教師が昨晩、到着しました。あなたには紅《くれない》の応接間でおふたりと対面するようにと、奥さまがおっしゃっています」

ティファニーはため息が出るのを抑えられなかった。きょうという日に、公爵夫人の前にひどい状態で姿を見せなければならないとは。「かしこまりました、ミスター・フォード」

執事はティファニーに短くうなずき、脚を引きずりながら歩き去った。今回がはじめてではないけれど、ティファニーはふしぎに思った。執事はどうして右脚を悪くしたのかしら、と。彼女はぼろ布を摑み、最後にもういちど、スカートの裾から泥を落とそうとしてあきらめた。裾をおろし、びしょ濡れのストッキングを隠す。ブーツはあまりにも泥にまみれすぎて、ぴかぴかのお屋敷の中で履くと考えることさえためらわれた。

ティファニーは紅の応接間に向かった。濡れた髪を軽く叩いてなでつけ、ドレスの泥を擦り落としながら。その努力は少しも報われず、見た目はなにも変わらなかった。応接間に着くころには手がぶるぶると震えていた。その手でドアノブに触れた。気持ちを落ち着けようとひとつ大きく息を吸ってから、紅《あか》い部屋へと足を踏みいれる。どの家具も紅く、少なくとも四つの暖炉があり、いまはそのどれにも火が入れられている。

ボーフォート公爵夫人は家庭教師のことで話しあうのではなく、国王に謁見する支度を整えたかのような装いをしていた。黄色のマンチュア（十八世紀中ごろに流行したドレスのスタイル）は上質なダマスク織で、クジャクと木の葉が優雅に刺繍されている。ティファニーはそのドレスを見て、バー

ナードの爪の中から見つかった黄色の糸を思いだした。けれど夫人の美しいドレスのどこにも、ほころびやかぎ裂きは見当たらない。裾から覗く、ドレスに合わせた黄色の靴にも、そういったものはなかった。夫人は巨大な鬘も被っていた。白髪を巻き毛にしたもので、小さなクジャクのぬいぐるみまでついている。顔を白粉で白く塗り、明るいピンクの頬紅と赤い口紅を差し、目元には青い粉をはたいていた。

公爵夫人がウィッグ・スクラッチャー（鬘の下の頭を掻くための棒）をサイドテーブルに叩きつけ、ティファニーはびくりとした。それから夫人は、人工の被りものの中のシラミをその棒でつつきながら言った。「もう！　あなたはいつも遅れるのね、ミス・ウッダール？」

ティファニーは膝を曲げてお辞儀をすると、スカートの脇をつまんで引きあげ、泥を見せた。「雨が降ったときだけです」

「それと死体を見つけたときも、でしょう？」

ティファニーは赤面してうなずいた。

「まえにも言ったけれど、バーナード・コラムがろくな最期を迎えないことはわかっていたわ」ボーフォート公爵夫人はそう言い、ベルをつまんでリンリンと鳴らした。「でも、これ以上あのひとについては話しません。息子の友人でもなかったのですし」

部屋の反対側のドアが開き、夫人のふたりの息子が手をつないではいってきた。息子のひとりのトーマス・モンターギュは背が高く体格もがっしりした、アフリカに祖先を持つ若者で、顔もとてもハンサムだ。彼の大きな手は、弟の手をよりいっそう小さく見せている。弟

のボーは、そんな兄をまぶしそうに見上げていた。胸がぎゅっと締まり、ティファニーは思わずそこに手を当てていた。ふたりがつくりあげた光景はとても甘美だった。ボーの目がティファニーを捉え、大きく見開かれた。彼女に向かって駆けだし、雨に濡れた身体に抱きつく。ティファニーもうれしくなって抱きしめ返した。

「海に落ちたの、ウッダール一等航海士？」

顔を赤らめてティファニーは答えた。「いいえ、キャプテン。残念ながら雨に濡れただけです」

ボーは、少し湿ったティファニーのドレスの袖を引っぱった。「お母さまが、ティファニーはもうぼくの先生じゃなくなると言ってた。ミス・ドラモンドというひとがぼくの新しい家庭教師なんだって」

また胸がぎゅっとなったけれど、今回は気持ちのいいものではなかった。「きっと、すてきな先生ですよ」

「フェレットみたいな顔をしてたよ」

「ボー！」公爵夫人が息子をたしなめた。「そんなことを言うものではありません。失礼ですよ」

「わたしが選んだのだよ、ボー」トーマスが言った。弟の横で膝をつき、目と目を合わせる。「彼女は賢く、立派な先生だ。彼女に機会を与えてほしい。ある一家の五人の男の子に、学校に通わせるための準備をしてあげたのだから」

ボーはティファニーの腰のあたりを摑む。「ティファニーはどこかに行ったりしないよね？」

この幼い子といっしょにいられる時間が終わりを迎えつつあることをティファニーはわかっているし、自分が子どもを持つことはない。「行きませんよ。でも、わたしは図書係で、家庭教師ではありませんから」

ティファニーの腰を摑むボーの手にいっそう力がはいり、ティファニーは涙を堪えようと鼻をスンスンさせた。この少年と過ごすひとときが大好きだった。本を読んであげるときが、いっしょに遊ぶときが。

「ミス・ドラモンドを呼んできます」トーマスが言った。「彼女は朝のうちに学校の教室のようなものをこしらえ、育児室の整理整頓をしていました」

申し訳なく思い、ティファニーの頰がかっと熱くなった。彼女とボーはきのう、育児室をしっちゃかめっちゃかにしていたのだから。

「きょうは宝物を捜すことになってるよね、一等航海士？」ボーが訊く。

ティファニーはため息をつき、下唇を嚙んだ。「ミス・ドラモンドがしてほしいと思うことをしなくてはなりませんよ」

ボーはさらに強く、ティファニーの腰のあたりを摑む。「いまはそのひとがキャプテンなの？」

トーマスがドアを開けると、黒髪をうしろになでつけてきっちりしたシニヨンに結い、質

素なドレスを着た若い女性が現れた。ボーの言ったことに賛成しないではいられない。ミス・ユーフェミア・ドラモンドはたしかに、フェレットのような顔をしていた。黒い瞳に、尖った鼻先はかなりのピンク色だ。その鼻の下にうっすら見える産毛が髭のようだった。口唇は薄い。この女性は二十代後半だろうとティファニーは見当をつけたものの、地味なドレスのせいでもっと歳上に見える。

トーマスがにっこりと笑った。「ミス・ドラモンド、図書係のミス・ウッダールを紹介します」

ミス・ドラモンドはティファニーにつんけんと頭をさげた。顔に笑みはない。海軍のキャプテンよりも厳格で、怖ろしさも二倍に思える。

ティファニーはボーの手を握ったまま、ぎこちなく膝を曲げて挨拶を返した。「お目にかかれて光栄です、ミス・ドラモンド。ボーはほんとうに賢い少年で、そばにいると幸せな気持ちになりますよ」

ミス・ドラモンドは鼻を鳴らした。「坊ちゃんのお勉強がどのあたりまで進んでいるかは、わたしが判断します」

むっとしたことをつとめて悟られないようにして、ティファニーは笑おうとした。「あなたはたいへんに有能な教師なんですよね」

「そうでなければ、ここへは参りません」彼女はそう言い、ボーのほうへ手を伸ばした。「さあ、ペレグリン坊ちゃん。書き取りの試験をさせてくださいな」

けれどボーは動かなかった。

ティファニーは彼を家庭教師のほうへそっと押しだそうとした。「キャプテン・ボーと呼ばれるほうがお好きなんです」

「わたしはあだ名だとか、そのような愚かなものは信じていません。坊ちゃんのお名前はペレグリンです。ですからわたしは、ペレグリン坊ちゃんとお呼びします」

ボーはティファニーのスカートを手いっぱいに摑んでいる。「ぼくの称号はボーフォート公爵だ。キャプテン・ボーと呼ばないなら、閣下と呼んでもいいよ」

喉元に忍び笑いがこみあげてきたけれど、ティファニーは断固として口唇をしっかり結んだ。ミス・ドラモンドは強情な幼い教え子の中に、自分とおなじにおいをかぎ取ったのかもしれない。

家庭教師はもういちど鼻を鳴らした。「かしこまりました、閣下。学習室へ連れていってください。ただちに」

ボーはふり返ってティファニーを見た。ティファニーはほほえみ、ドレスを摑む手を放させ、ボーを厳格な若い教師のほうへと追い立てた。「あとで『ガリヴァー旅行記』を読み終えると約束します。そのつぎは、大きくて悪いオオカミの物語を読みましょう」ティファニーは片手を額に当て、ボーに敬礼した。「キャプテン・ボー」

「お勉強を終えてたあと時間があれば、です」ミス・ドラモンドがことばを差しはさむ。

少年はにやりとティファニーに笑ってみせた。「休め、ウッダール一等航海士」

ミス・ドラモンドはどすどすと歩き、ボーがそのあとを追う。ふたりが出ていくと、トーマスがドアを閉めた。部屋に残った三人は、いっせいにため息をついた。

トーマスが笑った。深く豊かな笑い声だ。「あの意地の張り合いにだれが勝利するか、わかりませんでした」

「ペレグリンには、あのひとがふさわしいわ」公爵夫人が言った。またスクラッチャーで蔓の中をつついて、頭の横を掻いている。「あなたはあの子に対して手ぬるすぎるのよ、ティファニー。だからといって、適切な家庭教師が見つかるまであなたがその役を務めてくれたことに、感謝していないわけではありませんよ」

「ミス・ドラモンドについては、手ぬるすぎると心配する必要はなさそうですね」トーマスが言い、まっすぐティファニーのほうを向いてにやりと笑う。

ティファニーも彼に笑みを返した。この友人がいなくて、どれほどさびしかったことか！それにいまは、トーマスに慰めてほしかった。

ティファニーは公爵夫人のほうを向き、もういちどお辞儀をした。「わたしは図書室にもどり、仕事にかかります。残念なことに、ボーのための子ども向けの本が不足しています。最高の本をあるだけ注文できるよう、できるかぎり力を尽くします」

「あなたのミスター・ラスロップが歓ぶのはまちがいないわね」公爵夫人はそう言い、両眉をあげてみせた。

顔が真っ赤になるのを感じながらティファニーは部屋を出た。大理石の床を数歩進んだと

ころでようやく、トーマスがあとをついてきていることに気づいた。

「母は心からあなたに感謝しています、ティファニー」トーマスは言い、早足で彼女に追いついた。「母はいつも、感謝の気持ちをどう表せばいいのか、わからないでいるんです。この数カ月は母にとって、とてもつらい時期でした。不面目な理由で夫が亡くなってから、かつての友人や知人の多くが母との関係を絶ちましたから。本来なら、いまは社交シーズンに向けてロンドンに行く準備をしているはずですが、招待状が一枚も届かないのではと心配しています。母の兄上さえ、母の手紙に返事を書いてこないのです」

ティファニーはトーマスの腕を取った。「ねえトーマス、わたしは公爵夫人がおっしゃったことを気にしてはいないわ。これ以上ないほど困った状況にいるだけで」

トーマスの目はリネンのはいったバスケットを運ぶメイドを見ていた。「図書室へ行きましょう。そこで事情をすっかり聞かせてください」

ふたりは静かに図書室へ向かった。この世界でティファニーがいちばん大好きな場所へ。彼女の隠れ家へ。中にはいるとティファニーはいつものソファに腰をおろし、トーマスはその横に座った。

「なにがありました？」彼が訊く。「わたしがここを離れていたのは、ほんの二週間でしたのに」

ティファニーの顔にまた血がかっとのぼった。頬に手を当て、トーマスなら信用してもいいと自分に言い聞かせる。「わたしがバーナード・コラムの死体を見つけたの、わたしのコ

んよね？」

テッジの前で。しかも、わたしが彼を嫌っていたことをだれもが知っているみたいで」

ティファニーの友人は低く口笛を吹いた。「もちろんサミールは、あなたを疑っていませんよね？」

ティファニーは下唇を噛んでうなずいた。「ええ。でも、ハドソン医師とサー・ウォルター・アブニーは疑っている。わたしのメイドのメアリにも、いろいろ質問をしたのよ。まるで、彼女も殺人に関わっているかもしれないと言わんばかりに」

「バーナードが死んで気の毒に思うとは言えませんが、あなたが彼を見つけたことはお気の毒でした」

「でも、これまででそれが最悪なことではないの」ティファニーが言った。「きのうの夜にわかったのだけれど、サミールはすでにある女性と結婚しているわ。それがバーナード・コラムのお姉さんなの、よりにもよって」

まさかという表情で、トーマスが頭をふるふると振る。「信じられません。わたしの知るかぎり、彼はずっと独り身でしたよ」

深くため息をつき、ティファニーは先をつづける。「彼はイーヴィ・コラムと十一年まえに結婚したけれど、一年もしないうちに別々に暮らすようになったんですって。でも、彼女と結婚したという事実はいまだに残っているから、わたしとは結婚できないわ。法的にはすでにイーヴィの夫だもの。彼がわたしに結婚してほしいと言ってくれたとしても」

「この十年、彼女はどこにいたのですか？」

ティファニーは肩をすくめた。「なんと、バーズリーよ。そこで鍛冶屋の男性と暮らしていたみたい。それにね、トーマス。彼女は妊娠していて、いつ生まれてもおかしくないの」

トーマスは膝の上で両手をぎゅっと握った。「その鍛冶屋をサタンの前に連れださないと。彼が父親なら、彼が子どもを養うべきです」

ティファニーは首のうしろに手をやった。「サミールが彼を責めることはないと思う。どうしてできるというの？　法的にイーヴィは彼の妻で、金銭面では彼が責任を負っているのに」

トーマスは立ちあがった。「では、わたしが会いにいきましょう」

前のめりになってティファニーも立ちあがる。「では、わたしもお供するわ」

12

トーマスが馬車を用意させたころには雨は止んでいて、ターンパイクに泥だらけの水たまりだけが残された。またもや通ったことのない道があることを思い知らされ、ティファニーは恥ずかしくなる。とにかく、わたしの世界はとても狭いのだわ、と。

建物が密集していることに、ティファニーは気づいた。といっても九軒ほどしかなく、そのどれもが平屋だ。

「バーズリーはほんとうにこんなに小さな町なの?」

トーマスは頭を横に振った。「ここはバーズリーではありません。ディーという集落《ハムレット》です。ほとんどの住人は、お屋敷の使用人や庭師たちですよ」(〝ハムレット〟は教会を持たず、ほかの村の教区に所属する集落)

ティファニーが馬車の窓から外に目をやると、一軒のコテッジの扉が開いているのが見え、女性がひとり、外に出てきた。ティファニーよりも十歳ほど年長で、髪はホワイト・ブロンドだ。緑色のドレスは美しいというよりは丈夫そうなものだけれど、彼女の外見のどこもかしこもが、とてもこざっぱりしていた。ショールは両肩に均等に広がっている。白いレースのついたキャップが後頭部の髪を覆っている。磨かれたブーツには、泥の染みがひとつも見

当たらない。落ち着いた身のこなしに、ころころ変わる表情。身だしなみはまちがいなくわたしよりきちんとしているわ、とティファニーは胸の内でつぶやいた。それに、典型的なほかの労働者階級のひとたちよりは。

トーマスが馬車の側面を叩き、御者は馬車を止めた。どうするつもりかとティファニーが尋ねる間もないうちに、トーマスは馬車から飛びだしてホワイト・ブロンドの女性のところに向かった。彼は女性をさっと抱き寄せ、熱烈に抱きしめた。女性もトーマスの身体に手をまわしているけれど、ティファニーからは彼女の片方の腕しか見えない。ティファニーは気をつけながら馬車をおりた。朝のうちに、アストウェル・パレスのスカラリー・メイド（おもに調理場の下働きをするメイド。いちばん下級にいる）がブーツの泥を落としてくれていたけれど、一日のうちに二度もそれを期待するのは望みすぎだろう。

女性の威厳をたたえた灰色の目がティファニーに向けられ、その表情が曇った。自分の身なりがいくぶん乱れていることは、ティファニーも自覚している。朝、雨の中でサミールと話したせいだ。けれど、女性はひと目見ただけでティファニーを嫌いになると決めたようで、そのことにおどろかされた。そして女性の顎の下に痣が広がっているのに気づき、ふたつ目の衝撃に襲われる。痣は緑がかった紫色だった。彼女になにがあったの？　だれにそんなことをされたの？

「ミス・ウッダール」トーマスが呼ばわった。にこにこして、ふたりの女性の間を流れる負の感情には気づいていない。「ミセス・フォードを紹介します。わたしが歩行練習用の紐を

つけられていたときからの知り合いです。それ以来、わたしのことをおおいに甘やかしてくれているんですよ」

自分の見た目が気になりはしたけれど、ティファニーはゆっくりと膝を折ってお辞儀をした。そうすれば足元がよろよろしないですむ。それから顔をあげて女性を見た。「ミスター・モンターギュのご友人に会えるのは、いつでも光栄です」

青白い頬に赤みが差し、ミセス・フォードは頭をさげた。「からかわないでください、ミス・ウッダール。わたしはいち執事の妻にすぎないんですから。会えて光栄なのは、わたしのほうですよ」

この女性はフォード執事の妻なの？　彼が結婚していたことをティファニーは知らなかった。尋ねたことがないから、というわけではない。お屋敷の使用人のほとんどは未婚だからというだけだ。結婚している使用人もいるけれど、相手もおなじ身分と地位にいる使用人だ。この女性は、フォード執事の妻というにはあまりにも威厳があるけれど、彼とおなじようにドレスの着こなしはきちんとしているし、見た目もこぎれいだ。

ティファニーはにっこりと笑った。「では、わたしたちふたりとも光栄ですね」

ミセス・フォードは、どちらかといえば薄い口唇でほほえんだ。「ミスター・モンターギュ、ロンドンに行ってどうでした？　ペレグリン坊ちゃんにふさわしい家庭教師は見つかりました？」

トーマスはうなずいた。「名前からもわかるように、ミス・ドラモンド《Drummond》は厳しいですよ。

ペレグリンに勉強を叩きこん《drum》でくれるでしょう。ただ、ユーモアがないわけではありません。ですから弟にとってよいのではと思います」

ミセス・フォードは心から笑ってみせた。彼女の外見のあらゆる部分とおなじように、歯もまっすぐで整っていた。「彼女はお屋敷でただひとり、坊ちゃんのどんな気まぐれも許さない人物になるでしょうね」

ティファニーは頰が赤くなるのを感じた。自分が幼い公爵に向かって「いけません」と言った場面を、たったひとつでも思いつけない。ボーが聞き分けがないとか、意地悪な子どもだというのではなく、守らせる規律が少ないほうが、彼の養育にはためになるとわかっていたからだ。

「ボーを甘やかしたことでは、残念ながらわたしは有罪ですね」ティファニーは認め、胸の前で腕を組んだ。「わたし自身に子どもがいませんから、ボーといっしょに過ごした時間はほんとうに楽しいものでした」

ミセス・フォードは頭を振った。「いちばんだめなのは夫ですよ。あの子のためなら、なんだってしてしまうでしょうから。トーマスが小さいころも、そんな感じでしたもの」

トーマスが彼女を見おろして笑った。ティファニーはふたりの間の愛情をひしひしと感じた。

「あなたにお子さんはいますか?」

ミセス・フォードの顔に浮かんでいた赤みが消え、牛乳のように真っ白になった。「夫と

わたしは、子どもを持つことができないの」

そんなことを訊くくらいなら、舌を嚙んでおくべきだった。ミセス・フォードをどれほど傷つけてしまったか、ティファニーにはよくわかった。「ごめんなさい。つらい話題を持ちだすつもりはありませんでした」

ミセス・フォードは左手をあげてトーマスの頰を包んだ。「公爵夫人の息子ふたりが、わたしたちの歓びです」

トーマスは彼女の手を取り、指先にキスをした。「わたしたちはこれからバーズリーに向かいます。なにか、代わりにお使いをしてきましょうか？」

「間に合っているわ、でも訊いてくれてありがとう」ミセス・フォードは言い、トーマスにまた温かい笑みを向けた。

ティファニーはこの場を離れられることにほっとした。「それでは、ミセス・フォード」

ティファニーが水たまりを飛び越えて馬車のドアまでたどり着くと、トーマスが駆け寄ってきて、馬車に乗るのに手を貸してくれた。ほんとうに親切な友人だ。ふたりは並んで座り、顔は前方に向けていた。ティファニーが馬車でこの位置に座ることはめったにない。扶養されていたり独身でいたりする女性はいつも、進行方向に背を向けるものだから。

ティファニーは首に手をやった。「フォード執事は妻をぶったりしていないわよね？　彼女の首元にひどい痣があったけれど」

トーマスは座席の上で姿勢を正した。「まさか。ミスター・フォードはハエ一匹、傷つけ

ることはありませんよ……気づいたかどうかわかりませんが、ミセス・フォードの右腕はうまく動きません。身体の横でだらりとさがっています。たぶん、どこかから転落したのでしょう」

「では、いつもは痣はないのね？」

「ありませんね。わたしはこれまで、彼女に痣があるところを見たことはないですから」

ティファニーは安心してひと息ついた。フォード執事が虐待する夫でないとわかってうれしかった。彼は以前、怒り狂うシャーリー牧師に立ち向かい、ティファニーを守ったことがあった。そんな執事が妻を虐待していたら、ティファニーの彼に対する評価は地に落ちていただろう。

トーマスは膝の上で両手を広げた。「ミスター・フォードは自分の妻を溺愛しています。母が社交シーズンでロンドンに行くと、わたしも頻繁にお供をして何日かいっしょに過ごしますが、そこでもあのふたりほど愛し合っている夫婦には、ひと組だってお目にかかったことはありませんよ。おたがい、完全に相手に惚れこんでいるんです」

「おふたりにお子さんができないことだけは残念だけれど、あなたをとても大切に思っていて、わたしもうれしいわ」

トーマスは思うところがある表情でティファニーを見た。「サミールとのことはどうするつもりですか？」

ティファニーは肩をすくめた。「どうもしないわ。だって、どうもしないことしかできな

いもの……わたしが十七歳の時に婚約者のナサニエルが亡くなって、そのあとでまただれかを愛するようになるなんて、考えたこともなかった。でもサミールに出会って、わたしは舞いあがったわ。彼は聡明だし、いっしょにいて楽しませてくれるし。ずっとひとりでいたことが、おおいに報われたわ」

トーマスはティファニーの手に自分の手を重ねた。その手のやさしさに、ティファニーの胸は温かいもので満たされた。彼との友情がありがたかった。

13

本物のバーズリーの市《まち》にやってくると、不安や生理痛のせいで、ティファニーの腹部はムカムカしはじめた。ここは集落《ハムレット》であるディーより十倍は広い。ステンドグラスを備えた石造りの大きな教会が見える。ここは集落であるディーより十倍は広い。十数軒の商店や長屋を通り過ぎるあいだ、ティファニーは胸元のダイアモンドのクラスターピンに触れていた。馬車は通りをずっと進みつづけ、市の外れに建つ、屋根が緩く傾斜したコテッジの前で止まった。コテッジの外壁はすべて石造りで、建物の上には茅葺き屋根が載っていた。

トーマスはティファニーに手を貸して馬車からおろし、それから腕を差しだした。コテッジの玄関扉は緑色で、正面には窓がいくつかある。けれど、トーマスはティファニーを連れて裏に回った。そこは鍛冶屋の仕事場で、大きな木製の両開きの扉がひらいたままになっていた。足を踏みいれたとたん、ティファニーは肌に熱を感じた。そして、鍛冶屋本人がそこにいた。シャツを着ていないけれど、仕事場の熱気を考えたら、そのことを責められはしない。ティファニーは赤面しながらも、彼の上半身がとても筋肉質で、とても汚れていることに気づいた。彼の肌を見て、イーヴィ・ラスロップの手や顔にもおなじように煤がついてい

たと思いだす。鍛冶屋の頭に髪はなかったけれど、黒い髭をたっぷりと生やしていた。

実在する海賊のようだ。こんど書く手紙で、テスにこのことを知らせよう、とティファニーは思った。わたし、ついに海賊に出会ったわ。まあ、テスならぜったい、人魚のほうに会いたがるだろうけれど。

鍛冶屋はふたりがはいってきたことに気づいていないにちがいない。ハンマーで溶鋼を打ちつづける。そのたびに火花が飛んだ。鉄は熱せられ、ほとんどオレンジ色になっていた。彼が意のままに鉄を延ばすようすを、ティファニーは魅入られたように眺めた。なんて力強いの！

「ミスター・テイト、お話があって伺いました」トーマスが声を張って呼ばわった。「わたしはミスター・モンターギュ、こちらはミス・ウッダールです」

ミスター・テイトは顔をあげてふたりをちらりと見ると、返事になにやらぶつぶつと言った。けれど、ハンマーを持つ手は一瞬たりとも止めはしない。なにをつくっているにしろ、中断するとそれがだめになってしまうのかしら、とティファニーはふしぎに思った。

トーマスが前に歩み出て、ティファニーの手が彼の腕から落ちた。「ミスター・テイト、イーヴィと彼女の赤ん坊のことで話があります」

ミスター・テイトは手元の仕事から顔をあげた。「生まれたのか？」

ティファニーは大きく深呼吸をして、一歩、踏みだした。「まだです。でも、あなたのお子さんはすぐにでも生まれますよ」

トーマスは咳払いをした。「お子さんと、十年ちかく妻として暮らしてきた女性に対して、あなたは責任を負うべきです」

ミスター・テイトは声を出して笑った。

彼が笑うなんて、ティファニーは思いもしなかった。

ミスター・テイトはハンマーを持ちあげ、焼けるような鉄に打ちつけた。「あのでしゃばりで生意気な女は、赤ん坊の父親はおれだと言ったのか？」

トーマスは困惑したようにティファニーのほうを見てから、ミスター・テイトに目をもどした。「ほかのだれが父親だというんです？　まさか、ミスター・ラスロップとの子だと言っているとは思いませんが」

鍛冶屋はまた、くつくつと笑った。そこらじゅうに響く大きな声だった。「まさかね。イーヴィはあいつとの子どもを宿しはしないさ。おれが思うに、相手はバーズリーのやつか、通りすがりのだれかなんじゃないのか。イーヴィは選り好みしないからな」

確かに溶鋼は熱いだろう。でも、わたしの頰はもっと熱いわ。イーヴィに何人もお相手がいたなんて、ティファニーは考えもしなかった。

「自分の子ではないと、どうしてそう言い切れるのです？」トーマスが重ねて訊く。

ミスター・テイトはハンマーを置いた。ティファニーには、彼が馬蹄をつくっていることがわかった。「おれは十四のとき、まぬけな親父に一家の恥だと言われ、家を追いだされた。いっしょに暮らした相手はイーヴィがはじめてじゃない。あれより前の女たちとの間に、子

どもができたことはない」

ティファニーはごくりと息をのんだ。空中に漂う煤の味がした。トーマスにちらりと目をやると、彼の憤りは収まっているようだった。この鍛冶屋がほかの男性の子どもの世話をするとはとうてい考えられないし、サミールがそうする謂《いわ》れもない。

トーマスは彼にとげとげしく頭をさげた。「申し訳ない、サー。誤解していました」

ミスター・テイトは樽のような胸の前で腕を組んだ。「誤解はひとつやふたつじゃないぞ。おれはイーヴィを追いだしたりしていない。男を追い回すことがあいつの道徳でも、おれは気にしない。あいつはこの国でいちばんの鉄細工職人だ。しかも、おれが夜、家に帰らなくても文句のひとつも言わない。いい女だよ。弟という腐った種を持っていること以外は。あの野郎、いつも金《かね》をせびりに現れる」

ティファニーの全身はとても熱かった。そんな気ままな関係があり得るなんて、まったく知らずにいた。彼女の父親も半分だけ血のつながった兄も、まちがいなく恐れ慄《おのの》くだろう。手袋をしたままの片手を首元に当てると、ダイアモンドのクラスターピンでつけてしまった指の傷が擦れた。目を伏せ、胸元からそのピンをはずすと、鍛冶屋に差しだした。

「これを指輪に作り替えられます？」

ミスター・テイトの指と爪には黒い煤の塊がたっぷりとこびりついていた。彼はティファニーからピンを受けとり、顔の前に持っていった。「あい。五ペンスでいい。前払いで」

「申し訳ないけれど、お財布は持ってきていないので」ティファニーはそう話しはじめた。

ところがトーマスが割ってはいった。「わたしが支払います」

彼は硬貨を取りだし、馬蹄が冷やされている作業台の横に置いた。「ミス・ウッダールはいつ引き取りに来ればいいでしょう？」

ミスター・テイトはピンをためつすがめつした。彼の大きな手の中では、それはいっそう繊細に見えた。「数日から一週間ってとこだな。これはたいした代物だ。釘や蹄鉄をつくるよりも、それなりに時間がかかる」

「一週間のうちにまた来ます」ティファニーはそう言うと両開きのドアのほうに向かい、そこでトーマスを待とうした。けれど足はそのまま歩を進め、コテッジの前まで来てしまった。彼女は大きなため息をつき、これまでのやり取りのことを考えた。どうしてイーヴィはミスター・テイトのもとを離れたの？　ふたりがいっしょにいたことはふしぎだけれど、おたがいの相手に対する考え方からして、いっしょにいることで都合がよかったように思える。それなのに、どうして子どもが生まれるとなったときに、彼女はサミールのところにもどったの？

肘にトーマスの手を感じた。

「わたしたちふたりとも、よけいな世話を焼くとどうなるかという教訓を得ましたね」トーマスが苦笑を洩らす。

ティファニーは彼のことばに応えて言った。「いつも心に刻んでおこうとは思わない教訓だけれど」

トーマスは頭をのけぞらせて笑った。ティファニーの胸の中で泡のようにあふれていた不安がぱんぱんと弾け、彼女もいっしょになって陽気に笑った。

14

以前は、日曜日は一週間のうちでティファニーのいちばんのお気に入りの曜日だった。主《しゅ》の家に足を踏みいれ、何世紀にもわたって石に刻まれてきた信仰を感じることが大好きだった。歌われる讃美歌に、自分の声が加わることも大好きだった。新約聖書の中のイエス・キリストの御言葉を読みあげる、父親の低い声も。

それなのに、シャーリー牧師は安息日を週の中で最悪の日に変えてしまった。

「行かないとだめですか?」ボンネットのリボンを結ぼうとしながらメアリが訊く。

自分もカラシュ・ボンネットを被りながら、ティファニーはため息をついた。「だめよ、メアリ。主はわたしたちにそうお望みなの。七日のうちの一日は主に捧げないといけないわ」

「行きたくないのは主のせいではありません。シャーリー牧師です。あのひとは、わたしたちが地獄に行くという話しかしませんから。そんな話をするのに、まるまる一時間かけるじゃないですか、忌々しい一時間!」

「メアリ、ことばに気をつけて」

メアリはもごもごとなにか言い、ショールを羽織った。「〝地獄〟と言ってなにがいけないのか、わかりません。牧師は日曜日に、少なくとも十二回はそう言いますよ」

ティファニーは咳払いした。「〝忌々しい〟は悪態で、ひととの会話で使うことはまったく適切ではないわ。〝地獄〟は場所のことで、だから適切な単語なの」

メアリはにやりと笑った。「〝忌々しい地獄〟はどうですか？」

ティファニーはぎゅっと口唇をすぼめ、ああ言えばこう言う、この若い娘の冗談に笑うまいとした。けれど、笑いを堪えることなどできなかった。

「あなたを罪人《つみびと》にしてさしあげましょう、ミス・ティファニー」メアリは言い、ティファニーの腕に自分の腕を絡ませた。

コテッジの外に出て、ティファニーは扉を閉めた。「残念だけれど、わたしはとっくに罪人なの、メアリ。それでも善きひとになって、自らの過ちを悔い改めようとしているわ」

メアリは頭をぶんぶんと横に振った。「あなたは聖人です、そうじゃないなんてだれにも言わせません」

彼女のことばにティファニーの胸は満たされ、自分がそのことばにもっとふさわしいひとであることだけを願った。暴力を振るう親のもとからメアリを救いだしたことは事実だけれど、一方では十戒のひとつ、〝隣人の家のものを貪《むさぼ》ってはならない〟を破っている。べつの女性の夫を欲しがっているのだから。

メアリがぐずぐずしていたせいで、ふたりはほかにも遅れてきた信徒に交じってメイプル

ダウン教会のなかにはいった。信徒席へ向かうとき、ティファニーは頭をさげるようにしていたけれど、サミールと並んで座るイーヴィを目にして足が止まった。最後に会ったときよりも、彼女はずいぶんと清潔になっていた。肌を覆っていた何層もの煤や汚れをこそげ落とすことができたようだ。髪の色はかなり明るくなっている。ティファニーが色の濃い金色だと思っていた髪は、いまはほとんど白く見える。その髪は、小麦の穂のようにきっちりと編まれていた。より若々しく、よりかわいらしい。この女性よりも自分は、少なくとも十歳は年長にちがいないと思い、嫉妬心が痛みとなって襲ってきた。

メアリに腕を引っぱられ、ティファニーは我に返った。そのまま歩きつづけたけれど、べつの人物が目に留まり、彼女は足を止めた。一瞬、反対側の信徒席にミスター・バーナード・コラムを見たような気がした。心臓が止まる。けれどその男性がふり向き、このひとはバーナードの父親にちがいないとわかった。不気味なほどに似ていたけれど、彼には皺がある。バーナードはすらりと背が高かったけれど、農夫の父親のほうは、盛りを過ぎた五十代の男といったようすだ。太鼓腹がブリーチズの上にでん、と乗っている。隣に座るミセス・コラムの目の周りの痣は消えていたけれど、額にはガチョウの卵ほどの大きさのこぶがある。彼女と並んで、十人の子どもたちが背の高さ順に完璧な線を描いて座っていた。全員が母親ゆずりの、濃い色の髪と丸い顔をしている。

シャーリー牧師が講壇でお説教をはじめ、ティファニーはメアリにもういちど腕を引っぱられた。ふたりは信徒席へと急いだ。

いつもと変わらず、シャーリー牧師の顔は骸骨のようだった。「箴言二十八章十三節を読みます。〝その罪を隠す者は栄えることがない、言い表してこれを離れるものは、あわれみをうける〟」牧師の骨張った白い拳が講壇をドンと叩く。「罪を隠すことをやめ、その罪を救い主に告白しなければなりません。そうすれば救い主は、あなたにはもったいない慈悲を見せてくださることもあるでしょう」

ティファニーの脇腹が肘で軽くつつかれた。つついたメアリを見ると、彼女は前方の講壇に向かって軽く頭を振った。メアリは完全に正しかったということだ。わたしたちは懺悔《ざんげ》を求められている。ティファニーは信徒席の上でさらに背すじを伸ばしたものの、そのあとのお説教は聞かなかった。メアリとおなじように、自分が多くのことを聞き逃したとは思えない。シャーリー牧師は懺悔と地獄の炎のこと以外、いっさい話していない。讃美歌を歌う段になり、ティファニーは歌集をひらいて歌詞を口にした。

シャーリー牧師が講壇にもどり、大きな咳払いをしてから言った。「ブランブル農場のローレンス・ハドフィールドと、メイプルダウンのミス・カロライン・アンスティの結婚予告を読みあげることをうれしく思います。これが一回目の予告です。このふたりが正式に結婚していっしょになるべきではないという理由、あるいは結婚を妨げる障害について知っている者があれば、申し出てください」

ティファニーは礼拝堂の中を見回した。すぐにミス・アンスティを見つけた。見事な赤毛の持ち主なので、見逃すことはない。彼女は小さな弟を膝に抱いていた。ミスター・ハドフ

イールドのほうは小柄なうえに、外見もどちらかといえば見映えがしないので、その姿を見分けるのに難儀した。けれど彼は胸を張り、自分たちの結婚を誇らしく思っているようだった。ティファニーは彼とミス・アンスティ、ふたりの幸せを願うものの、どうしてバーナード・コラムが死んで一週間もたたないうちに結婚予告をしたのか、ふしぎに思わずにはいられなかった。

最後の祈りが終わり、ティファニーはこの件をサミールと話そうとしたけれど、彼はコラム家の面々に囲まれていた。イーヴィが彼の腕に摑まっていて、ティファニーの胸に黒い感情が広がる。コラム夫妻と十人の子どもたちは、サミールとイーヴィの周りで輪になっていた。その横を通り過ぎながら、だれもが好きで集まっているのではないとわかった。イーヴィの表情は楯突くようで、サミールの口唇はきつく結ばれている。ミスター・コラムの顔が亡くなった息子にそっくりなことは、彼が嘲笑を浮かべるときに、いっそうはっきりと露わになった。

メアリとティファニーはいっしょに礼拝堂の扉へと急いだけれど、ミセス・アンスティに呼び止められた。「お気の毒に、ミス・ウッダール。ミセス・ラスロップがもどってくるなんて、わたしは思いもしませんでしたよ。しかも、べつの男の子どもを宿して。あなたにとってはとんでもない衝撃ですよね」

そのとおりよ。

「わたしにはまったく関係のないことですから」ティファニーは嘘をついた。「ラスロップ

治安官とわたしは、よい友人というだけです」

メアリがなんとも言えない疑い深そうな表情でティファニーを見た。ティファニーはアンスティ一家からメアリを引き離し、デイ家の三人の娘たちのところに向かった。

「こんにちは、ジェシカ」メアリが笑顔で呼びかけた。

ティファニーはお辞儀をした。「ミス・ウッダールです。引き留めてごめんなさい。挨拶だけでも、と思って」

「母さんが言ってましたけど、あなたのいいひとには奥さんがいるんですってね」人差し指をくるくる回しながらジェシカが言った。

「しかも、お腹に赤ん坊もいるって」ミス・アメリア・デイが眉を釣りあげ、そうつけ加える。

メアリが黙っていてくれさえいたら！ ミセス・デイやその娘たちがティファニーのサミールに対する思いを知っているのは、メアリから聞かされたからにちがいない。サミールの妻は、あきらかに町の話題の中心になっている。そんな中で、ティファニーがサミールとなにかしら関わっているという事実は、ふたりにとって何のたしにもならない。

「そのようね」哀れっぽい笑みを浮かべようとしながらティファニーは答え、いまいちど、メアリの腕を摑んだ。「ごきげんよう、ミス・デイ、ミス・アメリア、ミス・ジェシカ」

ティファニーとメアリは教会をあとにした。コテッジへの道中、ティファニーはずっとメアリの腕をぐいぐいと引っぱっていた。

15

月曜日の図書室はキャプテン・ボーがいないせいで、哀しいくらいにしんとしていた。ティファニーは鼻をぐずぐずさせ、泣くまいとした。ありがたいことに生理の期間は終わっていたけれど、感情はあいかわらず、危険なほど表へとあふれ出てくる。ハンカチーフを手に取り、鼻水を押さえた。ボーといっしょの一日を過ごせないのなら、せめて彼のために最高の児童書を見つけてあげよう。アストウェル・パレスの図書室には一冊もなさそうだから。サミールが親切に手配してくれたおかげで、ティファニーはロンドンから目録をいくつか取り寄せていた。

イーヴィに腕を摑まれていたサミール。

頭を振ってそのふたりの姿を追い払い、ティーカップを持ちあげて紅茶《ブラック・ティー》をひとくち飲んだ。カップを置いて最初の目録をひらき、紹介されている作品をじっくりと見る。メアリ・クーパーが編纂した『親指トムのかわいい歌の本』という、二巻からなる童謡集があった。ティファニーは韻を踏んだ詩がとりわけ好きだったので、これに丸印をつけた。ロンドンの書店主のミスター・トーマス・ボアマンという人物が、子ども向けの本を何冊か書いている

ことがわかった。しかも挿絵がふんだんに盛りこまれている。ティファニーは羽根ペンを手に取り、『三百匹の動物たち』（一七三〇年ごろの出版とされ、さまざまな動物をイラストで紹介している）と、『ギルドホールのふたりの有名な巨人の長い長い歴史』（巨人のゴグマゴグと伝説の戦士コリネウスの活躍を描く。長辺が六センチほどの小さな本。購読者である子どもとその親の名前の一覧が付属していた）と、二巻からなる『ロンドン塔の動物園にいる陛下の動物たちについての興味深いこと』に丸印をつけた。子ども向けだとはいえ、現実の世界ではけっして自分の目で見ることはなさそうな動物たちを見られると思い、ティファニーの胸は躍った。けっして自分の身体が行かないであろう場所にも行ける。良書の中でなら多くの冒険ができる。

　数学を使いこなす海賊とさえ、いっしょに。

　鼻をぐずぐずさせ、ティファニーは目録に意識を集中させた。児童書の分野では、ジョン・ニューベリーという書籍商がもっとも著名で、もっとも推奨される作家であるようだ。彼の最初の作品『小さなかわいいポケットブック』は勉強のためでなく、娯楽のためだけに書かれたという。宣伝文によると、内容は詩と挿絵とゲームからなるらしい。ボーは気に入るはず、とティファニーは思う。さらに『靴ふたつさん』という作品は、その題名からして、自分もボーも楽しめる一作だとわかる。彼女は題名を見ただけで、にっこりとしてしまった。

　ほかにも、フランス語から英語に翻訳された、シャルル・ペローが集めたマザー・グースの物語と、ドーノワ伯爵夫人の作品に丸印をつけた。

　まっさらな紙を一枚手に取り、ティファニーはサミールに渡すための一覧を書きだしはじめた。この中の一冊か二冊は彼の書店に置いてあるかもしれないけれど、ほかはロンドンか

ら送ってもらうことになるだろう。すぐに届きますように、とティファニーは願った。ボーと話をする口実がほしかったし、勤勉なミス・ドラモンドの口を封じるのに必要なものは、革装丁の新しい本をおいてほかにはないという確信がある。ティファニーは首のうしろを揉んだ。ボーの小さくて愛しい顔が懐かしい。彼の笑い声を聞き、その笑顔を見たい。

彼女は立ちあがり、いますぐこの一覧をサミールに届けることにした。イーヴィのことは、家族を訪ねているとか買い物に出かけているとかで、いっしょにいなければいいと祈るしかない。そうでなければ、サミールとふたりで話すことはできない。

使用人用玄関を出ると、陽射しのおかげで道はほとんど乾いていた。ティファニーはありがたく思った。そここに大きな水たまりはあるものの、簡単に避けて歩ける。ブリストル・コテッジを覗いたところ、またもやメアリの姿はなかった。ため息をつき、彼女が何の厄介事にも巻きこまれていませんように、噂話に花を咲かせていませんようにと願う。ブラック・コールドロン・パブで安物のジン《ブルー・ルイン》を飲んでいませんように、と。生気あふれるあの若い娘を上品なレディに変えることはできないかもしれないと、ティファニーは思いはじめていた。

道が分かれているところにやってくると、教会のそばの近道を進んだ。シャーリー牧師に出くわすことよりも、コラムの農場のほうを避けたい。その思いで、無意識に選んでいた。サミールの書店が視界にはいり、心臓が早鐘を打つ。顔や髪に手をやり、ぽんぽんと軽く叩きながら、なにもかもがそうあるべき状態になっていることを確かめる。ミセス・フォード

とはじめて対面したときとおなじように、乱れた姿をサミールに見られたくなかった。巻き毛はきちんと巻かれ、ヘアクッションは頭の上の正しい位置にあり（しかも、外からは見えない）、歯の間にはなにも挟まっていないことを確認すると、書店に向かってドアを引き開けた。

ティファニーの知るかぎり、メイプルダウンの住人たちはあまり読書をしない。はっきり言ってしまえば、ボーフォート公爵夫人がサミールのたったひとりの顧客なのではと、しょっちゅう思っている。ほかに彼の書店の中で目にした人物は、（イーヴィを除けば）シャーリー牧師だけだ。しかも彼は、ティファニーを追いかけて書店にはいったにすぎない。

ところが、ティファニーがドアに取りつけられたベルを鳴らして店内に入ると、きょうは少なくとも五人の男性がいた。サミール以外に、だ。丸々とした顔に嫌悪の表情を浮かべたサー・ウォルター・アブニーと、がっしりした身体を泥で汚した農夫のサッカリーと、苦虫を噛みつぶしたような顔をしたバーナードの父親の顔はわかった。あとのふたりはどこかの使用人だろう。お仕着せ姿で、その生地はミスター・サッカリーやミスター・コラムが身に着けているものより上質だ。サミールとイーヴィはふたりとも、カウンターの中にいた。彼女はサミールに、中に留まるようにと言っているようだ。

「こいつとは別れろ、このあばずれが」コラムは自分の娘に向かって怒鳴っていた。「おまえの弟を殺した罪で逮捕されるんだぞ」

そんな汚いことばに、ティファニーの身体がすくんだ。〝好きものの尻軽女《ストロー・ダムセル》〟よりもさら

にひどい。愛する男性と結婚しているこの女性に、ここでもティファニーは思わず同情してしまった。そんなふうに呼ばれるなんてどれほど傷つくだろう。しかもいっそうひどいことに、自分の父親から。ティファニーの父親は冷たいひとだったけれど、無慈悲ではなかった。

「サムはそのことに何の関係もない。父さんだってわかってるでしょう、この老いぼれ！」イーヴィは怒鳴り返す。「サムは父さんが逆立ちしたってかなわない、立派な男なんだから」

その意見に賛成する一方、それがイーヴィの口から出たことを、ティファニーはありがたいとは思わなかった。イーヴィは片方の手で自分の丸いお腹を掴み、もう片方の手でサミールをその場に押しとどめている。イーヴィを押しのけられるほどの力が彼にはあるとわかっているけれど、どんな女性のことも手荒に扱わないこともわかっている。それは、ティファニーがサミールを立派だと思う多くの美点のひとつだ。

ティファニーは咳払いをして、紙片を一枚、取りだした。「ボーフォート公爵夫人がすぐにでもと所望されている本の一覧を持ってきました」著名なひとの名前や肩書きを出すことは、サー・ウォルター・アブニーのような不愉快な男性には効き目がある。「ご自分の注文がただちに手配されないとなると、夫人はたいそう、がっかりなさるでしょうね」

サー・ウォルター・アブニーは足を踏みかえて、身体を揺らした。両手をでっぷりとしたお腹に据えている。そのお腹は、臨月のイーヴィのお腹よりもかなり大きい。赤ん坊はいないのに。「あー、何と言いますか、ミスター・コラム。ただちに逮捕する必要はないと思いますね。判事もあと一週間はやってきませんし、それまで裁判もひらけませんし」

ミスター・コラムは染みひとつない木製の床につばを吐いた。「こいつはろくでもない外国人だ。逃げないなんて保証できん。巡回裁判所の判事がくるまで、牢屋に入れておく必要がある」

ティファニーは関節が鳴るくらい拳を握りしめた。これほど憎らしいことばは口にされるべきではない。それなのに、愚かな治安判事のサー・ウォルター・アブニーは、ミスター・コラムの言ったことを一考するつもりのようだ。

「サミールがバーナード・コラムを殺したという証拠はあるんですか?」ティファニーはサー・ウォルター・アブニーのほうに目を向けて訊いた。「治安判事が令状を取って身柄を拘束するには、そうとうな証拠が必要なはずです」

治安判事の顔と首のあちこちに、赤い斑点が浮かぶ。彼はつばを飛ばしながら言いつくろった。「いや、あの、ハドソン医師があなたとあなたのメイドを容疑者リストから消してから、唯一、残ったのが彼なんですよ」

ティファニーは背の低い準男爵にぐいと近づいた。踵《かかと》の高い靴を履かなくても、ティファニーは彼を見おろすほどに背が高い。「では、彼が疑われているのはどうしてですか?」

ミスター・コラムはまた床につばを吐いた。このときティファニーは、そのつばに嚙みたばこが交じっていることに気づいた。「バーナードがラスロップを脅しているのを聞いたんだ、独身女のウッダールといちゃついていることをおれの娘に話す、と――だから十ポンドを渡せ、とね。けっきょくのところイーヴィは法的にあの男の妻だ、どこで寝ていようと。

ラスロップはおれの息子に、一ペニーだって渡さないと断った。それでバーナードはおれの三ペニーを持ちだし、パブに行って一杯、飲んだ。つぎの日の朝、あいつは死んで発見され、おれの娘というふしだらな女が町にもどってきた。これ以上、なにを証明しろと言うんだ」

自分の顔にも赤い斑点と狼狽が現れていることがはっきりとわかったけれど、ティファニーはイーヴィのほうを向いた。「ミセス・ラスロップ、わたしがあなたの弟さんの死体を見つけたつぎの日、わたしがあなたの法律上の夫とは友人だと知っていると言いましたよね。それは真実ではないと？」

イーヴィはサミールの腕を掴んでいた手を放した。「ほんとうのことだよ」

「あなたの弟さんのバーナードから、わたしたちが友人だということはすでに聞かされているとも言っていましたよね――それは正しいですか？」

「そうだね」

「では、わたしたちは友人だということをイーヴィがとっくに知っていたなら、どうしてミスター・ラスロップは口をつぐんでもらうために、ミスター・バーナード・コラムにお金を渡すというのです？　あなたは殺人の話はしていませんよね、ミスター・コラム。あなたが話しているのは、脅しやゆすりについてです。ご自分とご自分の息子を恥じるべきですよ、誠実な男性の弱みにつけこんで、その男性が犯していないと知っている罪で罰しようとするなんて」

娘とおなじように、ミスター・コラムもティファニーとほとんどおなじくらいの身長だっ

た。その長身の男がのしのしとティファニーに向かってきて、サー・ウォルター・アブニーはさっと脇にどいた。男が握った拳をあげる。ティファニーは目をつむり、ぶたれる衝撃を思って身体をこわばらせた。けれど拳はやってこなかった。

目をぱちぱちさせると、サミールがミスター・コラムを背後から羽交い締めにしていた。

「レディを殴らせることはさせませんよ、コラム。殴れば、監獄行きになるのはあなたのほうだ」

ミスター・コラムはサミールの腕から逃れようと身をよじったけれど、ティファニーに近寄ることはできない。ティファニーのいるほうへ向けて、またもやつばを吐いただけだった。

「ミス・ウッダールがレディなもんか。男の恰好をして、おれの娘の夫といちゃついていたんだぞ」

サー・ウォルターがソーセージのような指を広げて言った。「さあさあ、ミスター・コラム、謂れのないことでレディを侮辱してはいけません。とくに、ボーフォート公爵夫人にお仕えしているレディは」

ミスター・コラムは荒れた指でティファニーを指した。「口は閉じておくんだな、女全員がそうしているように。聖書にもそう書いてある、はっきりと」（コリント人への手紙十四章三十四節）

ティファニーは訴えかけるようにサー・ウォルターをじっと見つめた。「それなら、巡回裁判がこの市《まち》にもどってくるまで、この件は保留してくれますか？」

サー・ウォルターはソーセージのような指をティファニーに向けて言った。「そんなこと

はできませんよ、ミス・ウッダール。それでは職務を放棄することになります。信頼できる情報を得たのですからね、それに基づいて行動を起こすだけです」

ティファニーは口唇をぎゅっと嚙んだ。そのとき、死体の親指の嚙み痕のことを思いだした。「ハドソン医師とは話しあわれました？　死体を調べたのは彼ですし、彼はミスター・バーナード・コラムの親指の嚙み痕が殺人者を特定するのに重要だと信じています。ハドソン医師に依頼してサミールの歯型を調べ、それを死体の嚙み痕と比較するべきではないですか？」

サー・ウォルターはごくりと息をのみ、顎全体ががくがくと動いた。「そういった問題は判事や陪審員に任せることにしていますから。ミスター・ラスロップ、わたしのフットマンといっしょに監獄まで来てください」

「まずはくだらない鍵を取ってくるよう、サムに言えば？」イーヴィが言った。「というより彼はあんたの治安官で、あのとんでもない建物を監視するのも彼だってことを忘れた？」

ティファニーはサー・ウォルターを見た。彼には少なくとも、ばつが悪そうな素振りを見せるだけの品性はあった。この愚かな男は監獄の鍵さえ持っていない。

サミールは店の奥に引っこみながら言った。「鍵を取ってきます」

「ついていきなさい」治安判事であるサー・ウォルター・アブニーは自分のフットマンふたりに命じた。「けっして逃がさないように」

ティファニーの血が煮え立っている。何の証拠もないのに、バーナードに脅されたという

話だけを根拠に、サミールは逮捕されようとしている。判事も陪審員も、そんな弱い証拠で彼を有罪にすることはないと、ぜひとも信じたかった。けれどサミールは、肌の色や外国にルーツがあるせいで、数多くの口さがないことばを浴びせられてきた。そのことをティファニーは知っている。彼が公平な裁判を受けられるとは思えなかった。ほんの半年まえ、おなじ巡回裁判所の判事と陪審員は、トーマスを有罪にするところだったのだ。彼の肌が黒いという理由で。そうしなかったのは、ボーフォート公爵夫人がトーマスの裁判でもティファニーの裁判でも、ふたりの有利になる証言をしてくれたからだ。

サミールがもどってきた。コートを着て帽子を被っている。ふたりのフットマンもおなじように、コートと帽子を身に着けていた。サミールはサー・ウォルター・アブニーに監獄の鍵を渡すと、ティファニーをふり向いた。彼はティファニーに腕を回し、ティファニーは目を閉じて、最後になるかもしれない彼の抱擁をしっかりと受ける。サミールが彼女のドレスの背中になにかを落とした。

「ぼくの財務関係の書類がはいった机の抽斗《ひきだし》を開ける鍵だ。イーヴィと赤ん坊のことを頼む。きみ以上に信頼できるひとはいないから」サミールは囁いた。

ティファニーから身体を離し、サミールは言った。「監獄まではわたしが案内しましょうか、それともわたしがあなたについていきましょうか、サー・ウォルター？」

刺繍が施されたサミールの緑色のスーツは、サー・ウォルターのシルクのスーツほど上等ではないけれど、このふたりが向かい合って立っていると、サミールのほうが十倍も紳士ら

しく見える。

治安判事は咳払いをした。「案内してください、治安官」

サミールはうなずき、ふり向いてイーヴィの懇願するような目をしっかりと捉えた。「ミス・ウッダールがきみと赤ん坊の世話をしてくれる。頭を悩ませる必要はないよ。さようなら、イーヴィ」

サミールは書店のドアを開けた。サー・ウォルターのためでなく、ふたりのフットマンのためだ。「ミスター・コラムもミスター・サッカリーもここを出ていく。レディはふたりとも、これ以上、彼らにいてほしくないだろうからね」

ミスター・コラムの大きな両手が拳に丸まっていくことにティファニーは気づいた。

サー・ウォルターが両手をぱんぱんと鳴らした。「さあ、コラム。行きますよ、サッカリー。ふたりはもう、お役ごめんです。無防備なレディたちに暴力をふるっていたなどと噂が立って裁判に影響が出ることを、わたしは望みません。おふたりとも家に帰るのが最善ですよ」

ミスター・サッカリーはなにも言わず、ティファニーにもイーヴィにも目を向けることなく店を出ていった。ミスター・コラムはまずティファニーを嘲笑《あざわら》ってから、つぎに娘を嘲笑った。「あいつが公爵夫人のメイドを殺した犯人を見つけるのにひと役買ったあと、証拠のルビーはあいつのものになったんだよな。そのルビーを捜せ。ただし、父親のはっきりしないおまえの赤ん坊に分けてやるなんて思うなよ」

イーヴィは父親に向かってつばを吐いた。それは彼の頬にあたり、頬を伝い落ちた。「あんたにはなにも期待しないよ！」

ミスター・コラムの顔は怒りで真っ赤だ。ティファニーはイーヴィのほうに歩みでると、彼女を父親から引き離した。ところが、ミスター・コラムが何の反応もできないうちにサー・ウォルター・アブニーのふたりのフットマンが店内にもどってきて、それぞれが彼の腕を取った。ふたりはミスター・コラムをむりやり引っぱり、店の外へと連れだした。三人が出ていくと、ティファニーはドアまで走っていって錠を閉めた。ミスター・コラムは逆らう相手には暴力を振るう男だ。

ティファニーがふり向くと、イーヴィがお腹を押さえていた。「だいじょうぶ？　ちょっと横になってはどうかしら、紅茶を淹れてきましょうか？」

イーヴィは苦しそうな顔をして、うなずくだけだった。

ティファニーはそっと彼女の肘を支え、書店の奥へ連れていった。そこの階段は、上階《うえ》にあるサミールの居室へつづいている。ティファニーはイーヴィを小さいほうの寝室のベッドに寝かせた。

「まず水を持ってくるわ。それから紅茶を淹れる。ほかになにか持ってきてほしいものはある？」

イーヴィは目を閉じ、頭を横に振った。「どうしてあたしを助けてくれるのかわからない。あたしがあんたなら、こんなあたしを憎むと思う」

「この世界にはすでに憎しみがあふれているのに、そこにまたひとつ加えるつもりはないの」ティファニーは言った。「寝《やす》んで。あなたにもあなたの赤ちゃんにも睡眠が必要よ」

グラスに水を入れてもどってくるころには、イーヴィはぐっすりと眠っていた。彼女の胸は規則正しく上下し、腹部も動いているのがわかった。

ティファニーは台所にもどった。店舗とおなじように、そこもきちんと整えられていた。サミールがドレスの中に落とした鍵が背中に当たり、もぞもぞとして落ち着かない。ティファニーは鍵を払い落とそうと、ぴょんぴょんと跳びはねた。まったく動かなかった。ハトの羽根みたい！　彼女はボディスとコルセットを脱ぎ、それからシュミーズをおろした。そうしてようやく、金属製の鍵が床に落ちた。それを拾いあげると掌で握りしめ、脱いだものをまた身に着けた。抽斗の中にしまわれているものが何であれ、それはサミールにとって重要なもので、彼はそれを託すほどわたしを信頼してくれたのだわ。

ティファニーは火をおこし、町の共同井戸に行ってやかんに水を汲んできた。お湯が沸くのを待つあいだにやかんを眺めることはしないで、下階《した》におりてサミールの机に向かった。机は一階の店舗部分の奥の部屋にある。手を震わせながら、鍵を真ん中の抽斗の鍵穴に差しこんで回した。カチャリと音がして、木製の抽斗が数センチ、飛びだした。イーヴィとはじめて会った日、彼女はこの抽斗を開けようとしていたのね、と思った。ティファニーは空いたほうの手で、抽斗を引けるだけ引いた。

ルビーはない。

硬貨の一枚もない。

何枚かの書類があるだけだ。

ティファニーは革装丁の冊子を手に取った。ひらいてみるとそれは帳簿だった。記入がある最後のページを見て、息をのむ。サミールは一万ポンド以上の資金を国債に投資し、少なくともそれと同額を、ほかのいくつかの投機にまわしていた。想像がおよばないほどの財産だ。きちんと記入された欄の下方へと視線を移動させていくと、トーマスの潔白を証明した献身に対してボーフォート公爵夫人からルビーを贈られる以前でさえ、サミールは利益を手堅く投資していたことがわかった。ロンドン証券取引所の株式と売買の情報を追い、自分が信じるどの投機がもっとも成功するか――リスクとリターンを比較して――の選択をしていたのは明らかだ。

ティファニーは帳簿を閉じ、抽斗にもどした。ほかの書類は株の証券や、投資に関する財務証明だった。抽斗に鍵をかけ、彼を監獄から出すためにこのお金を役立てることができたらいいのに、と思う。けれど、巡回裁判所の判事の到着に間に合うよう、ロンドンから事務弁護士を呼び寄せることはできそうにない。そうできるとしても、どの弁護士に依頼の手紙を書けばいいのかわからない。

計画を立てないと。

まずは、サミールは殺人者ではないという、議論の余地のない証拠を見つけないといけない。わたしにできることは、わたし自身で本物の殺人者を見つけることだけ。

16

鍵をどこに置くべきか、ティファニーにはわからなかった。女性用の衣服はまったく実用的ではないので、とりあえずストッキングの中にしまっておくことにした。歩くときにかなり違和感があるけれど、保管するのに決まった（かつ、安全な）場所を見つけるまで、これでなんとかなりそうだ。

ティファニーはピーと鳴るやかんに紅茶の葉を入れ、火からおろした。そのあと茶葉を数分蒸らしてからカップに紅茶を注ぎ、小さいほうの寝室に持っていった。イーヴィはいびきをかいていた。この気の毒な女性には睡眠が必要だろうと思い、そのまま台所にもどると、淹れた紅茶は自分で飲んだ。手の震えはようやく収まった。お湯が冷めないよう、やかんはこんろの火のそばに置いた。

一時間たってもイーヴィは眠ったままだった。ティファニーは冷めたやかんの水で火を消した。座りっぱなしで一日をむだに過ごす余裕はない。すぐにハドソン医師のところに行って話をしないといけない。下階《した》におりて、裏口からサミールの書店を出た。表の扉の錠を開けたままにしておくよりはいいような気がした。ミスター・コラムは激高しやすいようだし、

イーヴィに危害がおよばないようにしたかった。

ハドソン医師の住まいに到着し、ティファニーは玄関扉をノックした。すぐにミセス・バログが扉を開けてくれた。

ティファニーはお辞儀をした。「こんにちは、ミセス・バログ。医師《せんせい》はいらっしゃいます？」

ハドソン医師の家政婦はうなずいた。「ええ、いらっしゃいますよ、ミス・ウッダール」

ミセス・バログがハドソン医師の診察室のドアを開ける。医師は机について座り、ずらりと並べた粘土の歯型を拡大鏡で見ているところだった。ティファニーに気づき、彼は拡大鏡を置いた。

「ミス・ウッダール、これはおどろきました。きょう、いらっしゃるとは」

「もっとましな状況で伺えたらよかったのですが、お知らせしたいことがあって。バーナード・コラムを殺害したとして、サー・ウォルター・アブニーがミスター・ラスロップの逮捕状を発行しました。バーナードの父親の証言を根拠にして。彼は、息子がサミールを脅しているところを目撃したそうなんです。それで愚かな治安判事は、サミールを監獄に入れました」

ハドソン医師は長い鼻の先を擦りながら立ちあがった。「ですが、ミスター・ラスロップは監獄の中にはいれませんよね。そこにバーナードの死体を保管しているのですから」

ティファニーの胃がよじれる。彼女自身、監獄の檻《おり》の向こうで過ごしたことがあるけれど、

唯一の同居人（トーマスだ）は、少なくとも生きていた。「サー・ウォルターがそのことを知っているとは思いませんし、知っていたとしても気にするとは思いません」

若い医師はうなずいた。茶色い寄り目は、瓶の中の未使用の粘土をじっと見つめている。彼はその粘土を取りだし、ティファニーに渡した。「サミールの歯型を取らないといけませんね」

「でも、死体はどこに置きましょう？」

「一週間なら、ここの地下の貯蔵庫に置いておけますよ」ミセス・バログが言った。「貯蔵庫のほうがより冷えているでしょうから、判事が到着するまで、それほど腐敗は進まないと思います。お気の毒なミスター・ラスロップは、潔白を証明するのに可能なかぎりの証拠を手に入れないといけませんものね」

この女性を抱きしめることができたらよかった、とティファニーは思った。「なんて親切で頭が切れるのかしら。ありがとうございます」

ハドソン医師はそれほど納得していない（というか、自分の家の貯蔵庫に死体を置くことを、それほど歓んでいない）ようだった。「どうやってここまで運びます？」

ティファニーはため息をついた。ハドソン医師は細身で、たくましさはまったくない。ミセス・バログは年配で、ティファニーはまえの晩、ほとんど眠れていない。「わたしはブラック・コールドロン・パブに行って、ミスター・デイと、もしかしたらパブのお客さんたちに、代わりに死体を運んでくれないかと訊いてみます。そのあいだに医師《せんせい》は監獄に行って歯

型を取ってきたらどうでしょう？」

「効率的な提案ですね、ミス・ウッダール」家政婦が言った。「これはレディ向きの仕事ではありませんもの」

ティファニーはふたりにもういちどお礼を言ってハドソン医師の家を出ると、ブラック・コールドロン・パブに向かった。ドアノブを回すときは掌が汗ばみ、ドアを開けるときは息が止まりそうだった。まず目に飛びこんできたのは、メアリの顔だ。もうひとりの若い女性といっしょに、小さな丸テーブルについて座っている。その女性がおそらくジェシカなのだろう、彼女は帽子の形を整えていた。身体から力が抜け、ティファニーはメアリに向かってほほえんだ――馴染みのない場所で知った顔を見かけたから。パブの中は一面、ダークウッドの羽目板で覆われ、窓から射しこむ光が吸い取られているようだった。

「ミス・ティファニー、ここでなにをしているんですか？」

ティファニーは息をのんだけれど、喉にはまだなにかが引っかかっているように感じる。

「ちょっと……その……」

若いメイドはバースツールから立ちあがると、ティファニーのそばまでやってきて彼女の腕を取った。メアリに触れられ、ティファニーは胸の中のきつい結び目が少しほどけたような気がした。

「なにか飲みますか、ミス・ティファニー？」メアリが訊く。「血を沸きたたせるのに、一杯のブルー・ルインはうってつけですよ」

ティファニーは頭をふるふると振った。安物のジンは、いまのわたしにいちばん必要ない。「ミスター・デイと話せないかと思って。ひどい誤解があって、サー・ウォルター・アブニーがサミールを逮捕して牢屋に入れてしまったの」

「そこって、あなたが死体を置いてきたところじゃないですか？」

空中に漂うホップのにおいが感じられ、ティファニーの弱った腹部が痛んだ。「そうよ。けれどハドソン医師が親切にも、ご自分の家の貯蔵庫に死体を移してもいいとおっしゃったの」

力強い足音が聞こえてティファニーはふり返った。足音の主は背が低く豊満な体つきの女性で、こぎれいな身なりをしていた。彼女の茶色い髪は、ウィスキーの中で洗ったとでもいうように輝いている。「なにかうちのひとの手を借りたいと頼みにきたんだって？」

「ええ。あなたはミスター・ラスロップとは友人なんですよね」

「そうだね」女性がそう答えると、腰に巻いた硬貨入れの中身がじゃらじゃらと音を立てた。「あんたと監獄で会うよう、うちのひとに伝えておくよ」そう言って彼女は床につばを吐いた。それさえなければ、床はきちんと磨かれていて清潔だ。「あたしはミスター・バーナード・コラムが死んで歓んでる。あの男、勘定は払わないし、女の子たちに手を出さずにはいられないしで。くそったれの腐った男だった」

粗野な物言いにティファニーの頬は熱くなったけれど、そう言いたくなる気持ちには完全に同意した。「心から感謝します、ミセス・デイ」

ミセス・デイはうなずいた。「メアリ、雇い主といっしょに帰ったほうがいい。このひと、いつ倒れてもおかしくないように見えるよ」

「はい、ミセス・デイ」

メアリに店の外に連れだされると、ティファニーの気分はたちまち、ましになった。ふたりはいっしょに監獄へつづく道を歩いた。監獄の扉はひらいていて、細身のハドソン医師の輪郭が見える。扉を抜けたとたん、腐敗臭がティファニーの鼻孔を突いた。かわいそうなサミール！　たとえ一分でもこんな場所に閉じこめられるなんて、とんでもなく不当で、まったくの偏見に満ちている。ましてや、蓋が閉じられていない木製の棺の中で腐敗しつつある死体といっしょになんて。その棺がサミールの監房の中にないことはせめてもの救いだけれど、おなじ空間にあることに変わりはない。

ハドソン医師が粘土の歯型を掲げてみせた。「うれしいお知らせです、ミス・ウッダール。わたしたちふたりとも、友人のミスター・ラスロップのことでは正しかったようです。彼の噛み痕は、被害者の親指の傷とは一致しませんでした。ミスター・ラスロップの右側の側切《そくせつ》歯《し》が、わずかに外を向いているのがわかるでしょう」

うなずきながら、ティファニーはショールを持ちあげて鼻のあたりを覆った。いま、サミールは鉄格子の向こうにいる。前回ふたりが監獄にいたとき、監房にはいっていたのはティファニーだった。自分が監房の中にいようと外にいようと、鉄格子超しに愛するひとと対面するなんて、耐えられるものではない。サミールは帽子を脱いでいた。髪が少し乱れている。

両手でかきむしったとでもいうように。彼は寝台から立ちあがり、鉄格子のほうに歩いてくると、格子の間からティファニーに向かって両手を伸ばした。ティファニーはショールを床に落とし、両手をサミールに差しだした。

「きみがここに来る必要はないよ、ティファニー。ミセス・バログが親切にも、食事を持ってきてくれたし」

ティファニーは彼の手をぎゅっと握った。「わたしはあなたをここから出すわ、約束する」

サミールは口の片側をくいっとあげ、小さく笑った。「きみはぼくより立派な治安官になれるね」

ティファニーは頭をぶんぶんと振った。右の目から涙がひと粒、流れおちる。「ばかなことは言わないで。あなたこそ有能で、どんなことにも徹底的に取り組む誠実な治安官よ。救いようのない治安判事とはちがう。鼻を殴られても正義がなにかをわかろうとしない、あんなひととは」

またもや口唇がひくひくと動いたけれど、サミールはすぐに表情を引きしめた。「イーヴィはどうしてる？」

背中がびくりとして、サミールの手を握るティファニーの手が冷えていった。彼には妻のことを気にかけてほしくない――心が狭く自分勝手な考えに、ティファニーは身体の芯から恥じた。「ベッドに入れて寝《やす》ませたわ。死体をハドソン医師の家の貯蔵庫に移したら、ようすを見にいくつもり」

サミールは親指でティファニーの手の甲をなぞった。「彼女に親切にしてくれて、ほんとうにありがとう。イーヴィはつらい人生を送ってきた。父親は乱暴者で、そんな父親に対して弟の盾になろうと必死だったんだ。そういった暴力にさらされたら、ひとは変わる。彼女に他人の世話ができるとは思わない。それに、いまはバーナードも死んでしまったし」

ティファニーはため息をついた。イーヴィのことをかわいそうだと思いたくない。自分のことをかわいそうだと思いたい。愛する男性は監獄に入れられ、わたしではないひとと結婚しているのだから！　でも、サミールは正しい。お父さまもお母さまも、わたしの心のうちにあるキリスト者の愛のすべてをイーヴィに示すよう、娘に期待するはず。

蝶番《ちょうつがい》がきしんで建物の扉がひらいた。その音にティファニーは跳びあがるほどおどろいた。サミールの手を放してふり返ると、ミスター・デイがどすどすと中にはいってくるところだった。背は低いけれど筋肉質の彼が現れ、この場が窮屈になったように感じられる。

彼は腕に生えた毛を擦った。「かみさんに言われて、棺を運ぶ手伝いに来た」

「ありがとう、フランク」サミールが言った。

ミスター・デイは帽子に軽く触れ、サミールに向かってうなずいた。「おれが頭のほうを持つから、あんたは足のほうを持ってくれ、医師《せんせい》よ。おれもあんたも、この死体のひどい悪臭をこれ以上かぐのはよくない」

ミスター・デイは棺の頭のほうへ向かい、がっしりとした腕で軽々と持ちあげた。ハドソン医師は粘土のはいった瓶とサミールの歯型を床に置いた。ティファニーがすぐに、そのふ

たつを拾いあげる。こんなにだいじな証拠はきちんと扱わないといけない。ティファニーが見守る中、若い医師は棺の足のほうを持ち、苦労しながらうしろ向きに歩いて監獄の扉に向かった。彼が自分の足につまずくと、メアリがすかさず駆け寄って棺を支えた。

「棺の蓋を落としたくありません。監房がひどいにおいでいっぱいになるのはいやです」メアリはそう言い、鼻に皺を寄せた。

これ以上ないほど、ティファニーはメアリの意見に賛成だった。三人がかりでどうにか棺を監獄の外に運び、それを持って通りを歩きはじめるところを見守る。監獄の扉は開けたままだったけれど、まちがいなく換気は必要だ。

メアリはそのままコテッジにもどると言ったので、ティファニーとサミールはようやく、ふたりきりになれた。

ティファニーは息をのんだ。頭がくらくらする。サミールに伝えたいことはたくさんある。なにより、愛していると伝えたい。けれど、そのことばが口から出てこない。

「ミス・ウッダール、まだここにいたんですね？」ふたりの背後からミセス・バログの声が聞こえた。

ティファニーがふり返ると、食べものとフラスコ瓶を入れたバスケットを手にしたミセス・バログがいた。ティファニーはドアのほうをちらりと見る。勇気が萎《しぼ》んでしまった。

「もう帰るところです。ミセス・ラスロップのようすを見にいかないとなりませんから。サミールの逮捕で彼女の神経はおおいに参ってしまったようなんです」

ミセス・バログはうなずき、同情するような表情をティファニーに見せた。

サミールにもミセス・バログにもなにを言うべきかがわからず、ティファニーは開いたままの扉から外に出ると、裏道を通ってサミールの書店へと向かった。指が書店のドアノブに触れたとき、叫び声が聞こえた。

ああ、たいへん！

イーヴィをひとりにしておいてはいけなかった。彼女の父親がもどってきたにちがいない。勢いよく扉を開け、ティファニーは階段を駆けのぼって小さいほうの部屋に飛びこんだ。イーヴィはベッドに横たわり、お腹は大きく動いていた。ティファニーの目がこの部屋にだれかいないかを探ったけれど、自分たち以外はだれもいなかった。

イーヴィがまた叫んだ。痛みのせいか甲高い泣き声だ。

ティファニーは彼女の傍《かたわ》らに駆け寄った。「どうすればいいかしら？」

イーヴィはお腹を摑んだ。痛みに顔を歪めている。「赤ん坊が生まれそうなんだけど、どうしたらいいのかわからない」

ティファニーにもわからなかった。イーヴィの身体の下が水に濡れたようになっていたけれど、尿のにおいはしない。父親がたくさんの子どもに洗礼を施すところは見てきたとはいえ、お産を手伝ったことはない。まず頭に浮かんだのは、ハドソン医師を連れてくることだった。けれどそこで、ミセス・バログが助産婦だったことを思いだした。ティファニーとしては女性の手を借りたかった。男性医師に自分の身体を見られることを考えると、地獄を灼

く炎のように顔が熱くなる。けれど、決断しなくてはならないのは自分のことではない。

「ミセス・ラスロップ――イーヴィ――呼ぶならハドソン医師がいいかしら、それとも助産婦のミセス・バログ？」

イーヴィはティファニーの手首を痣ができるほどにきつく摑んで叫んだ。「忌々しい助産婦を呼んで！」

摑まれた腕からイーヴィの手を引き剝がすのは思ったよりずっとたいへんだったけれど、いったん身体が自由になると、ティファニーは跳ねるようにしてドアまで行って階段をおりた。先ほど来た道を監獄までもどる。サミールはひとりきりでいた。

「どうした？」サミールは立ちあがって訊いた。

「イーヴィのお産がはじまったの！」ティファニーは答えたものの、サミールの反応を待ちはしなかった。できるだけ速く歩いてハドソン医師の家まで行き、明るい青色の扉に拳を打ちつけた。

ミセス・バログが応対に出た。丈の長い《ペ》マント《リース》と帽子を着けたままだ。「ミス・ウッダール？」

「イーヴィの赤ちゃんが生まれそうなんです。すぐに来てもらえますか？」

ミセス・バログはうなずいた。「わかりました。行きましょう。でも、いろいろ支度をしないと。あなたは彼女のところにもどって、わたしが行くまでついていてあげてください」

ティファニーは自分の身体を抱くようにした。「書店の裏口のドアは錠がかかっていませ

ん。それで、わたしはなにをすればいいでしょう?」

「彼女といっしょにいてあげてくださいな」ミセス・バログはそう言い、玄関扉を閉めた。

深呼吸をひとつするとティファニーはくるりとふり向き、きびきびとした足取りでサミールの家へもどった。

17

「もどったんだね」イーヴィは苦しそうな息遣いの合間にそう言った。「でも、助産婦はどうしたの？」

ティファニーはどうにか口許に笑みを浮かべた。「いま、こちらに向かっているところよ」

イーヴィは白目をむき、そして叫んだ。ティファニーは駆け寄って彼女の片手を取り、ぎこちなくぽんぽんと叩いた。「ミセス・バログはすぐに来るわ」

またもやイーヴィの力強い手で、指をきつく締めつけられた。ティファニーは顔をしかめたけれど、なにも言わなかった。出産の経験はなく、新しい生命をこの世界に産みおとすときにどれほどの苦しみを味わうのか、わからなかったから。さらに何回か、ティファニーの手をぎゅっと握ったり大声で喚《わめ》いたりしてから、イーヴィの身体から力が抜けた。

イーヴィの手がティファニーの指を放し、潤んだ目元を拭った。「あんたはサムにふさわしいレディだね」

ティファニーは下唇を噛んだ。そんなふうに言われて、どう答えればいいのかわからない。わたしとサミールが結婚できればいいのに、とは思う。でも、できない。彼はすでにイーヴ

ィと結婚しているし、彼女の弟を殺したとして囚われているのだから。

「あのひとは、あんたのことを愛していると言ってた」イーヴィはしくしくと泣きべそをかきながら話をつづける。「あと、あのおばかさんは、テイトがあたしを愛してくれるといいとまで言ったよ」

ティファニーは自分の顎先をつまみ、目の前の妊婦を物思わしげに見つめた。「ミスター・テイトを訪ねたけれど、彼はあなたに、出ていけとは言っていないと話していたわ」

「この赤ん坊はあのひとの子じゃないんだ」

ティファニーはイーヴィのほうに膝を向けて前屈みになった。「知っているわ。ミスター・テイトもそう言っていた」

イーヴィは力なく頭を振った。「テイトはいいひとなんだけどね。あたしの人生がうまくいきはじめるたびに、赤ん坊が台無しにしてくれる」

この赤ん坊が母親の行動になんの責任もないのはもちろんだけれど、それでもティファニーは、いつ子どもを産むかや、子どもを産みたいかどうかを、女性が決められたらいいのにと思う。ふしぎなことに、イーヴィを守らなければならないという気持ちになり、ティファニーは声の調子を落とした。「この子が予定外だったのは残念ね。でも母親になれる機会よ、そのことをすてきだと思わない？」

「思わない」イーヴィは感情のこもらない口調で言った。「あたしはこれまでに弟だけじゃなく、半分だけ血のつながった子たちの世話もしてきた。また、もうひとりの世話なんかし

たくない」

ミセス・バログが階段をのぼってくる足音が聞こえ、ティファニーはイーヴィのとんでもない発言に、礼儀正しく返すことばを探そうとしないですんだ。ミセス・バログは、持ってきた革製の鞄をテーブルの横に置いた。

「ミス・ウッダール、お湯を沸かしてきてくれますか？　手や器具をきれいにしておかないといけませんから」

ミセス・バログが言い終わらないうちに、ティファニーは立ちあがっていた。お湯を沸かすことならできる。ティファニーはふたたび、焚付けで火をおこした。井戸からさらに水を汲んできて、サミールの箪笥の中で清潔なリネンをもう何枚か見つけた。イーヴィとミセス・バログのために必要なはずだ。ティファニーは早々と、ベッドに敷くための新しい羽毛のマットレスをつくることに決めた。いまイーヴィが横たわっているマットレスは、イーヴィの体液でだめになっている。

鍋の蓋がかたかたと鳴り、ティファニーは火を消した。布巾を使って鍋を持ち、イーヴィがいる部屋まで運ぶ。イーヴィのスカートがたくしあげられ、脚の間から赤ん坊の頭が覗いているのが、ティファニーにも見えた。そのようすは血だらけだったけれど、汚れているとは思わない。誕生の瞬間には美しさがある。新しい生命の中には。

顔を真っ赤にしながら、ミセス・バログはティファニーから鍋を受けとった。「赤ちゃんの頭が出てきているの。もう、つぎの陣痛で生まれるわよ」

「陣痛？」

家政婦であり助産婦でもあるミセス・バログは鍋を置き、はさみをお湯の中に入れた。それから洗いたてのリネンを一枚手に取り、イーヴィの脚の間で膝をつく。

「赤ちゃんを母体の外に出すための自然な方法のことよ。筋肉が収縮して強く押すことで、生まれる準備を助けてくれるの」

イーヴィがうめき声をあげてお腹を摑んだ。また陣痛が来たにちがいない。ティファニーはベッドのそばに移動すると、手を差し伸べた。イーヴィはぜいぜい言いながら、その手をしっかりと握った。

「息んで、イーヴィ！」ミセス・バログが指示する。

ティファニーの手をぎゅっと握りしめ、イーヴィは目を閉じ、歯をぐいと食いしばる。身体中の筋肉という筋肉が息んでいるようだ。ティファニーは彼女が身体中で息むのを見つめるけれど、赤ん坊は出てこない。イーヴィは枕の上に倒れ、ティファニーの手にはかろうじて触れているだけになった。

「だいじょうぶよ」助産婦がうなずきながら言う。「ふつうは赤ちゃんが出てくるまでに、何回か陣痛があるものなの。でも、いったん頭と肩が出れば、あとはほんとうにするっと出てくるわよ」

ティファニーは自分のハンカチーフを取りだし、イーヴィの顔の汗を軽く叩くようにして拭いた。少しまえまで眠っていたのに、彼女は疲れ果てているように見える。「水を一杯、

飲む？」

ティファニーが先に用意しておいた水は、ベッドの横のテーブルに置かれたままだ。

ミセス・バログは首を横に振った。「水を飲ませてはだめ。つぎの陣痛のときにもどしてしまうだけよ」

イーヴィが頭を起こした。目をぱっと見開く。つぎの陣痛はすでにはじまっている。

ティファニーはまた、イーヴィの手をぽんぽんと叩いた。「ちゃんとできているわ」

ミセス・バログは頭を横に振った。「甘やかしてはいけません。息んで、イーヴィ！」

叫び声をあげるイーヴィにぎゅっと握られ、ティファニーの手は血が止まって白くなった。そのとき、薄い毛に覆われた赤ん坊の後頭部が見えた。ミセス・バログが慎重にその身体をひっくり返し、顔を上向きにする。それから彼女は、赤ん坊の肩と身体の残りの部分が出てくるよう導いた。濃い赤色をした長い紐状のものが、イーヴィと赤ん坊とをつないでいるようだった。

赤ん坊は赤く皺くちゃで、泣き叫んでいた。ティファニーはその男の子をひと目見ただけで愛した。性別はすぐにわかった。ミセス・バログが清潔なリネンで赤ん坊を包む。赤ん坊をイーヴィの足元に寝かせると、鍋の中からはさみを取りだし、母親と息子とをつないでいたへその緒を、息子のお腹の近くで切った。ティファニーははじめて、自分と母親はこれでつながれていたのだと理解した。へその緒を切ると、ミセス・バログはイーヴィに赤ん坊を渡そうとした。

イーヴィは頭を横に振り、腕を組んだ。「赤ん坊はいらない」

ティファニーはイーヴィの手を放した。「わたしが抱っこします」

ミセス・バログから赤ん坊を渡され、ティファニーの心臓は破裂しそうだった。胸元に抱き寄せ、やさしく赤ん坊の髪をなでる。髪は、母親の胎内にあったなにかしらの体液や血がついてべっとりしていた。においが鼻についたけれど、ティファニーは気にしない。この小さな命は、なにものにも代えがたい価値がある。この赤ん坊がすべてだ。赤ん坊は頭を前後に振りつづけ、かわいらしい小さな口唇をずっと動かしている。

「お腹がすいているんですよ」ミセス・バログは言った。「でも、後産を終わらせてイーヴィの身体をきれいにするまで、抱っこしていてもいいわよ」

ティファニーは赤ん坊の額にそっとキスをし、この子が必死に欲しがり必要としている栄養を自分が与えられたらいいのに、と思った。顔をあげると、ミセス・バログは赤ん坊が出てきたおなじところから大きな塊を取りだしているところで、ティファニーはおどろいた。それもまた、紐状のものにくっついていた。

ああ、自分自身の体内の仕組みについて、もっと知識があればいいのに！ 泣きつづける赤ん坊の額にもういちどキスをして、ティファニーはふしぎに思った。赤ん坊がどうやってできるかだけでなく、お産のときに起こり得るいろいろな変化について、母親が教えてくれなかったのはどうしてかしら、と。ひょっとしたら、結婚していたら教えてくれたかもしれない。でもそういった知識は、結婚に向けたおつきあいをするまえにこそ必要なはず。これ

についてはメアリにちゃんと話そう、とティファニーは決めた。とはいえ、微に入り細を穿《うが》ってまでするつもりはない。なんといってもティファニー自身、あいかわらずよくわかっていないのだから。

若い女性（と、それほど若くない女性）が読めるような、出産にまつわるあれこれについて書かれた本がありさえすれば。でも、どんな男性編集者がそれを出版するというの？　どんな父親が、自分の娘のためにそれを購入するというの？

ティファニーは頭をふるふると振った。ミセス・バログに目をやると、血でぐっしょり濡れたリネンをまとめて、ひとつの山に積みあげていた。それから小さなリネンを一枚、四角にたたみ、イーヴィの脚の間に押し当てた。ひらいた部分は、時間がたつごとに閉じていく。なんて神秘的！　女性の身体は、赤ん坊の誕生に合わせて広がったり縮んだりするのだ。気づくと、はさみは鍋にもどされていた。

ミセス・バログが両腕を差しだし、ティファニーはしぶしぶ小さな坊やを彼女に渡した。

「この子を洗っているあいだに、イーヴィにお水を飲ませてくださいな。おむつの用意はないわよね？」

予想していなかった問いかけにティファニーは目をぱちくりさせたけれど、ミセス・バログのふたつ目の発言は自分にではなく、イーヴィに向けたものだと合点した。

「ないよ。いらない子だから」

「あなたがこの子を欲しいと思うかどうかは関係なく、この子はいまここにいて、おむつを

必要としているの。この子の身体をきれいにしたら、わたしがおむつを着けてあげるわ。でも、あすにはあなたとミス・ウッダールで、何回か替えることになる。新生児は一時間おきかそれくらいに、新しいおむつに替えるの」

イーヴィはミセス・バログになにも言わなかった。水を持ってきたティファニーにも、お礼のひと言もなかった。

ティファニーは、疲れて腹を立てている新米の母親から、あいかわらず泣いている赤ん坊へと視線を移した。ミセス・バログは布巾の先を水にちょんとつけ、お産のときの付着物を赤ん坊の身体から拭った。それが終わると、枕のカバー布で赤ん坊をきっちりと包んだ。

「お乳を飲ませて」助産婦はきっぱりと言った。

イーヴィは仕方なさそうに、ボディスのボタンをはずした。ボディスの下にコルセットやシュミーズは着けていない。ミセス・バログはイーヴィの腕に赤ん坊を抱かせると、顔を乳首のほうに向けさせた。それはすばらしい光景だった。母親に促されなくても、自分がなにをしているか、小さなひとはわかっているようだ。数分たつと、ミセス・バログは赤ん坊を反対側の乳首へ移動させた。

赤ん坊は自分で母親から顔を離すと、目を閉じて眠りについた。イーヴィは赤ん坊をティファニーに押しつけた。「あんたが抱いてて。あたしは眠りたい」

「まず、水を一杯、飲んでからよ」ミセス・バログが断固として言った。「新生児のために母乳が出るよう、水を飲まないとだめ」

イーヴィは彼女からグラスを受けとり、ゆっくりと中の水をぜんぶ飲んだ。

「ミス・ウッダール」ミセス・バログが呼ばわった。「赤ん坊をべつの部屋に連れていってもらえるかしら。わたしはミセス・ラスロップの着替えを手伝うわ」

ティファニーはうなずき、すやすやと眠る赤ん坊を連れて寝室を出ると、居間の揺り椅子に腰をおろした。赤ん坊を胸元にぎゅっと引き寄せ、前後に椅子を揺らす。ゆらゆらと揺らす。

法律に従えば、この赤ん坊はサミールの息子だ。その事実だけでこの子を愛せる、とティファニーは思う。けれど、このすばらしい子に対するわたしの気持ちは、それ以上のものだわ。まるで自分の子のよう。そんなことを考えるのは愚かだということはわかるし、イーヴィだってこの子を取りかえそうとするはず。でもいまは、愛おしいこの時間は、赤ちゃんはわたしのもの。

18

赤ん坊の大きな泣き声でティファニーは目を覚ました。ゆらゆらと揺らしているうちに、いつのまにか眠っていたようだ。赤ん坊を腕のなかでぎゅっと抱きしめ、二度とうっかりしないようにと誓う。居間も台所も暗かった。夜も遅い時間にちがいない。ティファニーは赤ん坊を抱いたまま立ちあがり、鍋がきれいに洗われ、カウンターの上で水気を切られているのに気づいた。かまどの中では火が細く燃えていたけれど、室内をごくぼんやりと照らすだけだ。母乳を飲ませるために赤ん坊をイーヴィに渡したら、薪をもっとくべて火を掻こう。

ティファニーは赤ん坊を小さいほうの寝室へ連れていった。ドアが閉まっていたので、軽くノックしてから開けた。部屋の中はほとんど暗闇だった。イーヴィの姿も汚れたリネンも見えない。

「イーヴィ」

返事はない。

イーヴィのマットレスは出産のときに汚れてしまったから、たぶんサミールの部屋に移ったんだわ。ティファニーはそう考え、赤ん坊といっしょに隣の部屋に行くと、ここでもノッ

クをしてからドアを開けた。けれど大きいほうの寝室もやはり、小さいほうとおなじように空っぽだった。

イーヴィはどこに行ってしまったの？

ティファニーは赤ん坊をそっと床におろした。台所に行ってろうそくを捜し、火をつけてから燭台に立てた。小さいほうの寝室にもどり、棚や箪笥の扉を開ける。イーヴィの持ちものはすべてなくなっていた。少しのあいだだけ外に出たのではない。彼女は生まれたばかりの赤ん坊を捨てたのだ。

赤ん坊の泣き声が大きくなった。

赤ん坊はお腹をすかせている。ちゃんと母乳を飲ませないと死んでしまうだろう。

その場でうろうろしながら、赤ん坊に飲ませられる母乳が自分の乳房にあればいいのに、とティファニーは思った。でも、わたしの母乳は出ない。胸が苦しくなり、呼吸は浅く速くなる。わたしの赤ちゃんに授乳してくれる女のひとが必要だわ。村の母親たちをもっと知ってさえいれば！

ひとりだけ小さな子どもを見かけたけれど、それはアンスティ家でだ。この先ずっと母乳を飲ませてくれるひとが見つかるまで、ひょっとしたらミセス・アンスティは、この子のために母乳を分けてくれるかもしれない。ティファニーは床から赤ん坊を抱きあげ、ショールで二重にくるんだ。それからろうそくを摑み、階段をおりた。アンスティ家に向かって歩く一分ごとに、ろうそくの火は弱まっていく。アンスティ家に到着するとろうそくを地面に置

き、ティファニーは玄関扉を激しく叩いた。月が見えた。

数分たってもだれも出てこなかった。

かわいそうな赤ん坊の泣き声がますます大きくなる。ティファニー自身も泣きそうになりながら、片手に抱いた赤ん坊を上下に揺らしてあやそうとした。そうして、空いたほうの手で扉を打ちつける。

さらに数分が過ぎ、絶望感が募っていった。お腹の中に不安が広がる。ティファニーが大声をあげかけたところで、ようやく扉がひらいた。出てきたのはミスター・アンスティだった。大きな手と尖った顎をした、痩せてはいるけれど屈強そうな男性だ。

「ミス・ウッダール、いったいどうしたんです?」

「起こしてしまって、ほんとうにごめんなさい」ティファニーは言った。「でも、ミセス・イーヴィ・ラスロップは赤ん坊を産んだものの、どこかに行ってしまったのです。それでミセス・アンスティにお願いして、この子にお乳を飲ませてもらえないかと思いまして。今夜だけでかまいません、ほかになにか解決策を思いつくまで」

肩越しに赤毛がちらりと見えた。ミスター・アンスティの妻が、小さな息子を抱いて彼のうしろに立っている。彼女は夫の腕に手を置き、彼は妻の横に移動した。

「ごめんなさいね、ミス・ウッダール。でも、うちの子はもう乳離れしたの。助けてあげられたらいいのだけれど」

ティファニーの頬を涙が流れおちる。赤ん坊の顔も涙で濡れている。猛烈に母乳を欲しが

っているのだ。「お願いです。助けてくれそうな母親をだれか知りませんか？」

「知ってるわ」

それはミセス・アンスティではなく、娘のカーロの声だった。彼女は夜着の上にローブを羽織っていた。「わたしがいっしょに行きます、ミス・ウッダール」

「それはいい考えではないわね」ミセス・アンスティはそう言い、頭を横に振った。

涙ぐんだティファニーはミスター・アンスティに目を向けたけれど、彼はなにも言わなかった。娘だけに目を据えている。

「赤ちゃんにはお乳が必要よ」カーロが言った。「ブーツを取ってきます。すぐに行きましょう」

「ありがとう」ティファニーは泣きながら言った。

カーロはブーツを履き、ティファニーが玄関扉の脇に置いたろうそくを拾いあげた。「ついてきてください、ミス・ウッダール」

ティファニーはカーロのあとについて道を進んだ。どこかのコテッジに向かっているようだ。けれど、ずっと歩いてたどり着いたのは自分のコテッジだった。カーロは正面玄関の扉を開けた。

「ミス・ティファニー、ようやくお帰りですか？」メアリが呼ばわった。

「ただいま、メアリ」ティファニーはそう答えたものの、涙と、気持ちが参ったせいで声はかすれていた。カーロにつづいてコテッジの中にはいりながら、彼女の髪がうなじのところ

でもつれていることに気づいた。ティファニーは胸の内でつぶやく。どうしてあなたは、わたしと赤ん坊をブリストル・コテッジに連れてきたの？

メアリが駆け寄ってきた。「ミス・カーロ、あなたが来るなんて思っていなかった。紅茶を淹れようと、台所にお湯を沸かしてあります。あと、かまどには火もおこしてあります。ずっとミス・ティファニーの帰りを待って……赤ちゃん、どうしたんですか？　それに、どうしてそんなに泣いているんですか？」

ティファニーがこれまでの出来事を一言一句、正確に言い表すことばを見つけられないうちに、カーロがローブを脱いだ。彼女の夜着の胸のあたりはしっとり濡れていたけれど、ほかの部分はそうではない。彼女は夜着の胸元をはだけた。

赤ん坊を渡すようにと、カーロは両腕を伸ばした。「わたしがお乳を飲ませます」

口をあんぐりと開け、ティファニーは赤ん坊をカーロに渡した。かわいそうなその子は、いまは鼻をくすんくすんと鳴らしているだけだ。泣きすぎて身体中の活力がすべてなくなってしまったとでもいうように。カーロははだけた夜着を片手でずらし、赤ん坊を胸元に引き寄せた。赤ん坊は音を立ててお乳を飲み、小さな指をカーロの胸の上で動かす。授乳しながらカーロは台所に向かい、かまどの火の前の椅子に腰をおろした。

ティファニーは台所の戸口で、棒のように立ちつくしていた。自分が目にしている光景を理解しようと、頭を必死に働かせる。どうして未婚の若い女性から母乳が出るの？　たったひとつの筋の通った説明は、カーロとはずいぶん歳の離れた弟は弟ではなく、彼女の子ども

にしたにちがいない。
だということだ。非嫡出子という不名誉から娘も孫も守ろうと、彼女の両親が娘の子を養子にしたにちがいない。

では、その赤ん坊の父親はだれ？

「監獄からもどったあと、ちょうどいい牛を連れてきました、ミス・ティファニー」メアリは目の前の光景にまったく動揺することなく言った。「その牛、ほんとうにいいお乳を出します。おかげでバターでもクリームでも、最高のものができますよ。しかも、ほんの二ポンドなんです。ミセス・スミスにはそれだけ払えばいいそうです」

現実に引きもどされ、ティファニーはうなずいた。「あす、二ポンド分の硬貨を渡すから、支払ってきてちょうだい。あと、カーロが今夜ここに来たことをだれにも言わないと約束してくれたら、あなたには一シリングあげる」

メアリは顔を輝かせた。「お口は縫いあわせました。あなたはいいひとです、ミス・ティファニー。では、こっちに来て座ってください。食事を用意します。夕食はひとくちも食べていませんよね」

食べていなかった。ティファニーはメアリについて台所に行き、椅子にどすんと腰をおろした。レディらしく背すじをしゃんと伸ばして座りなさい、とメアリに向かって言う自分の声が聞こえるようだけれど、そんな自分のお小言に従うには、ティファニー自身が疲れすぎている。あくびをしながら、冷製のハムと野菜とパンが一枚載ったお皿を、ありがたく受けとった。

「いま、ジンジャー・ティーを淹れますね、ミス・ティファニー」メアリがほがらかに言った。「なにしろ新しいお気に入りですものね」

ティファニーはこっそりとカーロのほうに目をやったけれど、彼女はメアリの言ったことが聞こえていないようだった。小さな赤ん坊は両腕を大きく動かしている。まだお腹がすいているのね、とティファニーは思った。生まれてくることはひと仕事だったのだから。ほうっとため息をついて遅い夕食に注意をもどし、ひとくちずつ、ゆっくりと食べた。

メアリが湯気の立つカップを持ってきた。

「ありがとう、メアリ。今夜、あなたはわたしの聖人だわ。もう上階《うえ》にあがって寝《やす》んだら?」

「でも、使ったお皿はどうします?」

ティファニーが流しのほうに頭を巡らすと、メアリは汚れたお皿を一日分、溜めこんでいるのがわかった。「わたしが洗っておく。あなたは夕食をつくってくれたし、牛もずいぶんお安く買えることになったのだから、それくらいのことはしないと」

「彼女の名前はわたしがつけていいですか?」

ティファニーは目をぱちぱちさせた。「赤ん坊は男の子よ」

メアリはくすくすと笑った。「赤ん坊じゃないです――牛の名前です」

ティファニーはティーカップに口をつけながら、笑いを堪えることができなかった。「もちろんよ、メアリ」

「おやすみなさい、ミス・ティファニー。おやすみなさい、ミス・カーロ。あなたとは昼間

に顔を合わせてはいないけれど。ほんのひと目だって」

カーロもティファニーも挨拶を返し、メアリはほとんど飛び跳ねるようにして台所を出ていった。一シリングをなにに使うのか、すでにあれこれ考えているのだろう。それがブラック・コールドロン・パブでブルー・ルインを飲むことでなければいいけれど。

半分だけ食べた夕食の皿に目をもどし、ティファニーはもうひとくち、食べた。心の中ではありそうな考えが、いくつも渦巻いている。アンスティ家は娘の名を穢《けが》さないよう、たいそう力を尽くしていることははっきりしている。それでも、赤ん坊の父親がカーロと結婚しないのはなぜか、考えずにいられない。自分の場合のように、カーロが愛した男性はすでに結婚しているのなら、話はべつだけれど。ミスター・ハドフィールドは、あの娘にたいへん深い愛情を抱いているように思える。赤ん坊の父親が彼なら、少なくとも一年まえには結婚していただろう。

ティファニーはまた、こっそりとカーロのほうに目を向けた。赤ん坊はもう、両腕をばたばたとはさせていない。目を閉じ、お乳を飲んですっかり満足しているようだった。

「今夜、力になってくれたことに、どれほど感謝しても足りないわ」ティファニーはゆっくりと言った。「それと、わたしもメアリもこのことはいっさい他言しないから、安心してちょうだい。赤ん坊を救ってくれたのに、ひどいことを言われる筋合いはないもの」

ひと筋の涙がカーロの頬を伝いおちた。さらに美しく、いっそう若々しく見える。「ミスター・ハドフィールドは知らないんです。彼に話すべきだと思いますか？」

話すべきよ。

話してはだめ。

ティファニーにはわからない。ミスター・ハドフィールドがどんな女性とも性的に楽しんでいたとしても、そのことを将来の妻に話さなければいけないとは思わないだろう。女性のほうには、より高い規範が求められるのに。

「あなたの赤ちゃんのお父さんは村に住んでいるの？」ティファニーは訊いた。だれかが赤ん坊のほんとうの親をミスター・ハドフィールドに話したら、そうとう悲惨な結果を招きかねない。

カーロは頭をぶんぶんと振り、さらに幾筋もの涙が彼女の頬を流れた。「亡くなりました」

村の男性で、この一年ほどのうちに亡くなったのはだれ？　ティファニーの異母兄のユライア。ちがう、彼にはいくつも欠点があったけれど、無垢《むく》な女性をそそのかすような人物ではなかった。ほかにこの一年で亡くなったのは――ティファニーのフォークが落ちた。カーロの赤ん坊の父親はミスター・バーナード・コラム。彼がパブでカーロのことを〝好きものの尻軽女《ストロー・ダムセル》〟と呼んだのは、この赤ん坊のことをほのめかしていたのかもしれない。つまり、この子が生まれたことを。

「そのひとは赤ちゃんのことは知っていたの？」ティファニーは訊いた。バーナードの父親はそのことを知っているのだろうか、と考えながら。慎重にことばを選びながら。

鼻をぐずぐずさせ、カーロは頭を横に振った。「出産が迫った数カ月、母とわたしはおば

のところに行って閉じこもっていました。メイプルダウンのだれも知りません」

ティファニーと、大切だけれど噂話が大好きな、彼女のメイドを除いては。

「バーナード・コラムはあなたとの結婚を望まなかったの？」

カーロはまた頭を振った。「わたしが望みませんでした……あのひと――あのひとは襲いかかってきて、むりやり関係を結ばされたんです。やめてと必死で抵抗したのに、わたしのことを浮気女だとか、おれの気持ちをもてあそんだくせに、とか言いました。わたしはキスを許しただけで、それ以上のことはなにもするつもりはなかったのに。わたしは悪い女ではありません、ミス・ウッダール」

「一瞬でもそう思ったことはないわ、ミス・アンスティ」

カーロは音を立てて洟《はな》をすすった。「バーナードに行為をやめるつもりはありませんでした。わたしが大声を出そうとすると、口を塞がれました」カーロは目を閉じた。「憶えているのは、暗闇と痛みと恥ずかしさだけです。月のものがなかったとき、なにがあったかを母に話しました。母はわたしを責めなかったけれど、父は……彼にそんなことをさせるよう、わたしが気まぐれに振る舞ったからにちがいないと言いました。でも、あなたに誓えます、ミス・ウッダール。わたしはそんなことをしていません。していないんです」

ティファニーは立ちあがり、カーロが座る椅子に歩み寄ってその前で膝をついた。「あなたはなにもまちがったことをしていないし、どんな罪も犯していない。わたしの父は牧師だったわ。その父でさえ、あなたに責任を負わせようとはしないはずよ、あなたがレイプされ

たことに対して。あなたの身に起こったことに対して。なにひとつ、あなたの過ちではないもの。レイプされたのは、あなたのしたことのせいではない。過ちも罪も、完全にミスター・コラムのものよ。わたしたちの救い主はいま、あの男を罰していると断言するわ」

カーロの頬をさらに涙が流れ、彼女はか弱い声をあげて泣いた。口に出すことがはばかれる罪の犠牲者であるこの気の毒な女性を慰めようと、ティファニーは彼女の肩をやさしく叩いた。

「わたしが育った村の世慣れた女性なら、ニワトリの血を入れた小瓶を新婚のベッドに持ちこむよう、助言するかもしれない」若いときに耳にした、衝撃的な話の内容のひとつひとつを思いだしながらティファニーは言った。「新郎は新婦が血を流すものと思っているんですって。だから、あなた自身とシーツに、いくらか血をつけておくといいって」

カーロは目から涙を拭った。「あなたもそうするつもりですか、ミス・ウッダール？」

ティファニーはゆっくりと息を吐き、カーロの肩を叩く代わりにこんどはなではじめた。

「結婚は長くつづくわ。あなたの夫があなたにとって、最良の親友にも、熱烈な恋人にも、最大限に信頼できる相手にもなればいいと思う。わたしなら、ミスター・ハドフィールドにひどい事実を残らず話すでしょうね。いいひとは、だれかの暴力的な行為をあなたのせいにしないわ。あなたはレイプの被害者で、罪を犯したのではないもの」

「ローレンスはいいひとです。わたしの言うことを信じてくれると思います」

「もし信じなかったら、彼はあなたにはふさわしくないということよ。あなたはね、ミス・

アンスティ、だれよりも思いやりのある、とてつもない価値のある女性なのだから」

若い娘はうなずいた。気持ちが高ぶって話すことがままならないとでもいうようだ。自分が言ったことは——カーロを慰め、彼女の痛みを癒やそうとしたことばは——すべて正しい。そうであることをティファニーは心から祈った。

カーロが胸元から赤ん坊を離した。赤ん坊はすっかり寝入っている。ティファニーは立ちあがり、腕を伸ばして赤ん坊を受けとって自分のほうに引き寄せると、ぎゅっと抱きしめた。ひどい世界にいても、それでも無垢や美しさは存在する。

カーロはかすかに湿った夜着のボタンを閉めた。「朝までにもう何回か、お乳を飲ませてあげられます。ただ、あすになればあなたが自分の手で飲ませるか、乳母を呼ばないといけないと思います。わたしの赤ちゃんはほぼ断乳したので」

「〝自分の手で飲ませる〟ってどうするの？」ティファニーは訊いた。母親業については、まったく心構えができていない。

「母乳を瓶に入れて飲ませるんです。牛乳でもお腹を壊さない子はいますよ。壊す子もいますけれど」

この赤ん坊のお腹が丈夫であるよう、ティファニーは願った。なにしろ、乳母になってくれそうな知り合いはひとりもいないのだから。トーマスなら、ボーの乳母だったひとの中から、だれかを紹介してくれるかもしれない。「上階《うえ》に行って、少し眠らない？　清潔な夜着がよぶんにあるの」

カーロは立ちあがった。「着替えられたらありがたいです、ミス・ウッダール」

ろうそくはどこかとティファニーがふり返ると、すでに一本に火が灯されていた。メアリはたいへん気が利く娘だ。ひとつの仕事を終わらせることに四苦八苦しているとはいえ。ティファニーは片方の腕の中で赤ん坊を揺らし、もう片方の手でろうそくを持った。カーロを連れて階段をのぼると、以前、自分が使っていた部屋に案内した。ベッドの横のテーブルにろうそくを置き、箪笥のいちばん下の抽斗から清潔な夜着を引っぱりだす。そのとき、ふと思いついた。この抽斗は赤ん坊のベッドにうってつけね。少なくとも今夜は。

ティファニーは膝をつき、たたんだ柔らかいシーツの上に赤ん坊を寝かせた。赤ん坊はかわいらしい声を小さくあげたけれど、目は開けなかった。

「この子もあなたといっしょにここにいていいかしら？」ティファニーは小声で訊いた。

カーロはうなずいた。

「ろうそくは置いていく。プライヴァシーは守るわね」ティファニーはそう言い、ドアノブに手を伸ばしたところで動きを止めた。「身体の仕組みについてあとひとつ、訊いてもいい？」

「はい」

「赤ん坊に飲ませないときも、母親の乳房からはいつもお乳があふれるものなの？」

カーロはにっこりして、くすっと笑い声さえあげた。「いいえ、ミス・ウッダール。でも赤ちゃんの泣き声を聞くと、それが自分の赤ちゃんだったらとくに、母乳が出てくることは

あります。たいていの場合、母乳で着ているものが濡れることはありませんよ」

ほっと息をつき、ティファニーは言った。「ありがとう」

ティファニーは部屋を出ると、ドアをそっと閉めた。それからすぐ隣の自分の部屋へ行った。すっかり馴染んでいるので、歩いたり自分の寝間着を取りだして着替えたりするのに、ろうそくは必要なかった。ベッドに潜りこみ、ミスター・バーナード・コラムが殺されたことはミス・アンスティがレイプされたこととなにか関係があるのではと、どうしても考えてしまう。ひょっとしたら、ミス・カーロは歓んで自分と関係を持ったと、バーナードがミスター・ハドフィールドに話したかもしれない。あるいは、ミスター・アンスティがようやく娘を守った結果なのかも。

しょぼしょぼする目を閉じ、ティファニーは認めた。容疑者の一覧から名前は減るどころか増えている、と。

19

夜中に二度、カーロが赤ん坊に授乳する音がティファニーにも聞こえた。かわいそうに、カーロはじゅうぶんに眠れていない。それはティファニーもおなじだったけれど。夜が明けるのとほぼ同時に目を覚まし、すぐに着替えた。カーロの部屋のドアを静かにノックし、返事を待った。「どうぞ」

ティファニーは部屋にはいった。「あと一回、お乳をあげてくれる？　それから、あなたを家まで送るわ」

カーロは上掛けをはいであくびをした。「そんな、ひとりで帰れます」

「それくらいしか、わたしにはできないから」ティファニーは言った。「わたしがもどるまでの少しのあいだなら、メアリが赤ちゃんの世話をしてくれるわ。紅茶を淹れてくるわね。ほかに、なにかほしいものはある？」

「ありません、ミス・ウッダール」

カーロの部屋を出てドアを閉めると、ティファニーは台所に向かった。かまどに火をおこし、薪を何本か足す。ふたつのやかんで湯を沸かした。ひとつは食器を洗うため、もうひと

つは紅茶を淹れるためだ。ティファニーはこのときもまた、ジンジャー・ティーを淹れた。カーロはたぶん、紅茶《ブラック・ティー》のほうが好みだろうとは思うけれど。汚れた皿を擦り洗いして乾かすあいだ、あいかわらずしくしく痛むティファニーの腹部は断固としてジンジャー・ティーを要求した。

ティファニーはジンジャー・ティーをなみなみと入れたカップを用心深く持ち、カーロの部屋まで運んだ。カーロはベッドの中で身体を起こし、あいかわらず赤ん坊に授乳していた。「ベッドの横のテーブルに置いてください」カーロが言った。「この子の上に一滴でもこぼしたくありませんから」

ティファニーはジンジャー・ティーのカップとソーサーを置いた。「わたしのドレスを貸しましょうか、それとも自分のローブを着て帰る？」

カーロはにっこりと笑った。彼女はとてつもなく美しく、そして若い。「あなたはわたしよりずっと背が高いです、ミス・ウッダール。あなたのドレスはどれも合うとは思えません。夜着だって、裾がくるぶしまでの長さだったんですから」

くすくす笑い、ティファニーはうなずいた。カーロは女性にしては背が高い。これまで出会った中で、自分とおなじくらい背が高い女性は、ほかにはイーヴィ・ラスロップだけだ。ただ、サミールの妻に感じた同情は、彼女が赤ん坊を見捨てて飢えさせたせいで、怒りに取って代わっている。ティファニーは下階《した》におりると、カーロのブーツの汚れを落とし、彼女のローブを用意した。それから自分のブーツの汚れを落とし、自分のマントを用意した。

ティファニーは痛む脇腹を押さえながら上階《うえ》にもどり、メアリの部屋のドアをノックした。「もう起きられる、メアリ？　ミス・カーロを家まで送るから、そのあいだ赤ちゃんを見ていてほしいの」

何の返事もなかったけれど、メアリは寝間着だけの姿でドアをぱっと開けた。「それは、わたしが赤ちゃんを抱っこするということですか？」

「そうよ。さあ、ローブを羽織るか着替えるかしてちょうだい、メアリ」

「壺の中につばを二回、吐くよりもはやく着替えます」メアリはそう言い、ドアをバタンと閉めた。

赤ん坊が眠っていたとしたら、これでもう目を覚ましたことだろう。

ほんの数分で、赤ん坊はメアリのものになった。彼女は赤ん坊にキスの雨を降らせまくった。ティファニーはミス・カーロの夜着をたたんで鞄にしまうと、彼女がローブを羽織り、ブーツを履くのを手伝った。そうしてふたりでカーロの家に向かった。陽はまだ高いところまでのぼっていなかったけれど、道がわかるほどには明るく、朝焼けが農場に伸ばす黄金の蔓《つる》も見えた。

雨が降って道が泥だらけになったあとでは、太陽の輝きはいつだっていっそうすてき。そんなことを考えながらティファニーはカーロといっしょに、ただ黙々とゆっくり歩いた。ティファニーが付き添っているとはいえ、ローブを羽織っただけという恰好で外出するのは、若い娘にとってはかなり恥ずべきことだ。だれもわたしたちに気づかないで、とティファニ

ーは祈る。ふたりはいちばんの近道を選んでメイプルダウン・ヴィレッジまでの道を進んだ。カーロが両親の家の中にはいるまで、ティファニーの心臓はずっと早鐘を打ちつづけていた。

そのあとでティファニーは書店へと向かったけれど、裏口の扉の錠はあいたままだった。中にはいり、まえの晩のうちになにも盗られていないことがわかって安心した。サミールの書店や家のことを放っておくなんて、彼にとってわたしは頼りにならない友人ね、と胸の内でつぶやく。サミールの机の上に、この建物のものだと思われる鍵が一束、置かれていた。ひとつ目を試しても合わなかったけれど、ふたつ目は錠に嵌まった。サミールの生活圏は安全だと確認し、ティファニーは錠をかけてからブリストル・コテッジにもどることにした。朝食もまだという時間に、自分の姿を二度も見られることのないよう、このときは近道を通らなかった。コラムの農場を通り過ぎるころには太陽はすっかり空にのぼり、下界のなにもかもをその光で燦《きら》めかせていた。

道の上の光るものが、ティファニーの目を捉えた。最初は、表面がつるつるした、ただの石だと思った。ところが近づいてみると、それはボタンだとわかった。しかも、よくあるボタンではない。彼女は屈んでそれを拾いあげ、泥を払い落とした。金色で、ファージング硬貨ほどの大きさだ。四本の柱に、それぞれ短い線が刻まれているという、独特の細工が施されている。この高価なボタンは、雨が降るうちに泥の中に落ちたにちがいない。だれであれ、これを落とした人物はさぞがっかりしていることだろう、とティファニーは思う。それが村の住人だったら、わたしが返してあげられる。

コテッジにもどると、メアリは台所の椅子に腰をおろしていた。きのうの夜にカーロが座っていたのとおなじ椅子だ。メアリは赤ん坊に話しかけている。自分が話すことばのひとつひとつを理解できるほど、この赤ん坊は成長しているとでも思っているように。

「もう、もどったんですね、ミス・ティファニー。この子、ほんとうにいい子ですよ。では、わたしはマティルダのお乳を搾ってきます」

マティルダというのが手に入れた乳牛の名前だとティファニーが思いだすのに、少し時間がかかった。彼女は赤ん坊を受けとろうと手を差しだした——名前なら、乳牛よりもこの子のほうがもっと必要としている——けれど、濡れているのを感じて、両手とも引っこめた。赤ん坊のおむつを替えなくてはいけない。

メアリが立ちあがり、頭をゆらゆらと振った。「ああ、忘れていました。どうやっておむつを替えるのか、わたしにはわからないので」

「まずこの子を横にして、石鹸とお湯で身体を洗いましょう。それから、マティルダのところに行くまえに、屋根裏から衣装箱をおろすのを手伝ってくれたら助かるわ」

メアリの目が見開かれた。「衣装箱の中になにがあるんですか？」

メアリのために は〝海賊のお宝よ〟と言ってあげたかったけれど、中にはいっているものはじつは、ティファニーの嫁入り道具だ。「リネンや、わたしの嫁入り衣装に必要なものよ。でも、おむつやブランケットもはいっているの。あと、赤ちゃんの衣類も。この子に、なにかちゃんとしたものを着せてあげないといけないわ」

「この子のことは、なんて呼びましょうか？」

ため息をつきながら、ティファニーは赤ん坊を床におろした。それが気に入らなかったらしく、赤ん坊は泣きはじめた。ティファニーはあやしたかったけれど、まず身体をきれいにしないといけない。「どうしましょうか。ずっとうちの子でいるのか、わからないし」

母親はイーヴィだ。法的な父親はサミールだ。

「もちろん、ずっとうちの子ですよ。この子はあなたの子で、この子を愛しているのはあなたです。あなたがお母さんです。ずっとここで、いっしょにいましょう」

メアリへの愛おしさがこみあげてきて、ティファニーの心は温かくなった。「さあ、わたしが梯子を押さえているから、屋根裏にのぼってちょうだい」

「どれがその衣装箱だってわかります？」

「蓋の部分にわたしの名前が書いてあるわ。花の模様も」ティファニーは乾いた口調で答えた。何年も、その箱を見ることを避けてきた。嫁入り道具のはいった箱は、ティファニーが人生で望んだけれど手に入れられなかったものすべてを象徴している。

船のマストをのぼる船乗りよりも速く、メアリは梯子をささっとのぼった。一分もしないうちに、彼女は下に向けて呼ばわった。「ありましたよ、ミス・ティファニー。開口部まで押しましょうか？」

「お願い、メアリ。箱をおろすのはわたしも手伝うわ」

ティファニーがゆっくりと梯子をのぼると、衣装箱が床を擦る音が聞こえた。メアリは衣

装箱を押して開口部まで持ってきた。ふたりで力を合わせ、どうにかこうにかして床までおろす。木製の衣装箱は埃で覆われていた。ティファニーが夢見たことがそうであるように。でも、まだ夢を見ることはできる。

衣装箱を開けたところ、中の品々はまったく埃っぽくなかった。シーダー材がリネンを適切な状態に保っていた。ティファニーはおむつの山をメアリに渡し、赤ん坊に着せるための白色のかわいらしいドレスと、ティファニーの母親が編んでくれたブランケットを手に取った（この時代の幼少期の男児は、ドレスまたは男性用上着とスカートを着用していた）。あらゆる意味で、この赤ん坊はティファニーのものだ。

井戸からもっと水を汲んでくるようメアリに言いつけ、ティファニーは念入りに赤ん坊の身体を洗った。背中と足の大部分は、黄色っぽい液体にまみれていた。赤ん坊はぬるいお湯をありがたがることなく、声をかぎりに泣き叫んだ。ティファニーは清潔なタオルで身体を拭き、おむつをどう当てて留めるのかをメアリに示してみせた。それから、頭から被せるようにしてドレスを着せた。いまや赤ん坊は手に負えなくなっている。ティファニーは赤ん坊を抱きあげると、その頭を自分の頬に当てて歌を歌って聴かせた。

「だいじょうぶ、ティファニーお母さんがここにいるわ。あなたはもう、きれいになったのよ」

メアリは鼻に皺を寄せた。「わたしたち、毎日毎日、この子をきれいにしないといけないみたいですね」

ティファニーはにっこりと笑った。頬に赤ん坊の涙の感触があった。おむつを当てるのも

身体を洗うのも、ずいぶんと時間がかかって申し訳なく思った。叫ぶような泣き声は、いまはもうすすり泣きに変わっている。すぐにおとなしくなってくれるわ、とティファニーは思った。

メアリが卵を入れるバスケットを持ちあげた。「卵を集めてから、マティルダのお乳を搾ってきます。少なくともいっしょにいるのが牛なら、おむつは替えなくてすみますから」

台所から出ていくメアリを見送り、ティファニーはまたにっこりと笑った。彼女は跳ねるように動きながら、腕に抱いた赤ん坊の顔を自分の頬にくっつけた。柔らかくみずみずしい肌が頬に触れる感触が心地いい。どんな名前をつけようかしら？

まず思いついたのは父親の名前だった。ただ、愛していたとはいえ、父親は厳しく、陽気なところはないひとだった。だめ、お父さまの名前はこの子につけてはいけない、と思い直す。第一子はふつう、祖父の名前をもらうものだけれど、サミールはすでに最初の息子を、彼の父親の名前からウィリアムと名付けている。名前であれ何であれ、サミールが亡くした息子に愛情をこめて与えたものを取りあげるつもりは、ティファニーにはなかった。祖父の名前をもらわなかった男子は、父親の名前をもらう。赤ん坊のほんとうの父親がだれかを知らないので、彼女は法律上の父親の名前を参考にすることにした。サミールだ。

ティファニーはしばらくのあいだ、サミールと自分が、愛する美しい赤ん坊の両親になるという家族を夢想した。父親も息子もサミールという名前だったら混乱しそう、と思う。それはミドルネームにしたほうがいいかもしれない。では、ファーストネームはナサニエルね。

ティファニーの頭に浮かんだのは、むかしの友人で婚約者の名前だった。ナサニエルは立派なひとだった。親切でたくましかった。そして彼女は、ナットという愛称が大好きだ。ナサニエル・サミール・ラスロップは力強い名前だ。赤ん坊はそう名付けよう。

20

おむつとブランケットと予備の衣類二枚を入れた鞄を腕にかけ、ティファニーは赤ん坊を抱いてアストウェル・パレスに向かった。ナットはティファニーの母親のブランケットで、しっかりとくるんでいる。赤ん坊の世話をするには、コテッジにいるほうがなにかと楽だろう。けれど、乳母のことを尋ねるためにも、ナットの父親を救うためにも、トーマスと話す必要がある。ミスター・アンスティとミスター・ハドフィールドについて調べてもらうには、彼にどう話せばいいかしら。それも、カーロのことには触れずに……とティファニーは考えを巡らせ、バーナードが死んだ夜に、彼がパブでカーロにひどいことばを投げかけたとほのめかすだけでいいかもしれない、と思いいたった。

それから、拾ったボタンのこともある。ばかげているかもしれないけれど、ティファニーはそのボタンが殺人となにか関係があると思っている。取っ組み合いをするうちにボタンはたやすく取れ、泥とみぞれの混じった水たまりの中で見失ってしまうはずだ。

使用人用玄関のところでフォード執事が待ちかまえているとティファニーは思いこんでいた。というのも、またもや遅刻しているからだ。けれど扉を開けた人物は、ほかでもない、

ボーフォート公爵夫人だった。サファイヤ・ブルーの美しいサック・バック・ガウン（背中部分のサックという箱ひだが特徴的なドレス）を着ている。顔には白粉をはたいているものの、きょうは鬘は被っていなかった。

「なにをそんなに抱えているの、ミス・ウッダール？　それに、あなたったらどうしていつも遅刻しないではいられないの？」

ティファニーがなにか答えられないうちに、ナットが泣きはじめた。最後に授乳してから数時間たっている。かわいそうに、ティファニーの赤ん坊はまたもやお腹をすかしているのだ。

公爵夫人の目がまん丸に見開かれた。「もちろん、この子はあなたの子のはずがないわよね」

「ええっと、正確にはちがいます。わたしが産んだのではありません。ですが、わたしのところを離れるまでは、わたしの子です。奥さま、ナサニエル・サミール・ラスロップを紹介します。イーヴィ・ラスロップの息子です。彼女の法律上の夫はサミールですが、彼はこの子の父親ではありません」

白粉ですでに白かった公爵夫人の顔が真っ白になった。「なんですって！　あの書店主は既婚者だったの？」

ティファニーは大きく息を吸った。「わたしもそのことは知りませんでした。サミールとイーヴィは十年ちかく、べつに暮らしていましたから。彼女はわたしがバーナード・コラム

の死体を見つけた日にもどってきたようです。バーナードは彼女の弟なんです」

そう声に出して言ってみて、ティファニーにはイーヴィがメイプルダウンにもどってきた日付がとんでもなく怪しいものに思えて仕方なくなった。彼女は弟の死になにか関係している？　彼の死でイーヴィがなにかを得られるとは考えられない。それでも、イーヴィに摑まれてできた手首の痣を見れば、彼女にはひとを殴り殺せるだけの力があると言える。鍛冶場で仕事をしていた数年で強くなったのだ。

「どうしてそんな厄介事に関わることになったのかしら、ティファニー？」

ボーフォート公爵夫人がティファニーをファーストネームで呼んだ。これまでなかったことだ。

「そ——そんなつもりはないのですが」

夫人は片手をあげた。「いいの！　気にしないで。わたくしに赤ん坊を抱かせてちょうだい。ムッシュー・ボンに言えば、温かいミルクをつくって瓶に入れてくれるのではないかしら。それより、わたくしたちには乳母が必要ね」

「わた——わたくしたち？」ティファニーはもごもご言い、夫人は彼女の腕からナットを抱きあげ、使用人用宿舎へ連れていった。

ティファニーは中にはいってマントとブーツを脱ぎ、あたりを見回した。使用人用玄関に公爵夫人が現れたことにおどろいたのは、彼女だけではないようだ。使用人のだれもが背すじをぴんと伸ばし、直立していた。気をつけの姿勢を取る兵隊のように。

「ボン、赤ん坊に温かいミルクをつくって瓶に入れてちょうだい。フォード、いますぐ図書室に来るよう、トーマスに伝えて。ミス・ウッダールとわたくしは図書室にいます」

いつもは完璧のお手本のようなフォード執事が動こうとしない。目を大きく見開いて赤ん坊を凝視している。それからボーフォート公爵夫人に視線を移し、さらにティファニーへと移し、最後に三人まとめてじっと見つめた。問題の厄介さはどの程度なのかを推し量ろうとでもいうように。

「いますぐと言いましたよ！」公爵夫人が声を張った。そこでようやく、その場の全員が動きはじめた。

ティファニーは夫人のあとについて使用人用宿舎を通り、図書室へつづく廊下へ向かった。赤ん坊を返してほしかったけれど、どう言えばいいのかわからない。図書室にはいると、公爵夫人はティファニーのお気に入りのソファに腰をおろし、ナットをくるんでいたブランケットをはずした。ナットは白いレースのキャップを被り、丈の長い白いドレスを着ている。どこから見ても愛らしい。

「まあ、あなたったらだれよりもかわいい赤ちゃんね」公爵夫人は囁くように言った。それからナットを抱きあげると小さな頬にキスをして、これ以上ないほどにティファニーをおどろかせた。夫人は膝の上にナットをもどすと、こんどは手の指と足の指を数えた。そんなこと、ティファニーはしようと思いもしなかった。どちらも十本あることに、夫人は安心したようだった。

図書室のドアがひらき、トーマスが飛びこんできた。息を切らしている。「いったいどうしました、お母さま？」

公爵夫人は赤ん坊を掲げた。「ミス・ウッダールの赤ちゃんよ」

フォード執事とおなじように、トーマスもあまりの衝撃に動けないでいるようだ。そこへムッシュー・ボンが現れ、トーマスの横をまわって夫人の前に進みでた。先端にゴム製の吸い口がついたガラス瓶を載せた盆を手にしている。

それが異国のデザートだとでもいうように、ムッシュー・ボンは夫人に盆を差しだした。

「奥さま、ほかになにかご入り用でしょうか？」

公爵夫人は瓶を手に取り、泣き叫ぶナットのひらいた口にくわえさせた。赤ん坊はたちまちおとなしくなり、ミルクを吸いはじめる。「いまのところ足りているわ。瓶を何本か、見つけるか買うかしてちょうだい。それと、使用人のだれかが乳母を知っているか、訊いてみてくれる？　母乳のほうがミルクよりいいもの」

ムッシュー・ボンは頭をさげた。「かしこまりました、奥さま」

彼はまたトーマスの横を通って図書室から出ると、ドアを閉めた。

「お母さま、イーヴィ・ラスロップの赤ん坊をどうしようというのです？」状況を理解したのだろう、トーマスはそう訊いた。

その質問に答える代わりに、公爵夫人は責めるような鋭い目をティファニーに向けた。

「あら！　トーマスには話したのに、わたくしには内緒にしていたのね？」

ティファニーは顔が赤くなるのがわかった。困ったように、トーマスのほうにちらりと目をやる。「申し訳ありません。どのようにお伝えすればいいのか、わからなかったものですから」

ナットを見おろし、公爵夫人の鋭い目が和らぐ。「あなたがずいぶんと気まずい立場にいることはわかるわ。けれど、わたくしを信頼してくれないのに、どうしたらわたくしたちはお友だちになれるというの？」

はじめてダンスをしたときよりも、ティファニーはとまどいと恥ずかしさを覚えた。「わたしの友人になってくださるのですか、奥さま？」

「ふたりでいるときは、わたくしのことはキャサリンと呼んでちょうだい」

「あり――ありがとうございます」ティファニーはそう言い、また困ったようにトーマスのほうにちらりと目をやった。

トーマスは椅子に腰をおろし、両手で顔を覆っていた。「あなたと最後に話して何日もたっていないのに、ティファニー、わたしの知らないことが多くあるようですね」

うなずきながら、ティファニーは大きなため息をついた。「そうね。サー・ウォルター・アブニーが令状を発行して、サミールが逮捕されたわ。ミスター・コラムが証言したの、息子がサミールを脅迫しようとしていたのを聞いた、と。バーナードはそのせいで殺されたと主張しているわ」

キャサリンの鋭い目がトーマスに向けられた。「コラムというのはわたくしたちの借地人

のひとりではないかしら？」

「そのとおりです、お母さま。彼の家族は百年ちかくまえから、わたしたちの土地で農場を営んでいます」

公爵夫人は鼻を鳴らした。「このつぎの百年もわたくしたちの土地で農場をつづけたいなら、ミスター・ラスロップに対する証言を取りさげてもらわないといけないわね」

トーマスは膝の上で両手をもぞもぞとさせた。「ミスター・コラムに圧力をかけることはできませんし、彼が証言を取りさげたところで、サー・ウォルターの気持ちが変わらない可能性もあります、お母さま。治安判事はサミールにおおいに偏見を持っていますし、去年のわたしの裁判で、彼に恥をかかされたと思っていますから」

公爵夫人はぎりりと歯を食いしばり、そこでティファニーははじめて、自分たちは友だちになれるかもしれないと思った。夫人も自分とおなじように、肌の色のせいで息子とサミールが不当に扱われたことに怒りを覚えているのだから。

「わたくしたちはサー・ウォルターに圧力をかけなくてはなりません。亡くなった夫が言っていましたよ、彼は絶えず債務を抱えていると。ロンドンの財務担当者に手紙を書いて、サー・ウォルターの手形とメイプルハーストの不動産の抵当権をすべて取得してもらいましょう」

「それは脅迫では？」ティファニーは訊いた。

「もちろん、そうよ」キャサリンが答える。腕の中でナットをやさしく抱きしめながら、歌

うような声だった。「治安判事が法に従わないなら、わたくしたちだって従うことはないわ」

トーマスが同意の印にうなずいた。ふたりとも正しい主張をしていると、ティファニーも思わずにはいられない。倫理的に、ではないとはいえ。けれどサミールを自由にするためなら、わたしは何だってするわ。

「サミールが逮捕されたあと」ティファニーはこれまでの状況を説明した。「イーヴィのお産がはじまりました。ミセス・バログが赤ん坊を、ナサニエルを取りあげてくれました。それで、この子をナットと呼んでいます。ナットをあやしているうちにわたしは眠ってしまったのですが、目を覚ますとミセス・バログは帰ったあとで、イーヴィの姿も見えませんでした。彼女の持ちものも、ぜんぶなくなっていました。イーヴィはナットを捨てたのだと思い、きのうの夜遅くにこの子をコテッジに連れて帰ったのです」

カーロの名はきれいなままにしておく、とティファニーは思う。

ティファニーの説明を聞いて、トーマスがゆっくりとため息をついた。「わたしたちはとんでもない状況にいるのですね。まず、ロンドンの財務担当者には速達を送りましょう。それからコラム農場に行って、ミスター・コラムと話します。最後に、イーヴィの居場所をつきとめられるか捜してみます。彼女の行動はなにもかも怪しく思えますね」

「ミスター・テイトのところにもどったと思う？」ティファニーが訊く。

「そこから捜しはじめるのが、いちばん適切でしょうね」トーマスが同意した。「バーズリーに向かうまえに、コテッジに迎えに行きます」

「赤ん坊はどうしたら？　だれに世話をお願いすればいいかしら？」

「わたくしよ、とうぜんでしょう」キャサリンが言った。

「そんな、公爵夫人ともあろうお方が」

キャサリンは鼻を鳴らした。「よけいなことを言わないで、わたくしには息子がふたりいるのよ。新生児の世話をするのに、申し分なくふさわしいわ。それと、この子に乳母を見つけるにはどうすればいいかも考えるつもりよ」

トーマスは立ちあがり、身を屈めて母親の頰にキスをした。「ありがとうございます、お母さま」

公爵夫人の頰がほんのりピンク色に染まった。彼女は愛情をこめた笑顔を息子に向けた。

「ありがとう、トーマス。厄介な仕事を一切合切、任せられるひとがいるのは、ほんとうにいいわね」

脅迫を、ですよね。ティファニーは胸の内でつぶやいた。

トーマスが図書室を出ていくと、キャサリンが言った。「あなた、ひどい顔をしているわよ、ティファニー。使っていないゲストルームに行って、しばらく休みなさい。きのうの夜はほとんど眠れていないでしょうから」

「そうですね」ティファニーは認めた。「ありがとうございます、奥さま」

「キャサリン」

よろよろとした脚でティファニーは立ちあがった。「ありがとうございます、キャサリン」

21

目を開け、ここはどこかとティファニーは戸惑った。童話の主人公になったかと思った。魔法で美しい宮殿に運ばれたのでは、と。身体を横たえているベッドは六人が眠れそうなほど広々としているし、四隅には太い支柱があり、その先にはベッドを覆う天蓋が取りつけられている。触れるものすべてが、サテンかシルクでできていた。羽毛のベッドは、ティファニーがこれまで横になった中でいちばん柔らかかった。

お腹がぐーっと鳴り、それからしくしくと痛んだ。

自分がどこにいるのか、ティファニーは思いだした。アストウェル・パレスだ。そして、何時間もなにも食べていないことも思いだした。上掛けをはぎ、ブーツを探して履いた。赤い小鳥や花が刺繍された、キャラコ地のドレスの皺を伸ばした。それからボディスを引きあげ、肩に三角形《フィシュー》のスカーフを羽織り、先を胸元で結んだ。髪に手をやると、形が半分ほど崩れている。ため息をついて髪に残っているピンを引き抜き、うなじのところで簡単にシニヨンに結った。

これで人前に立てると満足してゲストルームを出ると、公爵夫人はどこかしらと捜した。

キャ、キャ、キャサリンを。上流階級に属する畏れ多い公爵夫人のことをファーストネームで考えるのは、ふしぎな気持ちだ。彼女の姿は客間にも図書室にもなかった。これまで立ち入ったことのない部屋のドアを開けると、そこはだだっ広い舞踏室だった。天井は、木材を格子状に組んだパネルを嵌めた格天井《ごうてんじょう》で、パネルひとつひとつに牧歌的な絵が描かれていた。細工が施された梁が交差するところからは、数え切れないほどのクリスタルのシャンデリアが吊りさげられている。ひとつの部屋をこれほど絢爛《けんらん》で贅沢に飾れるなんて、ティファニーは夢でさえ考えたことがない。それこそ、マザー・グースの童話の世界から飛び出てきたような部屋だ。

ドアを閉めて育児室に向かうと、キャサリンはそこにいた。腕に抱いたナットを、幼い息子に紹介している。

「ぼくはこんなに小さくなかった」

「でも、あなたもこんなだったわよ」

ボーは頭をぶんぶんと振った。「あり得ない」

ティファニーの口許が笑みをつくった。彼女が勉強を教えていた小さなひとはほんとうに強情で、信じたくないことはけっして信じようとしない。

「ミス・ウッダール、顔色がずいぶんとよくなったわ」

公爵夫人のことばに、ティファニーの頬がかっと熱くなった。「寝過ぎていたのでしたら申し訳ありません」

キャサリンはかすかに頭を横に振った。「だいじょうぶよ。でも、トーマスはコラム農場

からもどって、あなたとバーズリーに行く準備ができているわ」

「彼を捜します」

「先に調理場に行って、なにか食べなさい。まだげっそりしているもの。ボーが兄を見つけて、調理場まで連れていくわ」

ティファニーはキャサリンにお礼を言い、うしろ髪を引かれながらナットを彼女のもとに残してその場を立ち去った。公爵夫人はとても有能で、とても面倒見のよい友人だとわかる。使用人用の区画に向かう途中で、ティファニーのお腹は三回、ぐーっと鳴った。何だかんだと、公爵夫人の言ったことは正しかったということだ。

皿いっぱいの食事と熱々の紅茶をティファニーのために用意できることを、ムッシュー・ボンはただただ歓んでいた。トーマスが現れたころには、ティファニーはいつにも増して自分らしくなったと感じ、馬車に揺られてバーズリーまで行くことができた。

馬は鍛冶屋の住まい兼鍛冶場の前で足を止めた。トーマスが手を貸してティファニーを馬車からおろし、正面玄関の扉をノックした。ティファニーは窓越しに人影を見た気がしたけれど、それはすぐに消えた。イーヴィではと思うものの、はっきりとはわからない。

トーマスは最後にもういちど扉を叩いてから言った。「鍛冶場のほうに行きましょう」

トーマスはティファニーに腕を差しだし、ミスター・テイトの住まいを回って鍛冶場に向かった。前回、訪れたときとおなじように、新鮮な冷気を鍛冶場に入れるために両開きのドアは開け放たれていた。ところがミスター・テイトは、きょうはシャツを着ている。という

か、スモックを。彼はトーマスとティファニーの姿を見て、小さく毒づいた。

「異端審問官がもどってきたのかい？」

片手を添えているトーマスの腕が緊張したのが、ティファニーにはわかった。

「サー、わたしたちはなにか問題を起こそうとしてやってきたのではありません。あるいは、干渉するためでもない。イーヴィ・ラスロップに必要なものがきちんと用意されているかを確認したいだけです」

ミスター・テイトは手に持ったハンマーをくるくると回した。「で、どうしてあんたたちみたいなひとが、イーヴィのことを気にかける？」

大きく息を吸いこみ、ティファニーが一歩、踏みだした。「彼女が元気でいるか、確かめたいだけです。赤ん坊を産んですぐに、いなくなってしまったので」

鍛冶屋はティファニーと目を合わせようとしない。手の中でもてあそぶハンマーに視線を集中させている。「生まれた赤ん坊は元気か？」

「はい。赤ちゃんは男の子です。ナサニエル・サミール・ラスロップと名付けました。だれかがその子をどうしても引き取りたいと言わないのであれば、わたしが自分の息子として育てるつもりです」

ミスター・テイトは頭をゆらゆらと振った。「イーヴィにその赤ん坊は必要ない」

「ですが、わたしには必要です」

ミスター・テイトは片手で髭をぐいと引っぱり、ようやくティファニーの目をしっかりと

見た。「なら、赤ん坊はあんたのものでいい」

ミスター・テイトは足をもつれさせるようにして立ちあがり、抽斗を開けた。中には小さな箱がはいっていた。「おれとあんたとの関わりは、この指輪だけだと思うよ」

ティファニーは簡素な金の指輪を想像していたけれど、いま手の中にあるものは凝ったデザインのすてきな指輪《リング》で、簡素というにはほど遠い。四本の金色の輪っかが入り組み、融合したものだ。ティファニーのダイアモンドのクラスターリングは美しい芸術品だった。彼女が右手の薬指にそれを嵌めたところ、サイズはおどろくほどぴったりだった。

「どうして?」ティファニーはミスター・テイトに訊いた。「指のサイズなんて測らなかったのに」

「あんたは話すとき、手を動かしていた。サイズの見当をつけるのはむずかしいことじゃない」

ティファニーはうなずきながら、このひとはとんでもなく才能のある鍛冶屋だわ、と思った。でなければ、手の大きさがわたしとおなじくらいの女性を知っているのね。そしてそれが事実なら、わたしがダイアモンドのクラスターピンを預けたあとに、このひとはイーヴィに会ったということ。

「ミスター・テイト、あなたが秘密を洩らすとは思いません」ティファニーはゆっくりと言った。「そうしてほしいとも思いません。けれど、イーヴィが無事で元気にしているかを確認するために、わたしたちは彼女を捜しつづけるべきかどうか、教えてくれることはできる

と思います。あるいは、彼女は友人たちといっしょにいると信じていいかどうかも」

愛想のない鍛冶屋はしばらく、なにも答えなかった。トーマスが物問いたげな視線を送ってきたけれど、ティファニーは指輪を嵌めた手をあげて彼を黙らせた。

ようやくミスター・テイトが口をひらいた。「イーヴィは友人のところにいるはずだ。あんたたちが捜しつづける必要はない」

ティファニーはうなずいた。「わかりました。クラスターピンを手の込んだ美しいリングに仕上げてくださって感謝します、ミスター・テイト。どうぞ、よい一日を」

トーマスはおどろいたように、ティファニーのほうにもういちど、ちらりと目をやった。けれど黙っている。ふたりで並んで馬車へと向かい、彼はティファニーに手を貸して馬車に乗せた。自分も乗りこんでドアを閉めてから、ようやく口をひらいた。

「ミスター・テイトとの会話の後半を理解できていない気がします」

新しい指輪をはずし、ティファニーはそれをトーマスに渡した。「ミスター・テイトが腕のいい優れた職人だということは、まちがいないと思う。でも、手袋をした女性の手を見て、その指のサイズを正確に知ることができる才能の持ち主なんているはずがない……。彼はイーヴィの指にこの指輪を嵌めてサイズを測ったにちがいないわ」

「それなら彼はどうして、自分のところにもどったとすぐに言わなかったのでしょう？」

ティファニーはなにかが喉につっかえているとでもいうように、ごくりと息をのんだ。

「イーヴィのことになると、完全に公平ではないと自分でもわかっているわ。でもね、弟の

死に彼女がなにかしら関係していると考えてもいいと思うの。ほかに、彼女がわたしたちから身を隠そうとする理由がある？」

「彼女が自分の弟を殺したと考えているのですか？」

「話している以上のことを知っている、と思っているわ」

トーマスはゆっくりと首をうなずかせた。「そういうことなら、どうして彼女と話したいと強く求めなかったのですか？　ほんとうのことを教えてほしいと？」

ティファニーは指輪を薬指にもどし、その上から手袋を嵌めた。「そうしたところで、わたしたちにいいことはなにもないと思ったの。証拠がないのだから、イーヴィはなにも認めようとはしないはずよ。そういう点では彼女は悪賢いもの」

「どうしてバーナードを殺したいと思うのでしょう？　気持ちが理解できないのではなく、わたしが耳にしたかぎりでは、無条件に彼を愛していたのはイーヴィだけだったのに」

その理由がわかればいいのに、とティファニーは思う。ロンドンの新聞を読むと、殺人事件の大半にはお金が絡んでいるという。つぎに大きな動機は不貞で、ふつうは妻と夫との間の問題だ。けれど、イーヴィとバーナードは姉と弟だ。バーナードはこの数カ月、仕事をしないでお酒を飲んでは浮かれ騒いでばかりいた。ふたりの間に、金銭面で諍いがあった？

「いまのところ思いつく筋の通った結論は、お金のことで仲違いしたということよ」

「でも、イーヴィ・ラスロップは大の男をたった一撃で殴り殺せるほどに力が強いでしょうか？」

ティファニーは袖口をめくり、手首をぐるりと囲む五本の完璧な痣をトーマスに見せた——どれも、イーヴィの指がつけたものだ。「ミスター・テイトは、イーヴィは自分の鍛冶場で働いていたと言っていたわ。わたしがはじめてイーヴィに会ったとき、彼女は何層もの煤で汚れていた。不潔なひとだと思ったのだけれど、いまならわかる。鍛冶場で作業をしていたせいだったのよ。ハンマーを操って鉄を自分の好きなように曲げられるなら、彼女の腕力は人間の頭蓋骨を割れるくらいに強いと思うわ」

トーマスは短くため息をついた。「証拠はありません。殺人に使われた凶器がなければ、わたしたちには推測することしかできない。どの判事も陪審員も、イーヴィに関するわたしたちの話を信じるとは思えません。わたしは白人ではありませんし、あなたは男性になりましていたことで逮捕されたことのある女性ですし」

「告白するわ、ブリーチズを懐かしく思う日もあるのよ」馬車の中の雰囲気を軽くしようと、ティファニーは言った。「でも、あなたは正しい。議論の余地のない証拠が必要ね。殺人の凶器を見つけるだけでなく、どこで犯行が行なわれたかを特定して、動機をつきとめないといけない、サミールを自由にするために」

トーマスがティファニーの膝に軽く触れた。「ミスター・コラムの父親は、土地の賃貸契約を終了すると脅したとたん、サミールに対する証言を撤回しました。それこそ、キツネが鶏小屋から逃げだすよりも速く。わたしは彼をメイプルハーストに連れていきました。サー・ウォルターには一時間以上、待たされましたが、もったいなくもお目にかかることがで

きましたよ。ミスター・コラムはサー・ウォルターに、自分は息子とサミールとの間の会話を誤解していたにちがいないと言い、サミールに対する申し立てはすべて取りさげると伝えました。そこでわたしは、サミールを監獄から出すので鍵を渡してほしいと言ったのですが、サー・ウォルターは令状の取りさげは却下しました。サミールがほんとうに潔白なら、判事と陪審員がそう判断するはずだとくり返すばかりで」

ティファニーの両手が、きつく拳に握られた。あんな心の狭い男、大嫌い。歯をぎりぎりと噛みしめながら、キャサリンが債務を盾に彼を言いなりにさせようとしていることに、少しのやましさも感じなくなった。「ボーフォート公爵家の財務担当の方が、あのひとを破滅させてくれるといいわね」

トーマスがやさしく笑った。「母のことばに惑わされないでください。土地に関するあらゆる問題をほんとうに管理しているのは母で、その仕事をする男性など必要ないのですから。あの準男爵が破滅したら、そうさせたのはわたしの母ということです」

ティファニーもくすくすと笑った。顔と背中で張りつめていた緊張の糸が緩んだ。トーマスはティファニーを見て、すぐに自分もけらけらと笑いだした。ティファニーは笑い声を抑えられなくなった。ふたりは笑いすぎて、やがて息を切らした。

ふたりとも正気にもどると、トーマスが言った。「そういえば監獄に寄って、サミールに食事と着替えを届けました。ひどい環境にいるとはいえ、彼はきちんと扱われています。あなたと話したがっていますよ」

ティファニーはサミールに会いたかったけれど、彼と顔を合わせるための勇気を取りもどすのに、もう少し休む必要がある。「朝になったら、いちばんに会いに行くわ」

アストウェル・パレスにもどると、ティファニーとトーマスはまっすぐ育児室に向かった。キャサリンはボーを小さな椅子に座らせ、慎重にその腕にナットを抱かせていた。幼い少年の顔に浮かぶ、得意げで幸せそうな表情を見て、ティファニーの心は温かくなった。

「ウッダール一等航海士、われわれのところに新しい乗組員が来た！」

ボーは椅子の上で少し身体を動かし、キャサリンは手を伸ばして彼の膝の上で赤ん坊を注意深く、そしてしっかりと支えた。

ゆっくりと息を吐き、ティファニーはにっこりと笑った。「海賊としての任務を遂行するにあたり、優秀な補強人員になることと思います」

ボーはまた身体をゆらゆらさせ、母親は息子の膝から赤ん坊を抱きあげた。ボーはぱっと立ちあがってティファニーに駆け寄ると、彼女の腰に腕を巻きつけた。ティファニーもぎゅっと抱きしめ返す。ああ、ボー。この数日、どれだけあなたのことを恋しく思っていたか。いつもはボーを安心させるのはティファニーだったけれど、この夜は、ボーがティファニーを安心させている。そして、彼女にはそうしてもらう必要があった。

ティファニーはボーの頭のてっぺんにキスをした。「ずっと会いたかったです、キャプテン」

ボーはさらにティファニーを抱きしめた。「ねえ、赤ちゃんを産んだんだね」

いつでも赤くなる準備ができているティファニーの頬が、また赤くなった。片手で頬に触れると、手袋の温かさが伝わってきた。「ほんとうのところはですね――」

キャサリンはナットをティファニーに渡した。「ええ、彼女が産んだのよ。ですから、ウッダール一等航海士には少し休んでもらわないといけないわ。あなたはお兄さまとジャック・ストローで対戦してみてはどう？　わたくしと対戦したいなら、その気にさせてごらんなさい」

ボーは母親の腕を掴み、彼女を見上げてにっと笑った。「お願い、お母さま。お母さまよりジャック・ストローが上手なひとはひとりもいないもの」

キャサリンは空いているほうの手で息子の頬をやさしく叩いた。「お世辞――武器としては最適よ。息子たちと対戦するのは、きっと楽しいでしょうね」

トーマスがボーの肩を抱いた。そんな三人のようすは、とても美しい家族の肖像画さながらだった。

「わたしは家に帰ったほうがいいと思います」

「なにを言っているの」キャサリンが声をあげる。「まだ、ぜんぜん疲れが取れていないでしょう。あなたは赤ん坊といっしょに夜を過ごさないといけないわ。それにね、ふさわしい乳母を見つけたことを話す時間もなかったじゃない。ミセス・エイブルを雇って、これから半年、お給金を出すことにしたの。つぎにナット坊ちゃんがお乳を飲みたがったら、彼女は使用人用宿舎にいるわ」

「わたし――あの――そこまでしていただかなくてもよかったのですが」

公爵夫人は鼻に皺を寄せた。「もう！　だれかが責任を負わないといけないのよ」

そしてキャサリンこそが、その責任を負えるということは明らかだった。

ティファニーは胸元でナットを抱きしめた。「でも、メアリはどうしましょうか？　彼女をひとりにはしておけませんし、メアリもマティルダを残してここに来ることはしないと思います」

「マティルダってだれ？」ボーが訊く。

「新しくやってきた乳牛です」

少年は顔いっぱいに笑った。「ぼく、牛は大好き！」

キャサリンはため息をついた。「わかりました。エミリーにあなたのメイドを呼びにやらせます。彼女、あまり仕事をしているようには思えないけれど。あなたの牛も、ここに連れてくるといいわ」

三人が部屋を出ていき、ティファニーは暖炉のそばの揺り椅子に気づいた。そこに座って、赤ん坊をゆらゆら揺らした。

22

つぎの日の朝、ティファニーはナットをミセス・エイブルに預けた。彼女は乳母として生計を立てている三十歳くらいの寡婦で、明るい茶色の髪を三つ編みにして王冠のように頭に巻きつけ、濃い青色の目はほとんど灰色に見える。七歳になるひとり息子は、母親の仕事先の調理場でなにかと手伝いをしていた。最近までバーズリーの牧師館に雇われていたけれど、そこの赤ん坊は生後十三カ月なので、そろそろ乳離れをするころだと、ボーフォート公爵夫人が彼女と彼女の雇い主を説得したのだった。金銭のやりとりもあったとティファニーは信じている。上品で親切で、ナットにとってミセス・エイブル以上にふさわしい乳母は見つからないと、夫人は考えたにちがいない。

サミールに会いにいくのに、トーマスもキャサリンも馬車を出すと言ってくれたけれど、ティファニーは丁重に断った。前日は日課の散歩ができなかったし、サミールにどう伝えるか、ことばを選ぶ時間と場所が必要だった。ナットはどうしても自分の手元に置きたい、と彼女は思う。いつも、子どもがほしいと願っていた。神さまはその願いを、なにかふしぎな方法でかなえてくれたのだから。

ブリストル・コテッジを通り過ぎ、ここでバーナード・コラムの死体を見つけたのだという記憶がよみがえった。法的には夫であるサミールがティファニーのことを気にかけていると知って腹を立てたのなら、イーヴィが彼女に罪を着せようとしたのも筋が通る。とはいえ元フットマンの体重は、少なくとも百キロを超えるくらいはあった。長い道のりを引きずるにしても運ぶにしても、ひとりでするには並外れた力が必要だったにちがいない。イーヴィがひとりでやってのけたとは、ティファニーには思えない。だれかが彼女に協力したにちがいない。

でも、だれが？

メイプルダウン・ヴィレッジに着いたころには、ティファニーはドレスの脇の縫い目をぎゅっと摑んでいた。教会を過ぎるとき、愛しいナットのことを考えた。もうすぐ洗礼を受けさせなくては。シャーリー牧師のところに行くなんてごめんだとはいえ、彼と話して予定を立てる必要がある。ボーフォート公爵が亡くなったあと、公爵お付きの牧師が引退しなければよかったのに。シャーリー牧師を訪ねることは、控えめに言っても、とんでもなく気詰まりなものになるだろう。

アンスティ家のそばを通りかかる。ミスター・アンスティは痩せてはいるものの、こしらえた棺を運び、村の葬儀屋としての業務を行なえるほどの力があるはず。カーロはべつにして、バーナード・コラムを殺すいちばんの動機を持っていそうだ。カーロの婚約者のミスター・ハドフィールドも、小柄な男性だとはいえ、熱心な働き者だ。農場経営にはかなりの体

力が要求される。パブでバーナードとひと悶着《もんちゃく》を起こしたあと、彼がどこにいたかを証言できるひとはひとりもいない。彼の母親以外は。

イーヴィはこれらの中にどう嵌まる？

それに、アン女王のレースは？

バーナード・コラムはだれにそれを渡すつもりだった？

ティファニーは監獄へ向かおうと、道を引き返した。ミスター・ハドフィールドの農場を訪ねるときに、サミールと通った道だ。サー・ウォルター・アブニーの邸宅を目にしたのも、この道だった。ティファニーは彼の邸宅のあるほうに向かってうなった。なんて憎らしいひと。サミールを虐げるという行為に彼を走らせたものは、偏見と悪意だとしか考えられない。

ティファニーは歩きつづける。パズルを完成させようとしているのに、ピースが足りないような感じだ。そこにどんな画《え》が現れるのか、まだはっきりしない。監獄に着き、彼女は扉をノックした。

「どうぞ」サミールが中から応えた。

深呼吸をしてから、ティファニーは扉を開けた。腐敗した死体のひどいにおいに、心の準備をしていた。けれど代わりに、空気中に漂うビャクダンとプルメリアのにおいを吸いこむことになった。サミールはあいかわらず監房の中にいる。暖炉には残り火がくすぶっていた。彼が凍えないよう、だれかが備えておいてくれたのだ。それがサー・ウォルターではないと、ティファニーには確信がある。サミールは立ちあがった。着ているものに少し皺ができてい

るけれど、それ以外は元気そうだ。顎には髭が伸びはじめ、やりきれないほどハンサムだ。鉄格子の前には食べものや飲みもののはいったバスケットが並んでいた。自分もなにか持ってくることを考えついていれば、とティファニーは思った。

彼女はバスケットを示して言った。「ミセス・バログはしっかりとお世話をしてくれているのね」

サミールはにっこりと笑い、そこでティファニーははじめて、わずかに曲がった彼の歯を見ることができた。当初の疑いを晴らしてくれた、ほんの少しのこの不完全さを、ティファニーはありがたく思った。

「ミセス・バログはずっと親切にしてくれている。でも、彼女が持ってきてくれたバスケットはひとつだけだ」サミールは言った。「ぼくを粗末に扱うひとたちに気持ちを向けがちだけれど、監獄に入れられて、村にはどれほど多くの善良なひとたちがいるのか、よくわかったよ。バスケットを持ってきてくれたひとたちはみんな、治安官としてのぼくの仕事に感謝してくれている」

「だれが持ってきてくれたのか、訊いていい？　わたしの考えでは、そういう行為でひとの格はまちがいなくあがるわ」

サミールは監房の端に歩いていった。「これはミセス・アンスティから。スピリッツの瓶がはいっているのは、もちろん、ミセス・デイからだ。このバスケットとお香はミセス・カニングが持ってきてくれた、薬剤師の奥さんの。彼女にはいちばん感謝している。ひどい悪

臭を消してくれたんだから。つぎのふたつはトーマスからだ。そして最後のこれが、ミセス・バログから」

ティファニーは歩み寄ったけれど、サミールが格子越しに彼女に触れるにはまだ距離がありすぎた。「わたしもなにか持ってくればよかった」

「きのうトーマスから聞いたよ、ぼくの代わりにいろいろなことを引き受けて、ずいぶんと忙しくしていると」

「あなたにもうひとり息子が生まれたわ」首元のフィシューのレースを引っぱりながらティファニーは言った。「あの子があなたの最初の息子の代わりになることは、けっしてないと思う。でも、あなたの名前と、あの子のお兄さんの思い出を受け継ぐことはできるわ」

「名前をつけてくれたの？」

どこを見て答えればいいのか、ティファニーにはわからなかった。「ナサニエル・サミール・ラスロップ。わたしの古い友人の名前で呼ぶことを、あなたが気にしなければいいのだけれど。あの子もサミールという名前にしたら、どちらのサミールのことかと混乱しそうで避けたかったの。最後に選ぶのはあなたよ。でも、早く決めないといけないわ。あの子の洗礼式をするのに、牧師と打ち合わせをするから」

ティファニーは目を床に向けていたけれど、サミールに顔をじっと見つめられていることがわかる。

「ぼくが名付けに関われるとは光栄だ。その子が成長するところを見られるといいのだが」

感情を抑えることができなくなった。ティファニーは小さくすすり泣き、それから喉から奇妙な音をあふれさせた。

「きみをはじめて見かけたときのことを憶えているよ」サミールは話をつづけた。

ティファニーは声を出して笑い、ハンカチーフを取りだして涙に濡れた目に押し当てると、こっそりと彼を見た。「簡単には忘れられないわよね。身体を洗っていただけなのに、あなたはわたしが湖で溺れていると思い、助けようとしたんだもの。一糸まとわぬ姿のわたしを」

サミールは頭をふるふると振った。「きみを見かけたのは、それがはじめてじゃないんだ」

「でも、わたしの名前を知りたがったじゃない」

「あのあたりを行き来するときに湖の周辺を通るのは、きみをひと目、見られたらいいと思っているからだと知られたくなかったんだ。村の近くにはほかにも、景色のいい道はある。でも、ぼくは湖の周りの道を通りたかった。きみに会いたかったから」

なんとかサミールと目を合わせながらティファニーは鼻をぐずぐずさせ、彼を閉じこめている鉄格子に近づいた。「ひと言だって話しかけてこなかったわよね」

「どうしてそんなことができる?」サミールはやさしく言った。「気軽に話しかけられるものではなかったし、きみがぼくとの友情を受けいれてくれるかもわからなかった……はじめてきみを見かけたのは、兄上のあとについて教会にはいっていくところだった。扉から射しこむ光できみの髪の金色が強調され、後光が浮かんでいるようだった。それですぐに思った

んだ、彩飾写本から抜けだした天使だと」

ティファニーの父親の教会には、さまざまな人物や動物の挿絵が描かれた彩飾写本の聖書があり、彼女はそれが世界でいちばん美しい書物だと思っていた。聖典とおなじくらい、その色彩挿絵はどこか魅惑的で神秘的だった。ある書籍商から寄贈された、唯一無二の美しい書物だ。

「どうして自己紹介しなかったの？」

サミールは力なく頭を左右に振った。「まずはきみの兄上と友人になろうと試みるという過ちを犯した。兄上は、ぼくとウッダール家との間の交流はぜったいにあり得ないと明言してくれたよ」

ティファニーは最後にもう一歩、踏みだし、格子越しにサミールへ手を差しだした。彼の手がティファニーの手をすっぽりと覆う。懸念や怖れはすべて、どこかに流れ去った。彼に触れられ、すっかり馴染んだ、火花のような温もりと欲望を感じる。彼にもっと近づかなくては、という思いを。

「それでもあなたは、あいかわらずコテッジのそばまでやってきた」

サミールはティファニーの片方の手を口唇に持っていくと、そっとキスをした。「きみが強烈な印象を残したから」

サミールはティファニーの手をひっくり返すと、手首にキスをし、それから掌に口唇を押し当てた。ドレスの下で、ティファニーの膝がぶるぶると震える。お腹の奥のほうが燃えあ

がる。サミールはもう片方の手も口許に引き寄せ、おなじ甘美な手順をくり返した。ティファニーは目を閉じ、感覚のすべてを彼の愛撫に集中させた。そっとかすめるように触れられること。彼の口の形。

サミールが手を放し、ティファニーは目を開けた。

「あのときは賢明にもきみから離れたけれど、きみがぼくの存在に気づくと、それもできなくなった。ティファニー、あれはまちがいだった。きみはぼくに友情を感じているだけだと、そう自分を納得させようとしつづけた。ぼくの過去をすべてきみに話すべきだった。息子のこともイーヴィのことも。でも、ぼくは臆病者だった。きみと結婚できないことはわかっていた。だから距離を置こうとしたんだ。でも、それは無理な話だったよ。ぼくはきみに首ったけだ。ぼくの心はすっかりきみのものだ。ぼくが放免されたら、この先の人生ではずっときみのそばにいることしか望まない。ぼくの名字を差しだしたいけれど、ぼくには心を贈ることしかできない」

ふたりはもう触れあっていなかったけれど、ティファニーは肌のあちこちに彼を感じた。おとなになってからずっと待ちわびていた愛だ。

「あなたの心こそ、わたしがずっとほしいと思っていたものよ」ティファニーは囁くように言った。サミールが身を乗りだす。顔を鉄格子にくっつけ、身体を支える。「心から愛しています……それに、わたしたちの間にはすでに息子がいるわ」

サミールは訝るように頭を振り、口唇に小さな笑みを浮かべた。「あの赤ん坊だね」

「あす、かわいいナットを連れてくるから会って。だれの子かは問題ではないわ。この腕に抱いたとたん、自分がこの子の母親だとわかったの。わたしは心からナットを愛している」

サミールはティファニーの鼻の先にキスをし、それから口唇にも軽く触れた。「それなら、ぼくも心から愛さないといけないね。でもティファニー、それがいいことには思えない。ぼくはこの監房を出て、自由の身で歩くことができるかさえ、わからないのだから」

格子を通して両手をサミールの頬へと動かし、ティファニーは彼の髪に指を絡ませる。

「ミスター・コラムは証言を撤回したわ、トーマスが圧力をかけたおかげで。でも、サー・ウォルター・アブニーはあなたを釈放することを拒んだの」

「彼が釈放するはずがない」

「どうして？　そもそも、あのひとはあなたを逮捕するべきではなかったのよ」

サミールは額を格子に押しつけ、ティファニーはその額にもたれるようにして顔を寄せた。

「ぼくが悪いんだ、ティファニー。自分を守っているつもりだったのに、けっきょくは自身の死刑執行令状に署名をしたも同然だった」

サミールの濃い色の巻き毛の中でティファニーの指が緊張した。「なにが？　どうして？　どういうことなのか、わからないのだけれど」

「ぼくは例のルビーで、サー・ウォルターのメイプルハーストの地所の抵当権をひとつ、購入した。それが彼からの攻撃をかわすのに役立つと考えたからだ。ところが彼は借金を返すどころか、ぼくを殺そうとしているんだ。ぼくがバーナードの死になにも関係していないこ

とは、ちゃんとわかっているのに」

ティファニーの口がぽかんとひらいた。サー・ウォルターを好きだったことはなかったけれど、そんなところまで身を落としていたと考えたことはなかった。悪党の中でもいちばん質《たち》が悪い。いままで読んだ本に出てきたどんな敵役よりも、ずっとひどい。

「抵当権はどうなるのかしら、もしあなたが……」ティファニーはそのことばをはっきりと口にできない。

「死んだら?」サミールが言った。「彼はなんの債務も負わなくなると思う。ぼくは法律上の妻とは何年も離れていたし、相続人もいない。それに、愚かにも遺言を書いたこともなかったから」

「いままでは、ね」ティファニーが言った。「遺言を書いていなくても、あなたには法的に息子がいるのよ。遺言がなくても、ナットはあなたの財産をすべて相続することになるでしょうね、あなたの近親者だもの」

サミールは肩をすくめた。「疎遠になっていた妻がふたたび姿を現して、法律上のぼくの子どもを産むことになるとは、サー・ウォルターは予見していなかっただろうね」

「このことはぜんぶ、キャサリンに話すわ。サー・ウォルターに圧力をかけるにはどうすることがいちばんいいか、彼女ならわかるはず」

「キャサリン?」

ティファニーはくすりと笑った。「ボーフォート公爵夫人よ。わたしたちが友人になるこ

とをお望みみたいなの。わたしが望もうが望むまいが、ね。すっかり世話を焼いてくれるし、ナットにもよくしてくれているわ。夫人があれほど、赤ちゃんや小さな子を上手に扱えるとは思わなかった。公爵夫人という方をおおいに見誤っていたこと、申し訳なく思うわ」

サミールは格子の間から手を伸ばしてティファニーの頰を包み、やさしくなでた。「彼女はヤマアラシだよ、鋭いとげだらけの」

「でも、心はやさしい」

彼はティファニーの頰をなでつづける。「心がやさしいといえば、メアリはどうしてる?」

ティファニーは頭をふるふると振った。「偶然、ある若い女性の秘密を知ったのだけれど、メアリがその秘密を黙っていられるかどうか、わたしは気を揉んでいるわ。日中、コテッジに立ち寄ると、いつも彼女の姿は見えないの。お昼過ぎにパブで一杯飲んだり、ちょっとした噂話をしたりして楽しんでいるみたい」

サミールはティファニーの額にキスをした。「彼女は若いし、さびしいだけだよ。ひとりで何時間も家に残されることに慣れていないんだ。メアリはきみにたいそう献身的だし、その若い女性のことでもきみのことでも、わざわざ害になるようなことは言わないと思うな」

「ここで一日じゅう、あなたといっしょにいられたらいいのだけれど、ナットの世話をしないといけないし、月曜日に巡回裁判所の判事がやってくるまでに、バーナードを殺したほんとうの犯人を見つけないと」

サミールは格子の間から両手を伸ばし、ティファニーの両手を包んだ。「いろいろ気をつ

けて。息子のこともよろしく頼むよ、ティファニー。ぼくのことは心配ないから」

ティファニーは頭をぶんぶんと振り、涙がひと粒、頬を流れおちた。全力で感情を抑えようとしたのに。「息子には父親が必要よ。あの子には最高の父親がいるようにしたいの。だれでもない、あなたがその父親になるの」

ティファニーはキスをしようと、最後にもういちど、額を鉄格子に押しつけた。サミールの口唇が彼女の口唇をゆっくりとかすめる。何度も何度も。やがてティファニーは口唇を少しひらき、彼の舌が口唇を割ってはいってくるのを感じた。彼の味は蜂蜜のように甘く、これまで飲んだどんなワインよりも酔ってしまいそうだった。そのキスにティファニーは我を忘れ、鉄格子も、監房も、メイプルダウン・ヴィレッジさえもどこかに消え去った。全宇宙の中で、ティファニーとサミールだけが存在していた。口唇と。舌と。そして歯が。

ノックの音が聞こえ、ふたりはおろおろしながら身体を離した。ティファニーはやたらとドレスの皺を伸ばし、乱れた髪に触れる。

サミールが咳払いをしてから言った。「どうぞ」

若い女性が監房にはいってきた。バスケットを持っている。ジェシカ・デイだった。母親とおなじように彼女も背が低く豊満な体形で、たっぷりとした髪は輝くような茶色だ。茶色い目に少し丸い鼻、顎には黒いほくろがある。そして、大きめの口。そのせいで美しさが損なわれそうなものだけれど、逆に彼女を個性的に見せていた。豊かな口唇は明るい赤色で、カルミン（エンジムシという昆虫のカルミン酸を主な成分とする赤い着色料）を塗っているのかしら、とティファニーは思った。

年齢の見当はつかない。というのも、体つきはおとなの女性のようだけれど、頬には彼女の若さを物語るふっくらした柔らかさがあるからだ。十五歳から二十歳まで、どの年齢でもあり得る。

「ミス・ジェシカ」サミールが頭をさげて言った。「あなたのお母さまはとても親切な方ですが、前回、持ってきてくれたバスケットの食べものにも、わたしはまだ手をつけていないのですよ。お母さまからの慈悲深い差し入れをまた受けとるのに、良心の呵責《かしやく》を感じてしまいます」

ジェシカはデイ家が持ってきたひとつ目のバスケットの横に、新しいバスケットを置いた。「持っていくようにと母さんから言われました。母さんは〝いや〟を受けつけません。父さんから言われたとしても」

サミールは彼女に小さく笑ってみせた。「それなら、わたしもお断りできないですね。ですが、お母さまに伝えてください。わたしはじゅうぶんに世話をしてもらっている、と。ところでミス・ジェシカ、ミス・ウッダールは知っていますか？」

ジェシカはティファニーに顔を向けた。ティファニーは彼女の首のうしろに痣があるのに気づいた。痣は緑色がかった黄色で、ついてから数日はたっているにちがいない。ジェシカはぎこちなくお辞儀をした。「ミス・ウッダールには会ったことがあります。こんにちは」

ティファニーもお辞儀を返した。「またお会いできてうれしいわ、ミス・ジェシカ。メアリはあなたのことを褒めちぎっているのよ」

「メアリは親友です。メアリはいいひとですよ」

にっこりと笑いながらティファニーは言った。「心の底から同意するわ」

ジェシカはドアのほうをちらりと見た。「もう行かないと。今朝は母を手伝って掃除をしないといけないんです」

「わたしもいっしょに帰ります」ティファニーはそう言い、ドアを開けた。「わたしも今朝は、するべきことがたくさんあるの。それでは、ミスター・ラスロップ」

「ごきげんよう、ミス・ウッダール」

ジェシカはドアから出ると、自分を抱くように両腕を身体に回した。ティファニーも外に出てドアを閉め、一、二歩、歩いた。陽の光の下では、ジェシカの痣はよりくっきりと見える。ブラック・コールドロン・パブの客のひとりが彼女に手荒なことをしたのかしら。父親のミスター・デイなら、娘をもっときちんと守ってやれたはずなのでは。そう思うものの、父親がこの痣をつけた可能性はある。ティファニーは頭を振った。この世界には暴力が多すぎる。

ジェシカは小径を進み、ティファニーにひと言もなく、パブの裏口へと向かった。監房にティファニーがいたことに、というか彼女の上品さに戸惑っているようだった。ティファニーはよい家柄に生まれたかもしれないけれど、人生は〝よい〟とはほど遠い。自分の出自が、ミス・ジェシカ・デイや彼女の家族よりも優れているとも思わない。ティファニーが知るかぎり、貴族やジェントリ（貴族ではないが、上流階級にふくまれる地位）とは、子どもに質のよい衣服を着させたり教

育を受けさせたりできる、裕福な親のもとに生まれた人びとのことにすぎない。サー・ウォルター・アブニーには、準男爵という称号に対して特別なところもなければ、ふさわしいところもない。それに、よい家柄に生まれたひとたちが全員、きちんとした教育を受けているわけでもない。本をたくさん読めば読むほど、ティファニーは自分がものを知らないことを知る。

あっという間に牧師館までやってきた。シャーリー牧師との（同意した覚えのない）婚約を破棄して以来、いちども訪ねていない。ドアを開けたのはメイドだった。

「ミセス・シャーリーはいらっしゃいます？」

トーマスの裁判とティファニーが男性に扮していたことを免罪されたすぐあとに、牧師は寡婦のデイヴィスと結婚した。雪のような白髪をした、牧師と同年代の五十歳前後と思われる女性だ。

メイドがお辞儀をした。「こちらへどうぞ、ミス・ウッダール」

新たなミセス・シャーリーのおかげか、牧師館は以前ほど質素でなくなっていて、ティファニーもうれしかった。壁には装飾がされ、窓には新品のカーテンが掛けられている。メイドに案内されたのは、立派な家具が置かれた客間《パーラー》だ。そこの家具を見て、ミセス・シャーリーが持参金の一部として持ってきたのかしら、と思った。マントルピースの上には小間物が置かれ、テーブルにはレースの敷物が敷かれている。まるでべつの家のようだ。

ミセス・シャーリーと最年長の継娘がティファニーを迎えた。ふたりとも新品のドレスを

着ている。継娘のミス・シャーリーの空色のドレスは、どちらかといえばツンとして見える彼女の外見を和らげていた。さらに、新しい母親から髪の整え方を教わったにちがいない。パンにバターを塗るような苦労をしてうしろでひっつめるのではなく、巻いた髪を顔のまわりでふんわりとさせている。

お辞儀をしてから、ティファニーは笑顔で言った。「お時間をいただき、ほんとうにありがとうございます、ミセス・シャーリー、ミス・シャーリー」

「いえ、とうぜんですよ。あなたはわたしの夫の教会区の一員なのですから」ミセス・シャーリーはそう言い、椅子を示した。「お座りになりません？」

ティファニーは椅子に腰をおろし、片方の脚をもう片方のうしろに沿わせるようにして組んだ。「きょうは、教会での儀式のことで伺いました。ミスター・ラスロップは、すばらしい息子の父親になりました。その子の洗礼式をするにあたり、日にちと時間を決めたいと思います」

「そういうことはふつう、夫が直《じか》に段取りをします」

ティファニーは咳払いをした。「あなたを通したほうがいいと思いました。というのも、残念なことにわたしと牧師さまの間には、昨年、ちょっとした誤解がありまして」

失礼なことを言ったとは思ったものの、ミセス・シャーリーはうなずいて答えた。「賢明なお考えですわ、ミス・ウッダール。夫は、あすの午前中に執り行なうことができると思います。そうですね、十時ではどうでしょう？」

だと思いますが」

「それでお訊きしますが、洗礼式に立ち会う教父母にはどなたがなります？　教母はあなた
　大きくため息をつき、ティファニーは頭を横に振った。「じつは、そうではありません。教母はボーフォート公爵夫人です。そしてミスター・モンターギュが教父です。母子でその役割を担うというのは、なんだかおかしいということは承知しています」

　ミセス・シャーリーは頭を振る。「公爵夫人がイーヴィ・コラムの非嫡出子の教母になるのでしたら、おかしなことでしょうけれど」

　ティファニーは目をぱちぱちさせた。「お耳にはいっているのですね」

「メイプルダウンからバーズリーまでの全員が、ミスター・ラスロップの妻が町にもどってきて、だれの子だかわからない子を産み、そして捨てたことを知っていますよ」牧師の妻は言った。

「恥知らずよね！」ミス・シャーリーが口許を手で覆いながら言い足す。

　この娘のドレスの色は明るくなったけれど、本人はあいかわらず信心深い気取り屋なのね、とティファニーは思った。

「厳密には、赤ん坊は嫡出子です。その子が生まれたとき、ミセス・イーヴィ・ラスロップは結婚していましたから。とはいえ、おっしゃることにも一理あります。父親がだれなのか、わからないのですから」

ミセス・シャーリーは立ちあがった。両手を腰に当てている。「そしてミスター・ラスロップは、自身の子だと認めるのですか？」

「ええ」ティファニーはむりやり笑みをつくって答える。「赤ん坊の名前はナサニエル・サミール・ラスロップです」

「あなたがその赤ん坊の母親になると考えていいですか？」

立ちあがっている相手と会話をすることを、ティファニーは好まない。どうしても、見下されているように感じてしまうからだ。だから彼女も立ちあがった。あいかわらず、顔が痛くなるほどにむりやり笑みを浮かべて。「はい。わたしがナットの母親です。お時間をいただき、ありがとうございました。洗礼式に必要な費用は、あす、必ずお持ちします」

「それでけっこうです、ミス・ウッダール」

「ごきげんよう、ミセス・シャーリー、ミス・シャーリー」

23

ブリストル・コテッジまでやってくると、ティファニーはメアリがいるかどうか確認した。どこを見ても、メアリ本人もマティルダもいなかった。アストウェル・パレスに無事に着いたのだろう。ティファニーは衣装箱を開け、いちばんかわいらしいドレスを探した。洗礼式のときと父親に会うとき、ナットはとびきりすてきな姿でいなくてはいけない。そのドレスを予備のブランケットで包んだ。古いドレスをほどいて、ティファニー自身が縫ったものだ。自分が子どものころに着たドレスの生地で赤ん坊をくるんだら、さぞすてきだろう。

アストウェル・パレスに向かって歩きだしたときは灰色だった空は、刻一刻と暗くなっていく。顔にぽつぽつと雨粒が当たるのを感じ、ティファニーは歩を速めた。雨に濡れたくないし、ナットの洗礼式用のドレスをだめにしたくない。落ちてくる雨粒が大きくなり、彼女は駆けだした。どうにか使用人用の玄関にたどり着いたときには、雨粒が何枚もの広げたシーツとなって落ちてくるような豪雨になった。雨が石やガラス窓を打つ音、さらには岩さえも打つ音は、ほかのすべての音をかき消した。

大きく息をつき、ティファニーはあぶみを外してマントを脱いだ。いちばんひどい嵐を避

けられたことをありがたく思う。調理場を通りかかると、小麦色の髪の少年といっしょに、ムッシュー・ボンがカウンターに立っていた。彼は少年に、ニンジンの切り方を見せている。そのような簡単な仕事はふつう、キッチン・メイドがやるものだ。でも、このフランス人シェフは顔に笑みを浮かべ、正しい包丁の持ち方を少年に教えることを純粋に楽しんでいる。少年はミセス・エイブルの息子にちがいない。

ティファニーは使用人用のダイニング・ルームや居間をさっと見て回ったけれど、赤ん坊も乳母も、姿が見えなかった。使用人用の区画を出て図書室に向かう。だれもいない。彼女は机にブランケットとドレスを置いた。つぎに育児室に向かう。キャサリンがやさしい声で歌を歌いながら、ナットを抱いて揺らしていた。

「今朝の治安官のようすはどう？」

ティファニーはため息をついた。「思ったよりも元気でした。監房は村のひとたちからの差し入れのバスケットでいっぱいです」

キャサリンはうなずいた。「彼はいいひとだし、立派な治安官ですものね。大衆《コモナー》がそのことを理解して、わたくしは満足よ」

「父親になることを歓んでいます。そうなる状況は理想的ではありませんが」

「ずいぶんと控えめに言うわね」

公爵夫人は立ちあがり、自分の腕からティファニーの腕の中へとナットを渡した。赤ん坊を受けとると、馴染んだ温もりと愛情でティファニーの胸はいっぱいになる。額と頬にキス

をしたけれど、ナットは目を覚まさない。

「ミセス・エイブルが授乳したばかりよ。ですから二、三時間はいい子にしていると思うわ」キャサリンは話しながらドアに向かった。「不動産関連で処理しなくてはいけないない仕事があるの。事務弁護士がロンドンから到着したかどうか、見てくるわ」

キャサリンを追うように部屋を横切ってドアのすぐ前までやってきたところで、ティファニーはようやく口にすることができた。「ナットの……ナットの教母になっていただけますか?」

キャサリンはふり返り、指で自分の胸を差す。「わたくしが?」

ティファニーの顔がかっと熱くなる。「気乗りしないのでしたら、かまいません」公爵夫人が〝はい〟と答えるとは思っていなかったけれど、ミセス・シャーリーにはすでに、そう伝えてしまっている。

「ナットの教母になれるなんて光栄だわ。教父はきっとトーマスね」

ティファニーの顔はいっそう熱くなった。「わたしもそう考えていましたが、まずは彼に訊いてみないと」

公爵夫人はにっこりと笑った。「彼は引き受けるわよ。あなたとミスター・ラスロップのふたりは、トーマスのいちばんの友人ですもの。わたくしがそれとなく言っておくわ」

「洗礼式はあすの十時からの予定ですが、よろしいでしょうか?」

キャサリンはうなずいた。「九時半に馬車を用意しておくわ。みんな、いっしょよ。赤ん

坊に着せる洗礼式用のドレスはあるの？」

「二十年ちかくまえに、自分で縫ったものがあります」

「着せるまでにずいぶんと時間がかかったわね」夫人は口唇の両端をかすかにあげて言った。「きょうはあなたもディナーに来てちょうだい。心配いらないわ——メアリに言って、あなたのドレスを取りにいってもらったの。あの子の姉のエミリーが、もっときちんとした手入れの仕方を教えているところよ」

ティファニーはうなずき、ほほえんだ。キャサリン流の友情はどちらかといえば管理したがるものだけれど、とても思慮深い。

24

このドレスがこれ以上すてきに見えることはないと、ティファニーは認めるしかなかった。エミリーとメアリが、洗濯とアイロンがけにどんな魔法を使ったのであれ、暗緑色のタフタのドレスは新品かと見違えるほどになっていた。メアリはさらに、はじめてティファニーの髪を整えると言い張った。蓋を開けてみれば片方が少し緩んでいて、完璧な仕上がりではなかった。とはいえ、はじめてなのだ。メアリは満面の笑みをたたえ、自分を誇らしく思っているようだった。ティファニーもやはり、彼女のことを少しは誇らしく思わずにいられない。

ボーフォート公爵夫人とミスター・モンタギュ、そして幼いボーフォート公爵も、みな九時半ぴったりに出かける準備ができていた。玄関の前でボーフォート家の紋章がついた豪華な馬車が待っている。ふたりのフットマンが手伝って、全員を馬車に乗せた。トーマスとボーが背中を御者に向けて座り、ナットを抱いたティファニーはキャサリンと並んで、進行方向を向いて座った。使用人としても階級の低い者としても末席に座るべきだけれど、公爵家のだれもが彼女を同等に扱った。母親が亡くなってからはじめて、ふたたび家族ができたようにティファニーは感じた。

馬車からおりるのを手伝ったのはフットマンのひとりではなく、トーマスだった。まえの日の土砂降りのせいで道はまだぬかるんでいたけれど、少なくとも今朝は、雲はない。フットマンが教会の建物の玄関扉を開けると、ステンドグラスを通って光が射しこんだ。白と黒の儀式用のローブを着たシャーリー牧師が、礼拝堂の前に立っている。巻き毛の白い鬘の下で、彼の顔はいっそう長く、骸骨のように見える。

トーマスはティファニーと並んで通路を歩き、そのあとにキャサリンとボーが手をつないでつづいた。信徒席の最前列にミセス・シャーリーが座っている。彼女は公爵夫人を見にきたのだろう。そして、中国産のシルク地を染めた豪華なドレス姿のキャサリンは、まさに見るにふさわしかった。持っている中でもいちばん特大の鬘を被り、二連の真珠の首飾りまで着けている。そのような装いは国王の宮殿ではふつうかもしれないけれど、メイプルダウン教会ではははっきりと場違いだった。

シャーリー牧師は長く骨張った指を絡ませた。「みなさん、この幼子の洗礼式へようこそおいでくださいました」そう言って彼は深く息を吸い、聖書を取りだした。「洗礼《バプテスマ》とはなにかについて、聖書から何節か読みたいと思います」

ティファニーは思わず身をすくめた。地獄の炎について聞かされるのに、ナットは幼すぎるのでは？

公爵夫人が杖で石の床を打ちつけ、がらんとした礼拝堂にその音が響いた。「それは飛ばして式をはじめてください、牧師さま」

笑顔になることも笑い声をあげることもないよう、ティファニーは下唇を嚙まなくてはならなかった。トーマスはティファニーほどすばやくそうすることができず、彼女と母親に向かってにやりとしてみせた。

「かしこまりました、奥さま」牧師はそう言い、頭に載った鬘の位置を直した。「神の民よ、あなた方はこの子を歓迎し、キリストのもとでの新たな人生において、この子を支えてくれますか？」

トーマスがティファニーとナットに歩み寄って言う。「神の力添えで」

「わたくしも、神の力添えで」キャサリンが言った。

「ぼくも！」ボーが声をあげる。

このときばかりは、ティファニーは笑みを隠すことができなかった。小さな公爵は、式のこの部分は教父母だけのためにあることをわかっていない。けれどティファニーには、彼を訂正するつもりはない。そして、公爵夫人に鋭い視線を向けられたあとでは、シャーリー牧師もそうすることはなさそうだった。

「公爵夫人、ミスター・モンターギュ」牧師がふたりを示して言う。「この子の前に立ってください」

キャサリンとトーマスは言われたとおりにした。ボーはふたりの間に立っている。ティファニーは自分の聖餐杯から幸せがあふれ出ているような気がした。

シャーリー牧師は洗礼盤から水を少しすくい、ナットの額に振りかけた。「ナサニエル・

サミール・ラスロップ、父と子と精霊の御名《みな》によって、あなたに洗礼を授けます。アーメン」

牧師が〝アーメン〟と言い終えたとたん、ナットがぐずりはじめた。冷たい水を額にかけられたことが気に入らないらしい。ティファニーは赤ん坊の頭にキスをし、腕の中で上下に軽く揺らした。

トーマスが最後の祈りのことばをつぶやいた。

牧師はティファニーにろうそくを差しだした。「ナサニエル・サミール・ラスロップ、神の栄光のために、世の光として輝いてください」

ティファニーは北側の翼廊の上のステンドグラスを見上げた。黄金の光輪を戴く聖母マリアが自分たちを照らしている。太陽は明るく輝き、七色の光が礼拝堂の中と、腕の中のナットに降りそそいでいる。そしてティファニーは知っている。多くの過ちや罪を犯し、多くの欠点があるけれど、神が自分の人生の細部に宿っていることを。

キャサリンがなんとかナットを宥《なだ》めた。ティファニーは陰気なシャーリー夫妻につづいて、牧師の執務室に向かわなければならなかった。メイプルダウンの礼拝堂で保管する記録帳に、ナサニエルの出生情報を書き加えるためだ。ミセス・シャーリーがいっしょについてきて、彼女はだれを守っているつもりなのかしら、とティファニーはぼんやり考えた。わたしを、それとも夫を？　いずれにしても、彼女は緩衝材のようにふたりの間に立っていた。

シャーリー牧師はページが黄ばんだどっしりした台帳をティファニーの前に置き、それか

ら羽根ペンとインクを用意した。彼は台帳を半分以上めくり、空白のページをひらいた。

「子どもの両親の名前を書き入れる必要があります。生年月日と洗礼を受けた日付も」

ティファニーはうなずき、シャーリー夫妻が狭い部屋から出ていってほっとした。羽根ペンを手に取り、インク壺にペン先を浸す。ナサニエル・サミール・ラスロップ、一七八五年四月四日、サミール・ラスロップとイヴァンジェリン・コラムのもとに生まれる。一七八五年四月七日、洗礼式。

母親の欄に自分の名前を記したいと半ば本気で思ったけれど、ナットはいずれ、自分の両親についてなにもかも知る権利がある。それでなくとも、教会で嘘を書くことはほとんど冒《ぼう》瀆《とく》行為だ。

インクに息を吹きかけ、ティファニーは自分が書いた一語一語が乾くのを待った。使い古された台帳の背表紙とページの端に指を走らせる。どれほどの誕生と洗礼と婚姻と死が、ここに記されているのかしら？　十年分？　百年分？

インクがすっかり乾くと、ティファニーはそれまでのページの記述をのぞき見したいという欲求に抗えなくなった。一七七四年八月二十九日の、ゼデキヤ・コラムの娘、イヴァンジェリン・コラムとサミールとの婚姻記録はすぐに見つかった。記録にはプーリヤ・シンというサミールの母親の名前と、彼の生年月日も記されていた。それによると彼はまだ三十五歳で、ティファニーより五歳、若い。メアリが口にする悪態がいくつか組み合わさって頭に浮かんだけれど、〝あらあら〟と言うだけで自分を満足させた。彼より、そんなにも歳上でな

くてもいいのに。それからイーヴィの年齢を確認し、結婚したときに彼女が十九歳だったと知った。そのときのティファニーは二十九歳だ。イーヴィの母親についてはなにも書かれていない。興味深いことだ。ティファニーはページをめくりつづけ、ミスター・コラムとふたり目の妻の婚姻記録を見つけた。さらに遡り、バーナードとイーヴィの出生記録も。ふたりの母親の名前はルドミラ・フェルプスだ。彼女が亡くなった日付は見当たらない。ティファニーは台帳をめくり、一ページずつじっくり目を通した。ミスター・コラムの二回目の婚姻記録と、ふたつ目の家族についてはいくつも記されていたけれど、最初の妻がいつ、どうして亡くなったかについての記録はない。ページをめくっていると、フォード執事の名前が目に留まった。ティファニーはそのページをひらき、ミスター・シメオン・フォードが一七六一年五月一日《メイ・デイ》に地元の見本市で、夫のミスター・ゼデキヤ・コラムからルドミラ・フェルプス・コラムを購入したという記録を見つけた。

「何なの、これは！」ティファニーは低くつぶやいた。

　こんなものは聞いたことがない。夫が見本市で妻をべつの男性に売るなんて、法的にあり得るのかしら、と思う。しかもそのあとで、あたかも自分はそもそも未婚だとでもいうように、教会でまた結婚をするなんて。ミスター・コラムが冷淡だということはティファニーにもじゅうぶん信じられるけれど、フォード執事がそんな見本市に参加していたということにはおどろかされた。彼女は気の毒なルドミラ・フェルプス・コラムに心を寄せた。

　家畜の牛のように見本市で売られるなんて、とんでもなく屈辱的だったにちがいないわ！

「もうそろそろ書き終わりましたか、ミス・ウッダール？」シャーリー牧師がとげとげしく訊いた。

ティファニーはびくりとして記録台帳を閉じた。「はい。すみません。妻が見本市で売られたという記録を見つけてしまったものですから。そういったことは合法なのでしょうか？　教会はそのような婚姻を認めているのですか？　そういう理由での離婚も？」

牧師はティファニーを見る目を細めた。「教会は神聖な事柄を個人の好きにさせることを容認しません。ですが、身分の低いひとたちのあいだでは、夫が妻の首に縄を巻きつけて見本市に連れていき、結婚を望む男性に売ることで不幸な結婚生活を終わらせるという話は、珍しくはありません」

ティファニーの手が喉元へと伸び、痛みを感じるほどにぎゅっと摑む。ああ、女性たちは、そんな屈辱にも耐えなければならない！　しかも、法的に頼るところもない。教会でさえ守ってくれない。

「ありがとうございます、牧師さま」

シャーリー牧師はティファニーに片手を差しだした。ティファニーは硬貨のはいった小ぶりな袋を取りだし、彼の掌に載せた。それから友人たちと合流しようと、玄関扉へ向かった。その友人たちはいま、彼女の家族だ。

25

妻売り。

なおもそんな発想を理解しようとしながら、ティファニーは監獄の建物にはいった。キャサリンは、息子たちと馬車の中で待つと言った。はじめこそ監獄に足を踏みいれたくないからだろうと考えたけれど、彼女はサミールとの時間をくれたのだと思いいたった。

この日、バスケットの数は減っていた。中身がまとめられていたからだ。監房の中は、新しくお香を焚いたにおいがした。掃除もされたばかりだ。サミールは寝台からぱっと立ちあがり、監房の鉄格子までやってきた。ティファニーはそこでサミールを待ち、彼に見えるよう、ナットの顔を上向けた。サミールは格子の間から手を伸ばすと、やさしくナットの額をさすり、それから綿毛のようにふわふわして柔らかな髪をなでた。

「ぼくたちの息子」サミールはかすれた声で言った。

ティファニーの目から涙がひと粒、流れおちたけれど、彼女はにっこりと笑ってくり返し

た。「わたしたちの息子」

新米の母親になり、ティファニーは涙を注ぐじょうろになっていた。サミールがナットの小さな手を自分の手で包んだ。「握力が強いね」

ナットは目を大きく見開いて見上げたけれど、ふたりのどちらかを見ているわけではない。それでもティファニーはうれしかった。かわいい食いしん坊が目を覚ましたのだから。ナットは昼間に眠り、夜に起きることを好むようだった。日中に目を覚ますのは、授乳のときと、洗礼式で冷たい水をかけられるときだけだ。

ティファニーはにっこりと笑った。「美しい子でしょう？　あなたの最初の息子に似ている？」

サミールはナットの頭をなでつづけている。「最初の子もナットも、イーヴィとおなじ目をしている。最初の子の髪は黒く、肌の色はもっと濃かった」

サミールは正しい。ティファニーはナットとまったくおなじ形をした目の持ち主を、これまでにふたり知っている。イーヴィの目は母親から受け継がれたのだ。ルドミラ・フォードから。苦境に立ったとき、イーヴィが母親のところに助けを求めに行かなかったのはどうして？　ティファニーは考える。フォード執事はお屋敷での務めもきちんと果たしているようだし、自身の家を持っている。その家はメイプルダウンよりバーズリーのほうにかなり近い。どうして彼女はサミールのところへ、かつて拒んだ夫のところへやってきたのかしら、十年も音沙汰がなかったのに？

ただし。

ただし、弟が殺されたことを彼女が知っていて、母親に殺人の疑いがかかることを望まなかったのなら。思いだせるかぎり、ティファニーはメイプルダウンでミセス・フォードと会ったことはない。教会でも、買い物をしているときでも。

「サミール、イーヴィと彼女のお母さんとの関係はどんなだった？」

サミールは顔をあげてティファニーの目をまっすぐ見た。「イーヴィは継母を嫌っていた。彼女はイーヴィのこともバーナードのことも、ぶつことがあったそうだ」

ティファニーは頭を左右に振った。「継母でなく――ほんとうのお母さん、ミセス・フォードよ」

「なにを言っているんだい、ティファニー。イーヴィのお母さんは亡くなっている」

ティファニーには自分がなにを言っているのかわかっている。

サミールに詳しく説明するつもりはないけれど、実《じつ》の母親が生きていることを、イーヴィがけっして夫に打ち明けなかったとはふしぎだ。

ナットの顔が赤くなり、ぐずりはじめた。ミセス・エイブルに授乳してもらってから二時間ちかくたっている。ナットは規則正しくお乳を飲みたがるのだ。ティファニーは腕の中で軽く揺らして宥めようとしたけれど、赤ん坊は泣きつづけた。

サミールは両手をナットの顔からティファニーのほうへ移し、頬をそっと包んだ。「ナットに会わせてくれてありがとう、ティファニー」

ティファニーは顔を傾け、サミールの掌にキスをした。「愛しています。それに、あなたをここから出すと約束するわ。そして、わたしたちは家族になるの」

サミールとティファニーが顔を寄せ、格子と格子の間で口唇を短く触れあわせると、ナットは泣き声を大きくして、自分はお腹がぺこぺこだということをふたりに思いださせた。うしろ髪を引かれながらティファニーは監獄をあとにし、フットマンの手を借りて馬車に乗りこんだ。

キャサリンが頭をぎこちなく傾けて言った。「あなた、この子になにをしたの?」

ティファニーは彼女の隣に腰をおろして答えた。「お腹がすいているのだと思います」

「わたしが抱っこしましょう」トーマスが言い、ティファニーの腕からそっとナットを受けとった。深い声のおかげか力強い腕のおかげか、ナットは落ち着き、目を大きくしてトーマスの顔を見つめた。

「トーマスったら、ごく自然に子どもと触れあえるのね」キャサリンが言った。「お母さまに孫を抱かせてあげたら、お母さまはさぞお幸せでしょう」

長男に向かって、控えめとは言いがたい催促をする公爵夫人に、ティファニーは笑みを堪えることができなかった。

「抱っこするなら、ぼくがいるよ」ボーが母親に思いださせる。

キャサリンは息子ふたりに、にっこりと笑いかけた。「それはわたくしがいちばん感謝している事実ね」

トーマスは頭をふるふると振った。表情が真剣になる。「近い将来の結婚は考えていません」

「あら、それはどうかしら」

ティファニーは自分の経験から、公爵夫人は侮れない人物だとわかっている。近々、トーマスが若い女性と結婚を前提に交際をはじめてもおどろかない。まちがいない、キャサリンはトーマスにふさわしい交際相手候補の一覧をつくるだろう。トーマスが亡きミス・セアラ・ドッドリッジと好ましくない結婚の約束をしたあとでは、彼自身の妻について、彼に選ばせるつもりはないようだ。

26

用事で出かけるあいだ赤ん坊を見ていてほしいと公爵夫人に頼むとき、ティファニーはずいぶんと気恥ずかしかった。けれど、すぐにミセス・フォードと話さなければならない。キャサリンはまったく気にしていないようだった。トーマスの腕からナットを受けとると、すぐにミセス・エイブルを呼ぶよう、フットマンに言いつけた。幼いナットご主人は、つぎのお食事を召しあがる気満々だ。ボーは母親についていき、残されたティファニーとトーマスだけが馬車に乗りこんだ。

「ミセス・フォードと話すのに、いっしょに来てくれる？」ティファニーは訊いた。

トーマスは射るような目でティファニーを見て答える。「ミセス・フォードを訪ねるのはいつでも大歓迎ですが、あなたがなぜそうしたいのか、ふしぎに思っています」

ティファニーは大きくため息をつき、教会の台帳でミセス・フォードの名前を見つけたこと、彼女とゼデキヤ・コラムとの、そのつぎにミスター・シメオン・フォードとの婚姻記録を見つけたことを説明した、

「信じられません。ミセス・フォードがバーナード・コラムの母親だなんてあり得ない。あ

の男は紛れもなく邪悪ですが、ミセス・フォードは聖人ですよ」

ティファニーは息をのんだ。「ミセス・フォードをいやな気持ちにさせるつもりはないわ。いくつか訊きたいことがあるだけ。あなたが彼女ととくに親しいなら、いっしょにいてくれれば、いくらか和んだ雰囲気になるかもしれないと思って」

「もちろん、ごいっしょします」トーマスは言い、御者に大声で行き先を告げた。

そのあとのアストウェル・パレスからディーまでの短い道のりは静かなものだった。フォード家のコテッジの前に到着すると、トーマスは馬車のドアを開け、ティファニーに手を貸して馬車からおろした。その態度は堅苦しく、気に染まないことをさせていると申し訳なく思うものの、サミールの運命がかかっているのだ。ティファニーも引き下がるわけにはいかない。

トーマスが玄関扉をノックすると、ミセス・フォードが現れた。彼女が扉を左手で開けたことにティファニーは気づいた。右手は身体の脇にだらりとさがっている。ミセス・フォードはトーマスににっこりと笑いかけたけれど、彼のうしろに立つティファニーを見たとたん、その笑顔は消えた。

「あなたが訪ねてくるなんて、どういう風の吹き回し？」彼女は言った。声がかすかに震えているとはいえ、その話し方は教育を受けた女性のものだった。イーヴィのぞんざいな言葉遣いとはずいぶんとちがう。

訊きたいことが喉元までせりあがってきて、ティファニーはそれを飲みくだした。

「おじゃましてもいいですか？　ミス・ウッダールがいくつか質問したいそうです」トーマスが言う。

ミセス・フォードは左腕だけを使ってドアを大きくひらき、ふたりを中へと招き入れた。こぢんまりしているけれど、選りすぐりの家具はどれも上質なものだ。はいってすぐのところが客間で、ソファと椅子が二脚置かれている。ミセス・フォードはそこに座るよう、ふたりに言った。トーマスとティファニーはそれぞれ、ソファの向かいの椅子に腰をおろした。

「紅茶はいかが？」ミセス・フォードが訊く。

ティファニーは首を横に振った。「親睦のためではなく、あなたの息子さんが殺された日になにをなさっていたかを知りたいと思って伺いました」

ミセス・フォードは目をぱちぱちとさせた。「な——何ですって？」

「あなたが以前、ミスター・ゼデキヤ・コラムと結婚されていて、お子さんがふたりいることを知っています。イーヴィとバーナードです。バーナードがあなたを訪ねたことも知っています、彼が殺された日の晩に」知っていると言ったことのひとつ目については、ティファニーには確信があった。ふたつ目については、この女性から真実を引き出すための、ただのあてずっぽうだ。

ミセス・フォードは左手を首元に持っていった。ティファニーが以前、目にした痣は、いまではかなり薄くなっている。「バーナードはここにやってきて、お金を寄こせと言いました。でも、わたしには渡せるものがありませんでした。あの子は腹を立てて乱暴になり……

息子はわたしの首を絞めようとしたんです。けれどわたしは親指に嚙みついて、それであの子もわたしを放しました」

トーマスの顔に殺意が満ちたけれど、それは自分やミセス・フォードにではなく、死んだミスター・バーナード・コラムに向けられたものだとティファニーにはわかる。いったいどの男性が、片手が不自由な自分の母親の首に手を回そうとするの？　ティファニーはミセス・フォードの歯をとくと見た。まっすぐで、長さも均一だ。バーナード・コラムの親指の嚙み痕と一致するだろう。

では、イーヴィはこういったことのすべての、どこに嵌まるの？

ティファニーは深くため息をついた。「あなたが少しのお金も渡さなかったのなら、バーナードはどうして立ち去ったのですか？　発見されたとき、彼は三ペニーしか持っていませんでした。お父さまのミスター・コラムは、自分が渡したものだと話していましたけれど」

元夫のことに触れられ、ミセス・フォードは見るからに身体をびくりとさせたけれど、口は閉じたままだ。

「娘さんのイーヴィがそこにいたんですね」ティファニーは言った。ひとつひとつのことばを口にしながら、だんだんと理解していた。「イーヴィにはバーナードの暴力を止め、立ち去らせることができるほどの腕力がありますから」

「娘はバーナードを殺していません」よいほうの手を伸ばして拝むようにしながら、ミセス・フォードは言った。「命に懸けて誓います。あの子は弟を殺していません。このコテッ

ジから追いだしただけです。バーナードはなかば酔っ払っていて、イーヴィのことも二、三回、殴りました。でも、娘はどうにかバーナードを玄関の外まで押しやり、閉め出したのです。息子は生きてこのコテッジから去ったのです。ほんとうです」

「では、ハドソン医師とラスロップ治安官が公爵家の女性使用人全員の歯型を取ったときに、その話をしなかったのはどうしてですか？　あの噛み痕はあなたがつけたものだと、フォード執事はもちろん知っていたのですよね？」

ミセス・フォードはゆっくりとうつむいた。「夫が帰ってきたのは、バーナードが立ち去ったすぐあとです。イーヴィがひと晩かふた晩、このコテッジに泊まるのはかまわないけれど、法律の定める夫のところに、ミスター・ラスロップのところにもどるべきだと言いました。お腹の子は、法律上はミスター・ラスロップの子になると夫は信じています」

「ですが、ミスター・ラスロップは父親ではありませんよね」

ミセス・フォードは顔をあげた。「だれが父親か、イーヴィにもわかっていないのです。子どももいらないと言っています。あの子の子ども時代は、暴力と哀しみの記憶しかありませんから」

そのことばは、考える間もなくティファニーの口からこぼれ出ていた。「どうして彼女を守らなかったのですか？」

ミセス・フォードは左手で不自由な右手をもちあげた。「守ろうとしました。ふたりの子

どもを守るために、わたしはゼデキヤから何度も何度も殴られ、あるとき気絶したのです。わたしは腕を下敷きにして倒れました。ずいぶんと長いあいだ意識がなく、気づいたときには腕はきちんと動かなくなっていました。あのひとは医師を呼ぼうとはしませんでした――わたしの顔が、皮膚でなく痣で覆われていたからです。壊れた女を妻にしておきたくないからと、彼はメイ・デイにわたしの首に縄を巻き、村の広場まで引っぱっていきました。彼はそこで、わたしを売りたいと言いました。わたしをお払い箱にできるなら、ほんの一ファージングでも取引を成立させるつもりでした。そこにシメオンが――夫がたまたま居合わせたのです。彼はわたしを気の毒に思い、丸々一ポンドを払いました。それからわたしの首から縄を外してくれました。シメオンから暴力的なことをされたことは、どんな些細なものでもありません」

「でも、お子さんたちは？」

ミセス・フォードは鼻をぐずぐずさせ、目から涙が流れおちはじめた。「法律によれば、子どもは父親の所有になるそうです。わたしにできることはありませんでした。夫はお金を渡して子どもたちを引き取ろうとしましたが、ゼデキヤはふたりを手放そうとしなかったのです。わたしを罰していたのかもしれません。ほんとうにそのつもりだったのなら、彼はそれ以上に残酷な罰を選ぶことはできなかったということです。子どもたちは、わたしとは他人として成長しました。母親は死んだと信じて。イーヴィは父親に、バーナードには手を出させないようにしていましたが、けっきょくは息子も父親とおなじ、ひとでなしになってし

まいました」

トーマスは立ちあがり、ミセス・フォードにハンカチーフを渡した。彼女はそれを目と鼻に押し当てた。

「どうしていちどもふたりを訪ねなかったのですか?」ティファニーは訊かずにはいられない。

「夫とわたしで、いちど訪ねました。そのときです、彼の右脚が不自由になったのは。ゼデキヤは凶暴な男ですし、ふたり目の妻もたいして好人物ではありません。彼はメイプルダウンでわたしの顔をまた見かけたら、子どもたちを傷つけると脅してきました」

罪のない妻と子どもたちでなく、暴力を振るう夫のほうを守る法律の不公平さに、ティファニーは頭を振ることしかできなかった。「お子さんふたりとまた交流するようになったのはいつですか?」

「バーナードがアストウェル・パレスのフットマンになったときです。夫がわたしたちの家での夕食に、あの子を招待したのです。何度か会ってから、わたしは真実を話しました。母親と再会できて、あの子も歓ぶだろうと思っていました。でも、そうではなかった。あの子にとってわたしは、身体が不自由な歳を取った女にすぎなかったのです。それ以降はお屋敷での仕事を失うまで、あの子がこのコテッジに姿を見せることはありませんでした。やってくるにしても、お金が必要なときだけです。渡せるものはぜんぶ渡しました。でも夫に、もう一ファージングも渡してはならないと止められたのです」

「それでは、イーヴィは？」

ミセス・フォードはよいほうの手で、トーマスのハンカチーフをまた鼻に当てた。「最初の赤ん坊を亡くしたあとバーズリーへと姿を消し、例の鍛冶屋と親密になりました。彼は子どものできない身体だと噂で聞きましたが、イーヴィは母親になどなりたくないと思っていますからね。わたしは何年も彼女を訪ねましたが、夫はここでいっしょに住むことを許してはいません。あの子の選択を認めてはいないのです」

イーヴィの倫理観はかなり欠けていると、ティファニーも認めるしかない。少なくとも、従来の倫理観から見れば。そしてフォード執事は、どちらかといえば従来型だ。

「でもミスター・フォードは、あなたにはよくしてくれますよね？」射るような視線で彼女を見つめ、トーマスが訊く。

ミセス・フォードはうなずき、また涙が目からあふれた。「わたしにそんな資格はないのに、とてもやさしくしてくれます」

ティファニーは立ちあがった。「不快な思いをさせてしまい、申し訳ありませんでした。それに、つらい過去を思いださせてしまったことも。でも、これはお尋ねしなくてはなりません。ミスター・ラスロップの潔白を証明するためにあなたの証言が必要になったら、あの夜なにがあったかを法廷で話していただけますか？」

ミセス・フォードの手が首にもどる。「わたし――わたしにできるかどうか、わかりません」

「ミスター・ラスロップはあなたの孫を引き受ける覚悟ができています。あなたの孫の父親になるのです。でも、犯してもいない罪で首を吊られたら、父親になることはできません」ティファニーははっきりと言った。「ひとりの潔白な男性とあなた自身の孫を、あなたは救いますか、救いませんか？」

ミセス・フォードは鼻を鳴らす。「夫に訊いてみます」

少なくとも、はっきりとは断っていない。

ティファニーは目の前の女性を哀れに思いながら、怒りを覚えずにはいられない。自分の子どもたちの選択の結果の責任を、すべてサミールに負わせようとしていることに。ティファニーは客間を出てコテッジを離れた。扉を閉めるとき、ミセス・フォードを慰めるトーマスの声が聞こえた。

人生は公平ではない。

とくに、女性にとっては。

27

このふた晩、ナットはティファニーと気の毒なミセス・エイブルを、ほぼ眠らせなかった。それでもティファニーは、日曜日の礼拝には行くと決めていた。シャーリー牧師のお説教で、魂が地獄に留まることを思いだす必要があったからではない。教会はすべての階級の人びとが一堂に会する、めったにない場所のひとつだからだ。

早めに到着したティファニーは、目を引くシャーリー家の子どもたちを数に入れなければ、礼拝堂にはいったふたり目だった。

彼女はコラム農場の前で見つけたボタンを取りだし、特徴的な細工——四本の柱に、それぞれ短い線が何本も刻まれたもの——を指でなぞった。高価なボタンだ。なくしてそのまま忘れてしまうような代物ではない。これがぴたりと合う男性のマントか女性のペリースを見つけられれば、と心から願っていた。

何組かの家族連れがやってきて、後方の信徒席を埋めていく。だれだかわからないひとたちが多いことに、ティファニーはおどろいた。けれどその中のだれも、彼女が握るボタンにふさわしいほど上等の服を着ていない。

サー・ウォルター・アブニーが、自分は国王だとでもいいたげなようすでのしのしと歩いて現れた。着ているものはとても粋だ。彼は何人かの男性と握手をし、女性には手を振っている。サミールを牢屋に入れたことで、社会に貢献したかのように振る舞っている。この男への憎しみが、地獄のどんな炎よりも激しく、ティファニーの心の中でめらめらと燃えあがった。サー・ウォルターは彼女のそばを通りしな、トライコーンハットを少し持ちあげた。ティファニーは歯をぐいと食いしばった。彼のコートはやはり上等だけれど、ボタンには花と葉っぱが刻まれていた。ああ、このボタンが彼のものと合えばいいのに。

ティファニーが頭を巡らせると、デイ夫妻が三人の娘を連れてはいってくるところだった。二週つづけてこの一家が来ていることに、彼女はおどろいた。ふだんは礼拝には参加しないのに。ミスター・デイの傷のある顔は、むっつりとして不機嫌そうに見える。ミセス・デイはにこにこしながら、サー・ウォルターさながらに手を振っている。なにかのショーに出演しているとでもいうようだ。その両親のうしろの三人の娘は、全員が鮮やかな赤いマントを着ていた。たがいに腕を組み、とてもかわいらしいトリオだ。三人の中のミス・ジェシカを見て、彼女が末っ子だろうとティファニーは見当をつけた。姉妹なのでとうぜんだけれど、外見はそっくりだ。全員がクリームのような肌の色に、光沢のある茶色の髪、そしてメリハリのある体形をしている。ドレスの胸元のひらき具合は、教会に着てくるにはやや大きめだ。けれどどこれほどかわいらしい三人のこと、きっとだれも気にしないのだろう。

デイ一家のつぎに、ミスター・コラムとふたり目の妻が、子どもたちを従えてはいってき

た。夫妻のどちらにも、目の周りに痣ができていることにティファニーはおどろいた。ミセス・フォードのことばが思いだされる。ミスター・コラムのいまの妻も、まさに夫とおなじように乱暴だと言っていた。この夫妻は殴り合ったのだとしか考えられない。子どもたちのことを思い、ティファニーの胸の中で哀れみの気持ちが波のように押し寄せる。ナットがこのような暴力的な家庭で育てられはしないことに、ただただ安堵した。

最後に慌ててはいってきたふたりは、ミスター・ハドフィールドとその母親だった。二回目の結婚予告が読まれるのを聞くためにやってきたのだろう。ティファニーはふたりをよく見ようとしたけれど、シャーリー牧師はすでに講壇に立ち、礼拝をはじめようとしていた。ふたりを見つめつづければ、注意を引いてしまう。彼女はため息をつくと礼拝堂の前方に意識を集中させ、今回もまた、自分たちはみな、どれほど悔い改めなければいけないかについてのお説教を聞く覚悟を決めた。

ティファニーが最後に憶えているのは、シャーリー牧師がイザヤ書十三章六節を読みあげているところだった。「泣き叫べ、主の日が近づく。全能者が破壊する者を送られる」目を閉じていたのはほんの一瞬だけだと思ったけれど、そのあとはお説教のあいだずっと眠っていたにちがいない。毎晩、ナットにつきあって夜更かしをしているせいで疲れ切っているのだ。だれかに肩を揺すられた。

ティファニーがぱちぱちと瞬きをして目を開けると、ミセス・シャーリーがいた。「家に帰る時間ですよ、ミス・ウッダール」

顔を真っ赤にして、ティファニーはショールを肩に羽織った。「どうか、お許しください。悪気はなかったのです」

ミセス・シャーリーは頭を振り、いたわるような表情を浮かべた。「新生児がいるとじゅうぶんに睡眠が取れないですからね。それにあなたは、多くの母親よりも年齢が上ですし」

ティファニーはにっこりと笑った。牧師の妻はひとつの会話の中で、礼儀正しくも侮辱的にもなれる。お見事だわ。ティファニーが立ちあがると、ボタンが床を転がってカタカタと音を立てた。眠っているあいだに、膝の上に落としてしまったにちがいない。彼女は屈んで、信徒席の下から拾いあげた。

「それはなに、ミス・ウッダール？」

ティファニーは掌をひらき、ミセス・シャーリーに差しだした。「道で見つけたので、持ち主に返したいと思いました。というのも、このボタンはとても高価なものに見えますから」

ミセス・シャーリーはティファニーの手からボタンを取りあげ、目の真ん前に持っていった。ひどい近視なのかしら、とティファニーは訝った。ミセス・シャーリーはしばらくしげしげと見つめてから、ボタンをティファニーに返した。

「はっきりとは言えないけれど、ミスター・ハドフィールドのコートのいちばん下のボタンがなくなっていたはずよ。彼のものではないかしら」

ティファニーはもう、笑っていられなくなった。このボタンがミスター・ハドフィールド

のものなら、彼は殺人があった夜にコラム農場にいたことになる。彼の地所のブランブル農場にもどったのではなく。彼の話も彼の母親の話も嘘だったのだ。

「おふたりを追いかけて返そうと思います。ごきげんよう、ミセス・シャーリー」

「ごきげんよう、ミス・ウッダール」

掌の中でボタンをぎゅっと握りしめ、ティファニーはほとんど跳ぶようにして教会を出た。木製の両開きの扉を抜け、太陽の光を遮ろうと空《あ》いている手で目を覆う。ミスター・ハドフィールドはまだ家にはもどらず、ミス・アンスティと並んで歩いていた。彼の母親はアンスティ夫妻と話しながら、ふたりのあとにつづく。ミセス・アンスティが幼い男の子を抱いている。陽の光の中で見ると、その顔にはほんとうの母親であるカーロだけでなく、父親であるバーナードの面影がうかがえる。男の子はバーナードの金髪と鼻を受け継いでいた。

ドレスの裾を引きあげ、ティファニーは小走りで五人を追いかけた。若いふたりに追いついたときには、息は切れていた（し、きっと顔も真っ赤だった）。ティファニーはミスター・ハドフィールドとミス・アンスティの近くで足を止めた。

「おじゃましてごめんなさい」息を喘《あえ》がせながら、そう声をかける。「でも、ボタンを落としませんでしたか、ミスター・ハドフィールド？」

ティファニーは金色のボタンを差しだし、彼のコートに付いているほかの九つの小さな金色のボタンと、たしかにぴったり合うことを確認した。このボタンがあるはずの場所には、青い糸が残っているだけだ。

ミスター・ハドフィールドはティファニーからボタンを受けとった。「ありがとう、ミス・ウッダール。どこかに置き忘れて、永遠に見つからないと思っていましたよ」

もういちど大きく息を吸ってから、ティファニーは言った。「コラム農場の外の泥の中で見つけました、ミスター・ハドフィールド。ミスター・バーナード・コラムが亡くなったあとに。あなたはラスロップ治安官とわたしには、パブでバーナードと口論したあと、家にもどったと言いましたよね。その発言をいま、訂正しますか？」

ミスター・ハドフィールドはごくりと息をのんだ。首と顔に、赤と白の斑点が現れる。婚約者のカーロが彼の腕から手を放し、指を彼の指と絡ませた。彼を支え、信じるという意思表示だ。

空いているほうの手で、ミスター・ハドフィールドはクラヴァットを引っぱった。もっとたくさんの空気を肺に送ろうとでもするように。「すまない、ミス・ウッダール。嘘がばれてしまったようだ。ただ、ブラック・コールドロン・パブを追いだされてから、生きていようが死んでいようが、バーナードの姿はいちども見ていないとはっきり言えますよ。話したとおり、おれは家に向かって歩きはじめたけど、あいつが言ったことを放っておいてはだめだと思った。それで馬に乗ってメイプルダウンまでの道をもどり、コラムのところに行ったんです。扉をノックしたらあいつの親父さんが出てきて、息子はいないと言ったけど、おれは信じなかった。だから、家の中を捜しまわるという、だいぶばかばかしいことをしてしまった。たしかに、あいつはいませんでしたよ。おれは親父さんと奥さんに詫びを言って、あ

いつの帰りを待とうとそのまま道に留まりました。夜中の十二時をすっかりすぎるまで待って、雨と雪が降りはじめたところで、とうとうあきらめたんです。全身、びしょ濡れになったから。あいつはだれかのところで夜を過ごしたんじゃないかな」

アン女王のレース！

バーナードは最後まで、アン女王のレースの包みをポケットに入れていた。避妊のために使われるものだ。でも、彼はそれをだれに渡すつもりだったの？

ミスター・ハドフィールドの話は、ティファニーがあの夜についてすでに知っていることを裏付けた。バーナード・コラムは家にもどらなかった。その代わりミセス・フォードのところに行って、お金を無心した。母親に暴力をふるいさえして、姉に家から追いだされた。彼はつぎにどこに行ったの？　ミスター・ハドフィールドの話からすると、自分の家ではない。

「あなたを信じます、サー」ティファニーは言った。信じなければ、いっそ気が楽だったろうけれど。「そのとき、だれか道を歩いていました？」

ミスター・ハドフィールドは頭を横に振った。「だれもいなかった。二輪馬車の音が聞こえたけど、御者の姿は見ていません。真っ暗だったし、馬車にランタンはついていなかったから」

二輪馬車。だれであれバーナードの死体をティファニーのコテッジの前に置いていった人物は、その死体を馬車で運んだと考えたほうが納得できる。それでも、死体を馬車に乗せる

のも馬車からおろすのも、力強い腕が必要だ。

ティファニーは咳払いをした。「どうしてボタンが緩んだのか、訊いてもいいかしら？」

ボタンのないボタン穴を指さしてミスター・ハドフィールドは答えた。「パブで殴り合ったときか、ミスター・デイにパブを追いだされたときにちがいない」

ため息をついてティファニーはうなずいた。「とてもはしたないことを訊くけれど、あなたたちふたりのどちらか、あの夜にバーナード・コラムがだれの家にいたのか、心当たりはある？」

ミス・アンスティはミスター・ハドフィールドの方に顔をうずめた。彼女はバーナードの粗野な振る舞いのことを婚約者に話したのかしら、とティファニーは思った。

ミスター・ハドフィールドは頭を横に振る。「バーナードはほんとうに、だれとでも関係を持っていた。あの夜にだれと寝たいと思っていたかなんて、おれにはわかりませんね」

アンスティ夫妻とミスター・ハドフィールドの母親が追いついた。

ミスター・ハドフィールドの母親は威嚇するような表情で、ティファニーに向かってほとんど怒鳴りつけるように言った。「自分を治安官だとでも思っているの、ミス・ウッダール？」

ティファニーは熱くなった頬に触れた。「まさか、そんなことはありません。ですが、わたしは自分をラスロップ治安官の友人だと考えています。すべての嫌疑を晴らして、彼の汚名をそそぐつもりです」

ミスター・ハドフィールドの母親は顔をしかめた。「すぐにでもそそいだほうがいいね。巡回裁判所の判事はあす到着するから、火曜日に短時間で速やかに手際よく裁判が行なわれることを望んでいると、サー・ウォルターは言いまわっているから」

なんてこと。思っていたよりも早いじゃない。刑事裁判が一日以上、審理されることはめったにない。しかも刑の執行は、判決から二日以内に行なわれなければならないと、法が定めている。時間が足りない。ティファニーにはもう、如才なく質問してまわる余裕はない。

「ミスター・アンスティ、バーナード・コラムが殺された晩、なにをしていたか訊いてもいいですか？」

ミスター・アンスティはたじろいだ。「すまんが、ミス・ウッダール。なにを言っておるのだね？」

「以前、娘さんが侮辱されたのに――侮辱以上のひどいことをされたのに――、あなたはまた、なにもしなかったのですか？」

ミセス・アンスティは幼い息子（つまり、孫）を夫に渡した。「ねえミス・ウッダール、さっきも言われたでしょう、あなたは相手かまわず質問してまわる立場にないの。夫はわたしと家にいましたよ、クリスチャンらしい、善きひととして」

「父は家にいました、ミス・ウッダール」カーロが言い、ミスター・ハドフィールドと絡めていた指をほどく。「あの日、バーナードとのことがあってすぐにわたしは家に帰り、なにがあったかを両親に話しました。ふたりは、なにもするべきではないと言いました。なにも

言うべきではない、と。ローレンスとの結婚が取りやめになりそうなことは、なんだってするつもりはなかったんです」

彼女は婚約者から離れ、両親のところに向かった。「でも、なにもしないことにはうんざりよ。なにも言わないことには。バーナード・コラムはわたしの心を傷つけ、わたしに暴力を振るったのに、父さんも母さんもなにもしてくれなかった。わたしの責任だと言った」カーロは拳を自分の胸に押しつける。「あれは、わたしの責任じゃない。わたしは反撃した。声をあげた。でも、なにをしてもあの男はやめなかった。それでも父さんと母さんは、そんなことになったのはわたしのせいだと言った」

「若い娘は、笑顔を見せるときにはいっそう注意しないとだめなんだ」ミスター・アンスティは目を伏せて言う。カーロは婚約者をふり向いた。「ごめんなさい、ローレンス。結婚してほしいと言われたときに話しておくべきだった。でも、そんなことをしたら、あなたはわたしとぜったいに結婚しないと両親が断言したの。弟のルークはわたしの子だと、あなたが知ったら。わたしはレイプされたの。わたしには何の罪もないと、ミス・ウッダールは言ってくれたわ。あなたにはまだ、わたしと結婚したいと思っていてほしい」

ティファニーには永遠に感じられる時間が過ぎ、ミスター・ハドフィールドはカーロに向かって両腕を広げた。その腕の中に進んだカーロを、彼はしっかりと抱きしめた。

ミスター・ハドフィールドがカーロの豊かな赤い髪をやさしくなでる。「きみを傷つけたあの男を、おれの手で殺せたらよかった」

ティファニーはふり向いて若いふたりの親たちを見た。三人とも、カーロを思って悔しそうな表情をするだけの品性は持ちあわせているようだ。だれもティファニーと目を合わせようとはしないで、地面を見つめている。きょうは哀しいお話はもうたくさん。ティファニーはそう思い、なにか言うことなくお辞儀をして立ち去った。

28

鍵を取りだし、ティファニーはサミールの書店の裏口のドアを開けた。彼の財務書類をもういちど調べたかった。ナットはキャサリンに任せておけばだいじょうぶだ。顔を見られないさびしさは心臓が痛くなるほどだけれど、あの子の父親を――わたしの最愛のひとを――自由にしてあげなければならない。

ティファニーはべつの鍵を取りだし、サミールの机の抽斗を開けた。帳簿を脇に置いて、書類の束の一枚一枚にじっくりと目を通す。半分ほどのところで、メイプルハーストの地所の債権を見つけた。サー・ウォルター・アブニーは土地――邸宅の建っているところだ――に対して一万ポンドの融資を受けていた。売却の補足資料もあり、それによるとサミールはその債権証書を、ロンドンのミスター・リアドンなる人物から購入していた。ミスター・リアドンからの手紙には、四半期ごとの利子を二年ちかくも受けとっていないと書いてある。彼がサミールに抵当権を売却したがったのも、それほどおかしなことではない。

ティファニーは、サー・ウォルター・アブニーと彼のメイプルハーストの地所に関して見つけた書類のすべてを、ひとつにまとめた。それをアストウェル・パレスに持っていき、キ

ャサリンやトーマス、それに公爵家の財務担当者と検討するつもりだ。財務担当者はきょうの午後、ロンドンからやってくることになっている。その人物がサー・ウォルターの暴挙を止められるほど頭脳明晰でありますように、とティファニーは切に願った。

書類を小ぶりの鞄に入れて部屋を出ようとしたところで、サミールが逮捕された日にここへ持ってきた児童書の一覧のことを思いだした。販売する本を並べた書棚がある表のほうに移動して、一覧を手にする。少なくとも一冊は見つけて、ボーのところに持っていきたい。ボーはナットのことでは、ほんとうに頼りになる。ブランケットやおむつを、いつだって歓んで取ってきてくれる。幼い公爵が遊び相手をそれほどまでにほしがっていたことに、ティファニーは気づいていなかった。

背表紙にくまなく目を通すうちに、書棚の下の方で児童書が収められた小さな一角を見つけた。『靴ふたつさん』と『奇妙なマザー・グースのメロディ』があった。この二冊をボーに読んであげることをミス・ドラモンドが許してくれますように、とティファニーは願う。けっきょくのところ、わたしは図書係にすぎない。厳格な家庭教師は公爵夫人のことも畏れていないようなのに、単なる図書係に敬意を見せるなんて、ほとんど期待できないわ。

本を二冊持ちだしたと、サミールに書き置きを残した。そうすれば彼が監獄を出たときに、、、アストウェル・パレス宛てに代金を請求できる。

出たら、ではない。

いい、出たら、ではけっしてない。

29

午後はずっとナットをあやして過ごし、ティファニーの神経は落ち着いた。生まれたばかりの赤ん坊を抱くことには、ことばでは表現できないふしぎな力がある。ナットが胸に顔を押しつけてくるようすに、すっかり満たされた気持ちになる。たとえ、あとの世界が崩壊しつつあるとしても。

ボーが育児室にはいってきた。サミールの書店から持ち帰った、新しい児童書の一冊を手にしている。「これを読んでくれないか、ウッダール一等航海士？」

胸に温かいものが広がり、両手がうずうずする。彼に本を読んであげられないことを、どれほどさびしく思っていたか。

ティファニーはにっこりと笑い、目から涙があふれた。「もちろんです」

ナットを抱いたまま、ティファニーはボーを膝の上に引き寄せた。「ページをめくってもらわなくてはなりません、この本は小さいですからね。あなたの手にはちょうどいい大きさです」

幼い公爵がページをめくり、ティファニーには小さな女の子の挿絵が見えた。挿絵がいく

つもある本——なんて楽しいの！
身体を前後に揺すりながら、ティファニーは声に出して本を読みはじめた。

靴ふたつさんはマージェリーのほんとうの名字ではないと、世界中のだれもが認めるはずです。そう、彼女のお父さんの名字はミーンウェルさんです。マージェリーが生まれた教会区で、長年、農夫として立派に働いていました。ですが、仕事でたいへんな目に遭ったり、サー・ティモシー・グライプや、大きな農場のグラスポール《grasp all》というひとからひどい意地悪をされたりして、ミーンウェルさんはすっかり一文無しになってしまいました（〝grasp all〟で〝欲張り〟の意）。

バーナードの父親のミスター・コラムはまさに欲張りで、サー・ウォルター・アブニーはサミールにひどい意地悪をしているわ。ティファニーはそう思わずにはいられなかった。わたしがなにかしなければ、サミールはなにもかも失ってしまう。ティファニーはマージェリーの物語を読み進めた。マージェリーはいまや孤児で、靴は片方しか持っていない。けれど裕福な紳士に出会い、靴を一足、贈られる。マージェリーはみんなに「〝靴をふたつ〟持っている」と言い、〝善意でする〟を意味する〝ミーンウェル〟という名字のとおり、感心な行ないをつづけた。彼女はやがて教師になり、そののち、妻を亡くした裕福な男性と結婚した（マージェリーが〝善き〟ひとだったことが報われたのはあきらかだ）。

ボーが最後のページをめくり、ティファニーは教訓を読みあげた。

このお話を憶えておき、だれを信頼するかに気をつけてください。でも、欲張ったり、浅ましくなったり、惨めな気持ちになったりしてはいけません。わたしたちが持つ富は、善い行ないをするために貸し出されたものにすぎません。すべては神の手から受けとったものであり、困っているひとはだれもが正当な割り当て分を受けとる権利があるのです。

〝だれを信頼するかに気をつけてください〟。この一文は、ティファニーが読む必要があった。彼女が信じるだれかが、完全に真実を語っているわけではないのだ。でなければサミールは監獄に入れられなかったし、ティファニーはだれが殺人者なのかを知っていただろう。

「このお話は気に入りましたか、ボー？」

ボーはうなずいた。小さな指は最後の挿絵に触れている。「すごくおもしろかったし、ぼくは靴をふたつ持っていてよかったと思った。片方しかなかったら歩くのはたいへんだし、海賊にもなれない」

ティファニーはやさしく笑った。たしかに、とてもたいへんだろう。「これを読んで、学生のときにフランス語で読んだお話を思いだしました。ドーノワ伯爵夫人が書いた〈灰だらけのフィネット〉という題名の、靴を片方、なくした娘の物語です。お聞かせしましょう

か？」

ボーは頭をティファニーの胸にもたせかけ、ナットの手を握った。「聞かせて、ミス・ウッダール」

「ドーノワ伯爵夫人は、自身の書いたものを〝コント・ド・フェ〟と呼んでいました。英語では〝妖精物語〟でしょうか。これからお話しするのは、そのなかの〈灰だらけのフィネット〉という一篇です。フィネットの両親は王さまと女王さまでしたが、ふたりは王国を失い、とても貧しくなりました。お母さまである女王さまは、フィネットとふたりのお姉さまをどこかに捨てたいと考えます。フィネットはとても哀しくなり、頼りになる妖精《ゴッド・フェアリー》のマダム・メルルーシュに会いにいきます。そこまではたいへん遠い道のりで、脚がとても痛くなりましたが、美しいアンダルシア馬がマダム・メルルーシュの家まで乗せていってくれました。フィネットはマダム・メルルーシュに、お父さまとお母さまはわたしたち姉妹を捨てるおつもりだと話しました。マダムはフィネットに毛糸玉を渡し、糸の端を家の玄関扉に結びつけるようにと言いました。そうすれば、お父さまとお母さまに捨てられても、姉妹は糸をたどって家に帰ることができます。マダム・メルルーシュはまた、金や銀でできたすてきなドレスでいっぱいの袋もフィネットにあげました」

ボーは頭をふるふると振った。「フィネットのお父さまとお母さまは、すごくいけないね」

ティファニーもずっとそう思っていたけれど、ふと、イーヴィとナットのことが頭に浮かんだ。すべての女性が母親になるべきではないのかもしれない。イーヴィのように、それを

望まない女性はいる。生まれたばかりの赤ん坊を置き去りにすることや、三姉妹を捨てようとすることを認めるわけではない。けれど、この女王の話にしろ、ほかの女性たちの物語にしろ、教訓的な物語の中では語られないさまざまな事情があるかもしれないことは理解していた。

「でも、フィネットはすごくいい」

ティファニーは、フィネットと彼女を助けるアンダルシア馬の物語をつづけた。毛糸をたどって、家までもどったこと。怖ろしい人食い鬼《オーグル》の城を訪ねたこと。一生懸命に仕事をして、灰や煤にまみれてしまったこと。オーグルを灼いたこと。すてきなドレスがぎっしり詰まった、夢のような衣装箱を開ける鍵を見つけたこと。舞踏会に何度も行ったこと。ある夜、遅くまで舞踏会に残ったとき、真珠飾りのついた赤いビロードのダンス用の靴を片方、なくしてしまったこと。王子さまがそれを見つけ、その赤い靴にぴたりと合う足の持ち主と結婚すると約束したこと。

「そんなの、ばかみたい」ボーが不意に口を挟んだ。「その靴が、王子さまの嫌いなひとにぴったりだったら、どうするの?」

幼い公爵はまさに核心を突いているけれど、核心が童話の狙いであることはめったにない。

「ですが、フィネットの足はとくに小さくて華奢《きやしや》でしたから、ほかのだれかの足に合うことはあり得なかったのです」

「きっと子どもにならら合うね」

ティファニーは声をあげて笑い、ナットは目を覚ましてぐずった。母乳を飲む準備ができたのだろう。ティファニーがボーに、お話のつづきはまたあとでと言いかけたとき、ドアがひらいてメアリが跳ねるようにしてはいってきた。「ミス・ティファニー、奥さまがお呼びだと、ミセス・ホイートトリーがおっしゃっていますよ」

ボーがティファニーの膝から飛びおり、ティファニーは立ちあがった。「ミセス・ホイートリーに、すぐに参りますと伝えてちょうだい。まず、ナットをミセス・エイブルのところに連れていかないといけないの」

メアリはぴょこんと頭をさげ、跳ねるようにして育児室から出ていった。ティファニーには羨むことしかできない活力にあふれている。

「キャプテン・ボー、ナットをミセス・エイブルのところに連れていくのに、使用人用宿舎までついてきてくれますか?」

ボーはシルクをまとった小さな肩を片方だけすくめてみせた。「いいけど。どうして、ミス・ウッダール?」

「ミセス・エイブルには、あなたとおなじくらいの歳の息子さんがいます。その子の名前はピーターです。彼と遊んだら、きっと楽しいと思いますよ」

ボーは目を大きく見開き、にっこりと笑った。「ぼくとおなじくらいの歳の子?」

「はい。ピーターもあなたと遊べたら、すごくうれしいに決まっています。あなたがピーターと遊べたらうれしいように。これまでピーターの話し相手といえば、ムッシュー・ボンひ

とりだけでした。彼はピーターに、野菜を切らせてあげたんですよ」

ピーターもムッシュー・ボンも、料理の下準備をしながら楽しく過ごしていたはずだとティファニーは思っていたけれど、幼い公爵はそういう細かいことは知らなくていい。

「その少年をフランスの海賊から救出しないと！」

ティファニーは腕に抱いたナットを揺らしながら答える。「そうですね。ですがわたしがキャプテンなら、救出するついでにフランスの海賊がつくったお菓子を、食品庫からいくらかいただくと思います」

「剣は必要か？」

木製だとはいえ、ボーがその剣を使用人用宿舎で振り回すのは、ティファニーもいい考えだとは思えなかった——というか、どの使用人に向かってでも振り回すのは。

「剣はつぎの機会に」

ティファニーとボーが連れだって育児室をあとにすると、ナットが大騒ぎをはじめた。ティファニー自身のお腹もぐるぐると鳴る。息子とおなじように、彼女も決められた時間に食事をしたい。三人で使用人用の居間にやってくると、ティファニーはナットをミセス・エイブルに預けた。

「ミセス・エイブル、息子さんとボー坊ちゃんを遊ばせてもいいですか？」ティファニーはボーのことを、ボーフォート公爵とは呼びたくなかった。六歳の少年にとって、そのような肩書きは荷が重すぎる。

「そうできればピーターは歓びますわ」ミセス・エイブルが答えた。「あの子を捜してきましょうか？」

ティファニーは頭を振った。「いえ、必要ありません。そのような困難で危険な任務を遂行できるのは、キャプテン・ボーひとりだけですから」

ボーはティファニーを見上げ、けらけらと笑った。「どこを捜したらいいかな？」

ティファニーはミセス・エイブルをふり返る。

「調理場でしょう。あの子は料理に興味津々ですから」

「お菓子をいただくにはうってつけの場所ですね」ティファニーはボーを見おろしながら言った。「キャプテン、この急襲はおひとりで対応できますか？　わたしはお母さまとお話ししないといけないので」

ボーは彼女に敬礼した。「もちろん、できる。でも、ティファニー一等航海士に戦利品はなにもあげないよ」

額に手を当て、ティファニーはおおげさにため息をつく。「そんな」

ティファニーが母屋にもどっても、恐怖におののく叫び声はひとつも聞こえなかった。キャプテン・ボーフォートの調理場急襲は、血を見ることなく行なわれたのだろう。フォード執事が脚を引きずるようにしてこちらに歩いてきた。不自由な脚はバーナードの父親のせいだと、いまは彼女も知っている。

「ミスター・フォード、公爵夫人がどこにいらっしゃるかわかります？　お話があると呼ば

れたのですが」

執事は堅苦しく頭をさげた。「紅の応接間ですよ。歓んでお連れしましょう」

「ありがとうございます」ティファニーは言い、彼と並んで歩いた。

ふたりはいくつかの絵画と図書室のドアの前を過ぎた。

「ミスター・フォード、お尋ねしたいことがあります。ミスター・バーナード・コラムが亡くなった日の夜、彼に会いましたか？」

執事はくちばしのように長い鼻で思い切り息を吸いこんだ。その鼻越しに、ティファニーを見おろす。「会っていません。残念ながら、その夜はいつもより遅くまでこちらにいましたから。わたしが家にいれば、妻は彼から暴力を受けてけがをすることもなかったのに、と思うだけです」

執事の声音は冷たかったけれど、目はちがった。彼は妻のことを気遣っていると、ティファニーには心から信じられた。その妻とは、まったく思いも寄らない状況で結婚したとはいえ。「お金を無心に来たあの夜以前も、彼は奥さまを訪ねてきていましたか？」

「ええ、ミス・ウッダール。アストウェル・パレスをクビになったあと、ミスター・バーナード・コラムはしょっちゅう現れては、お金を無心しましたし、わたしに仕事の推薦状を書くよう要求しました。何ポンドも渡したこともたしかですが、彼はそのお金を使って新しい仕事を見つけようとはしませんでした。飲酒やギャンブル、それに女性との交流で浪費したのです。そんな生活をするならお金は渡さない、とわたしは言いました。そう言われた彼が

妻に八つ当たりをするとは、そのときにはわからなかったのです」

ティファニーはうなずいた。執事を責めることはできない。バーナード・コラムは知り合いならだれからでもお金を借りていたけれど、仕事をしたり働き口を探したりはしていなかったようだ。「奥さまが受けた苦痛を思うと、何と言っていいのか」

フォード執事は頭を左右に振った。疲れている。「ルドミラは人生でほぼずっと、苦痛を受けてきました。ふたりの子どもは、その苦痛を増やしただけです。バーナードには悪い血が流れていました。周りがどれほど必死に助けようとしても、彼は変わりませんでした」

「では、イーヴィは?」ティファニーは急かすように訊いた。

「彼女はルドミラに赤ん坊を預けたがっていましたが、妻には孫の世話をすることなどできません。必要最低限の用事でさえ、片腕だけでこなすのはむずかしいのですから。それに、これからはもう老いていくのですよ」

「それでミスター・ラスロップのところに行くよう、イーヴィに言ったのですね?」

ティファニーがフォード執事を知ってからはじめて、彼は落ち着きをなくし、うろたえているように見えた。「そうです。わたしは愛する女性を守ったのです。ミスター・ラスロップを守ろうと、いまあなたがしていることとちがいはない。彼はいいひとです。彼の汚名をそそぐことができるよう願っています」

ティファニーはなにも言えない気がした。年配の男性から、こんなにも誠実な告白を聞かされるとは思ってもいなかった。サミールを思うティファニーの気持ちを尊重してくれてい

ることも。

「イーヴィがナットをわたしのところに置いていって、ありがたく思っていることは否定できません。あの子のことは、自分自身の息子のように愛しています。わたしは歓んでナットの世話をしますし、できます。あなたもミセス・フォードも、祖父母としてナットに会いにきてくださったら大歓迎します」

フォード執事は鼻をぐずぐずさせた。彼がこれほどまでに感情を露わにするところを、ティファニーははじめて目の当たりにした。「妻にそう伝えます」

「あら、あなたは会いに来ますよね？」

執事はうなずいた。「ぜひともそうしたいと思います、ミス・ウッダール」

ドアを開けてくれた彼を廊下に残し、ティファニーは紅の応接間にはいった。

30

「どこに行っていたの？」腰をおろした椅子の中からキャサリンが訊いた。テーブルには、これから目を通すであろう、いくつもの書類が広げられている。

ティファニーは息をのんだ。「教会に行ってから、ナットと育児室にいました。なにかありましたか？」

「ロンドンの巡回裁判所はおなじ判事を送ってくるみたい。あの、いやらしいフィニアス・フォークナーよ。わたくしの息子がアフリカ出身というだけで、絞首刑にしようとした」

「陪審員の十二人もトーマスが有罪だとしました——責めを負うべきは判事だけではありません」

キャサリンはその意見を、手をひらひらさせて退けた。「わたくしたちにとっては、サミールの件を裁判に持ちこむことさえさせず、証拠不十分という理由で判事に棄却してもらうほうがいいわ」

ため息をつき、ティファニーは同意するしかなかった。陪審員も、半年まえとおなじ十二人が務めるのだろう。その十二人の中で、確実に味方になってくれると思えるのはハドソン

医師だけだ。薬剤師のミスター・カニングの妻は、サミールに食べものを詰めたバスケットを持ってきてくれた。夫のほうもサミールを公平な目で見るだろう。店員のミスター・ウェスリーのことはよく知らないので、どちら側につくのか予測がつかない。けれどあとの九人——精肉店主、郵便配達人、装蹄師、仕立て職人、ろうそく職人、パン職人、製粉業者、機織り職人、なめし革職人——を相手に、サー・ウォルター・アブニーはまちがいなく、教会でご機嫌取りをしていた。テーブルの向かいの椅子を示し、キャサリンが言った。「おかけなさい。ほんとうの殺人者をまだ見つけられていないのなら、検討するべきことは山とあるのよ」

ティファニーは椅子の端に腰をおろした。テーブルの上の書類はすべて、サー・ウォルター・アブニーが署名した請求書か抵当証書だ。債務の総額は莫大な額になっている。

「この債権をすべてお持ちなんですか？」

公爵夫人は悪い顔で笑い、自分はこのひとと友人でよかったとティファニーは思った。

「そうよ。ただ、見当たらない抵当証書がひとつだけあるの。それがいちばん重要なのに」

「サー・ウォルター・アブニーの地所と、そこに建つ邸宅の証書」

キャサリンが目を細めた。「まさにそのとおり。わたくしの財務担当者が、ミスター・リアドンとかいうひとまでたどり着いたけれど、その彼は最近、植民地のどこかへ行ってしまったの。アメリカだったかしら。居所を突きとめるのに何カ月も、あるいは一年もかかる可能性があるわ」

「わたしが持っていますよ」

キャサリンは目をぱちくりとさせた。「あ、あ、あなたが持っている?」

「といいますか、サミールが持っていました」ティファニーは説明した。「彼がミスター・リアドンから購入したのです。サミールはその証書を、サー・ウォルター・アブニーから身を守るための手段のようなものと考えていました。じっさいには、その正反対になりましたが」

公爵夫人は声をあげて笑った。明るく甲高い声だ。「あらあら！　賢い書店主ね」

「育児室にあります、わたしの持ちものといっしょに。持ってきましょうか?」

「いますぐに」キャサリンはまさに公爵夫人然とした声で命じた。「罠を仕掛けるのに、あらゆる部品が必要よ」

ティファニーはスカラリー・メイドのように小走りで部屋を出て育児室に向かい、すぐに書類のはいった鞄を見つけた。その書類のすべてを持って紅の応接間にもどり、ボーフォート公爵夫人に一枚残らず渡す。公爵夫人はまた悪い顔で笑い、法的文書と証拠書類にざっと目を通した。「これ以上に完璧なものはないわ。サー・ウォルター・アブニーの支払いは滞っている」

「そのようですね」ティファニーはそう言い、また椅子に腰をおろした。

「彼は借金の返済をしていない。利子さえ払っていないわ。イギリスの判事ならだれだって、サー・ウォルター・アブニーに破産宣告をするはず。二年以上も支払っていないのだから。

これでようやく、彼とはお別れできるわ」

ティファニーは腕を組み、眉根を寄せた。「でも、抵当権は土地に設定されています、建物にではなく。判事は家を差し押さえられないのですから、とうぜん、土地も差し押さえられないのではないでしょうか？」

公爵夫人はまた声をあげて笑った。ゴシック・ロマンス小説に登場する悪役のように、柔らかく、ずっと耳に残る声で。「サー・ウォルター・アブニーには、運べるものは好きに持っていってもらうわ。でも、レンガと石は動かせない。それに、建物が建っている土地はこの証書の所有者に属するのよ」

「監獄にいるあいだ、サミールがなにかを主張をすることは、まずできません」

キャサリンは書類を手に取った。「わたくしがあなたにこの債務を払うの」

「一万ポンド全額を？」公爵夫人が冷酷な実業家だとティファニーはわかっている。それに債権を損失で売り、サミールに金銭面で負担をかけたくない。

キャサリンは書類をテーブルにもどした。「三万ポンドでどうかしら。額面価格の三倍よ」

ティファニーの顎が落ちる。「どうしてです？」

彼女の友人は指に嵌めた小さな指輪をくるくる回した。「あなたに対する友情でもなく、あなたが夢中の書店主のためでもないことを認めるわ。そろそろトーマスも自分自身の地所を持つころだと、ずっと考えていたからよ。けれど、遠くに行ってほしくはないの。メイプルハーストの地所までは、歩けば二時間かかるけれど、馬車だとその半分の時間で行けるも

の」

「それが適正な額だとほんとうに思っていらっしゃいます？　善意につけこむことはしたくありません」

「あら、ティファニー。公爵夫人を欺くことを心配してくれるのは、あなただけね。わたくしの見立てでは、あの邸宅は少なくとも三万ポンドの価値がある。ひょっとしたら、五万ポンドか六万ポンドにちかいかも。でも、買い手はほとんど見つからないわよ。わたくしがすでに、残りの不動産の抵当権と譲渡証書を持っているんだもの。五、六万ポンドを払える買い手で、建物だけをほしがるひとなんて、めったにいないわ」

ティファニーは下唇を嚙んだ。サミールの投資が三倍になることは、自分にもよい案に思えると認めないわけにはいかない。サー・ウォルター・アブニーが四半期ごとの利子を払っていないことを考えると、なおさら。それでも、公爵夫人が正しければ、判事が担保権を行使した時点で、サー・ウォルター・アブニーの邸宅はサミールのものになる。自分とサミールがメイプルハーストにいるところを想像してみた。頭をふるふると振る。図書係と書店主にとっては豪華すぎる。それに、建物や庭園の手入れをするのに必要な使用人に、どうやってお給金を支払えばいい？　長くつづく安定した収入源が必要だけれど、それが自分たちふたりにはない。とはいえ家族や使用人の人数が増えれば、それに合わせてコテッジを増築しなくてはならないだろうと思う。ブリストル・コテッジはティファニーの拠り所だ。でも、メイプルハーストはちがう。それに、トーマス以上にすてきな隣人は、ひとりも思い浮かべ

られない。

「わかりました。抵当権を三万ポンドでお売りします」

キャサリンは鋭い歯を見せてティファニーにほほえんだ。「よかった。サー・ウォルター・アブニーの債権のただひとりの所有者として、判事にはただちに差し押さえと破産宣告をするよう、わたくしの財務担当に申し立てをさせます。トーマスは今月末にでも引っ越せるわね」

「サー・ウォルター・アブニーはなにも持たずに家を出るのでしょうか？」

「そうね。けれど、わたくしはほんの少しの罪の意識も感じないわ。あの憎むべき小男は、わたくしの息子の首を吊ろうとしたのよ。そしていまは、治安官に殺人の罪を着せようと企んでいる。彼に債務を払うのではなく。つぎの治安判事は誠実な人物であれと願うだけね」

ティファニーはうなずいた。「トーマスでしたら、すばらしい治安判事になるでしょうね。その役職はどなたが選任するのか、ご存じですか？」

「統監よ、英国議会の議員である、その一帯の主な地主の」

ティファニーの両方の眉があがる。「それはつまり？」

「ボーフォート公爵」

今回、けらけらと笑うのはティファニーだった。その公爵とは六歳の坊やだ。「お兄さまを治安判事に選任するなんて、これ以上うれしいことはないでしょうね」

キャサリンはまた、小さな指輪をくるくると回す。「そうね。ただ、事務弁護士に合法性

を確認してもらわないといけないわ。ボーは未成年ですから。問題があるようなら、唯一の保護者として、わたくしが新しい治安判事を選任することになるはず。裁判のまえにトーマスをその役職に就けることができれば、彼がサミールを自由にできるわね。フォークナー判事はあす、到着する予定よ。メイプルダウンの大広場《メイン・スクウエア》でトーマス、家財管理人、財務担当者、事務弁護士で彼を迎えることになっているわ」

ティファニーは挟むようにして両手を頬に当てた。「サミールが裁判を受けるという屈辱を味わわずにすむなら、この恩義は生涯、忘れません」

「ばか言わないで。わたくしにはあなたに三万ポンドの借りがあるのよ」

ティファニーはほほえみ、それから声をあげて笑った。キャサリンもいっしょになってくすくすと笑う。はじめて、ふたりはほんとうの友人になったようだった。

31

巨大なベッドで眠ったものの、ティファニーはちっとも休んだ気がしなかった。隣の部屋でナットが大騒ぎするたびに目を覚ましたからという理由だけではない。ナットに授乳したのはミセス・エイブルだとはいえ。そうではなく、適切な証拠がないとして、フォークナー判事がサミールの裁判を棄却しなかったらと考えると怖ろしくて眠れず、何度も寝返りを打っていたからだ。枕に顔をうずめ、彼女は気持ちを落ち着けようとした。ボーフォート公爵夫人は友人だ。これまでに乳母を見つけてくれ、お屋敷に泊めてくれ、サー・ウォルター・アブニーの債務をすべて買い取り、わたしを助けてくれた。キャサリンは戦力だと考えていい。

メアリにグレイの地味なドレスを着せてもらう。なにを着るにしてもなにかをするにしても、判事に見咎《みとが》められたくはない。朝食は盆に載って運ばれてきたけれど、吐き気を感じてほんのひとくちも食べることができない。メアリが歓んで、ティファニーの代わりに食べてくれた。

「わたしと比べて、あなたにはずっといいものを用意してくれますね」メアリは言い、指で

ベーコンをつまんだ。「これはまさに贅沢品です、ほんとうに」

心配になってティファニーは眉をひそめた。「ここの使用人たちは、あなたによくしてくれている？」

メアリは残りのベーコンを口の中へひょいと投げ入れ、頬張ったまま答えた。「はい。姉のエミリーのことを怖がっているみたいですから」

ミス・エミリー・ジョーンズはボーフォート公爵夫人のレディーズ・メイドだ。使用人のあいだでは尊重される立場にいる。しかも、とても美しい。エミリーはメアリよりほんの少し洗練されているし、行儀もいい。メアリのことはもっと叱ったほうがいいとは思うけれど、若い女性は花のようだとティファニーは感じている。雨が多すぎれば、つまり、お小言ばかり言われたら萎《しお》れかねない、と。そこで、会話の中にちょっとした示唆をちりばめ、自分のメイドの振る舞いがより上品になるよう骨を折っている。

「おどろくことではないわね。エミリーはとてもお行儀のいい女性だもの。口の中が食べものでいっぱいのときは、けっしておしゃべりしないし」

メアリはうなずいた。もちろん、それとなくほのめかしたことに気づいていない。

ティファニーは隣の部屋に行った。そこにはナットとミセス・エイブルがいる。ティファニーの姿を見てミセス・エイブルはさっとお辞儀をすると、ナットを彼女に渡した。ナットはお腹いっぱいのようで、とてもいいにおいがしている。ティファニーはミセス・エイブルとナットの両方にキスをした。一日ごとに、ナットのどこかが変化しているように思える。

もう一秒たりとも、息子との時間を逃すわけにはいかない。たったひとつの胸の痛みは、サミールが赤ん坊にいちどしか会っていないせいで、ふたりの間で育まれるであろう父子の絆を築く時間が、まだないことだ。

自分の部屋にもどり、ティファニーはただベッドに横になってナットを胸にそっと抱いた。これまでないほどに、心は平穏だ。ナットはほとんど眠っていたけれど、気にならない。胸に抱いているだけでじゅうぶんだった。

数時間して、ドアをやさしくノックする音が聞こえた。

「どうぞ」

エミリーがドアを開けた。彼女はお屋敷でできたはじめての友人だ。「ミス・ウッダール、奥さまが紅の応接間でお待ちです」

「ありがとう、ミス・ジョーンズ」ティファニーは言い、立ちあがった。「ミセス・エイブルにナットを預けしだい、すぐに向かうわ」

レディーズ・メイドは両腕を差しだす。「わたしが連れていきます」

その必要はないとティファニーは断ろうとしたけれど、エミリーは赤ん坊を抱っこしたそうなようすだった。ナットを抱くことを独り占めしたいと身勝手に思うのとおなじくらい、子どもを育てるには村じゅうのひとたちの協力が必要だと、ティファニーはわかっていた。エミリーにはぜひとも、そのひとたちの一部になってほしい。彼女は慎重に、エミリーに息子を渡した。

ティファニーは頭を振り振り言った。「いつもどるのか、ミセス・エイブルに伝えられたらいいのだけれど。すべて巡回裁判しだいなの」

エミリーは赤ん坊に笑いかけた。「その点は心配なさらなくてだいじょうぶです、ミス・ウッダール。使用人用宿舎にはじっさい、この子を抱っこしたいひとたちが列をつくっていますから」

ティファニーの口唇が広がって笑みをつくる。赤ん坊を抱きしめるのが好きなのは、どうやらティファニーひとりだけではないようだ。

エミリーが顔をあげてティファニーを見た。「それから、これはお伝えしないと。行方不明だった奥さまの宝石が見つかりました」

好奇心を抑えきれず、ティファニーは訊いた。「どこで？」

鼻を鳴らして、エミリーは小さく笑った。「屋根裏部屋の収納箱の中です、ミス・ウッダール。お小さい公爵は、宝物をどこに隠すのがいいのか、ちゃんとご存じなんですね。奥さまは宝石を捜すのに、お屋敷中の使用人を総動員したんですよ」

ほっとため息をついておおいに安堵し、ティファニーはエミリーとナットを残して大階段をおりた。一段ごとにお腹の中が恐怖で満たされる。サミールの命と自由は、きょう、なにを言ってなにをするかにかかっている。首に触れ、脈を感じた。サミールが殺人の罪で首を吊られたら、彼が自分の息子の成長を見ることはなくなるのだわ、と思う。そして、わたしたちの息子は偉大な男性を知らないままになる。自分の父親を。

トーマスが階段の下に立っていた。ティファニーのことを待っていたとでもいうようだ。彼が差しだした腕を、ティファニーはありがたく取る。自分の二本の脚で立っていても、何とも心許なく感じていた。

トーマスは彼女の背中をやさしく叩いた。「心配しないでください、ティファニー。サミールはあなたといっしょに、息子を育てるようになりますから」

そのことばがほんとうかどうか、トーマスにもわかっていないだろうけれど、それでもやはり、ティファニーは慰められた。彼女は親指で、右手の薬指に嵌めたダイアモンドのクラスターリングをなでた。指輪を左手の薬指に嵌めるのは、結婚している女性だ。

「でも、彼はわたしとは結婚できないわ」

トーマスは手を止め、ティファニーの顔を覗きこむ。「サミールになにかあれば、わたしがあなたと結婚すると約束しますよ」

ティファニーは鼻を鳴らし、この愛しい友人への思いがあふれだすのを、どうにか抑えようとした。「わたしがあと十五歳若ければ、馬車を呼んですぐにでもグレトナ・グリーンへ連れていってもらったでしょうね。でもあなたは若いわ、トーマス。人生は目の前にひらけている。あなたの最初の恋は実らなかったけれど、だからといってこの先、ふさわしいお相手が見つからないわけではない」（グレトナ・グリーンはスコットランド南部の町。駆け落ちしたカップルが結婚する場所として有名）

「あなたがいなければ、わたしはここにいませんでした、ティファニー。信じてください、わたしはあなたのためなら何だってするということを」

ティファニーは片手で彼の頬に触れた。その手にはシミがあり、加齢による皺もある。「そして、あなたのお母さまはわたしを救ってくださった。だから、おあいこよ。もっとも、友人の間には借用書も天秤もないけれど。あなたの申し出が、大きな犠牲を払おうとしてくれることが、わたしにとってどれほど意味があるか、ことばでは伝えきれない。トーマス、あなたはわたしが思っていた以上にいいひとだわ。でもね、わたしはとっくに、すごくいいひとだと思っていたのよ」

トーマスの顔に笑みが浮かんだ。白い歯が濃い色の肌にくっきりと映える。その笑みが、現れたときとおなじ速さで消える。「どんな子も、父親なしで育ってほしくありませんから」

ティファニーの手がだらりと落ちた。彼が自分の経験からそう言っていることがわかる。キャサリンはトーマスを奴隷船の船長から買い、自分の子として愛してきた。けれど彼女の亡くなった夫は、トーマスを息子として扱わなかった。彼をお屋敷の使用人にさえした――不愉快なバーナード・コラムといっしょに、フットマンとして働かせた。

「それならサミールを自由にしなくてはいけないわね。いま父親になるには、あなたは若すぎるもの」

トーマスはふたたび腕を差しだし、ティファニーとふたりでいっしょに紅の応接間へはいった。キャサリンはテーブルについて座り、テーブルの上には書類がきちんと束になって並んでいた。キャサリンの両隣に、それぞれ男性が座っている。

キャサリンは顔をあげてティファニーとトーマスを見た。「ミス・ウッダール、こちらは

財務担当のミスター・ギフィン。こちらは事務弁護士のミスター・サンガー。ミスター・ギフィンによると、フォークナー判事が到着したそうよ。午後二時にミドルセックス裁判所で、わたくしの抵当権実行の申し立てについて審理することになっているわ。それと、ミスター・ラスロップの裁判はあすの午前九時からですって。陪審員十二人は全員、地元のひとたちよ。きょう、うまく事が運べば、裁判は必要なくなるでしょうね」

ティファニーはうなずいた。なにもことばが出てこない。サミールが絞首刑になるという考えは、夢にまで幾度となく現れ、夜、目を閉じることもままならなかった。

「すべて抜かりないかと思います、奥さま」

財務担当者はティファニーと同年代のようだ。黒い髪はきつめの巻き毛で、肌は浅黒い。革製のブリーチズを穿き、膝のところを真鍮《しんちゅう》のボタンで留めている。ボタンを見て、ティファニーの頭にミスター・ハドフィールドとミス・アンスティのことが浮かんだ。とはいえいまはもう、ふたりはバーナードの死にはまったく関与していないと確信している。キャサリンの反対隣に座る事務弁護士は、全身黒ずくめの地味な装いで、牧師を思わせるローブをまとっていた。頭に載せた白い鬘は、後頭部の髪の先だけを結んで尻尾のようにおろしてあり、ほかの部分は巻き毛だった。顔も身体も丸いけれど、いかにも弁護士という顔つきだ。

「よろしければ、奥さま」ミスター・サンガーが言い、頭をさげる。「判事の前で述べる口上はわたしが書いて準備しましたが、それと一致するよう、ミスター・ギフィンとわたしとで書類を整理しようと思います」

「それはいいわね」キャサリンは立ちあがってテーブルから離れた。「わたくしは着替えてくるわ。威厳を見せたいの、判事はまちがいなく、わたくしに話す機会を与えようとはしないでしょうから。わたくしの贅沢な装いに、代わりにもの申してもらわないといけないわ」

賢明な手段ね、とティファニーは思う。けれど彼女は気づきはじめていた。公爵という邪魔者がいないいま、キャサリンがどれほど賢く——狡猾かを。

32

トーマスは馬車を二台、用意していた。ティファニーとキャサリンが一台目に乗った。というかもっと正確に言えば、キャサリンのドレスが一台目の馬車に乗りこみ、ティファニーはその向かいの席の端っこに、ぎゅうぎゅうに押しこまれた。トーマス、ミスター・ギフィン、ミスター・サンガーの三人は二台目に乗った。

ティファニーはつとめて息を止めていた。こんなにもすばらしいドレスを見たことはない。あるいは、こんなにも巨大なドレスを！　キャサリンの腰回りにつけられたパニエは、左右それぞれの幅が少なくとも五十センチちかくはありそうだ。刺繍の施されたシルクの生地は、触れると花びらよりも柔らかい。鬘と帽子はおなじ大きさだ。手袋をして、その上からルビーの指輪を嵌めている。指輪とおそろいの首飾りと、耳たぶから下がる耳飾りは、舞踏会に着けていくほうがふさわしそうだ。それでも、身に着けているものでキャサリンが強烈な印象を放っていることは疑いようがない――権力、富、名声といった印象を。

キャサリンと彼女のドレスを馬車からおろすのに、トーマスとふたりのフットマンの助けが必要だった。キャサリンのあとにつづいたティファニーは、公爵夫人の壮麗さに、自分の

影がすっかり薄くなっていることはわかっている。彼女たちがミドルセックス裁判所に到着したときには、サー・ウォルター・アブニーはフィニアス・フォークナー判事とともに、すでにそこにいた。サー・ウォルターはのしのしと歩みでてくると、頭をさげてキャサリンの手を取った。彼はキャサリンに促されたら、その手にキスでもしかねない勢いだったけれど、彼女が顔に浮かべた笑顔は、湖さえも凍らせることができそうだった。

「奥さま、いらしてくださって光栄です」サー・ウォルターはおもねるように言った。

キャサリンは返事の印に、頭をほんの少しだけうなずかせた。トーマスに手を差しだし、彼にエスコートされて最前列の席に腰をおろす。飾り気のない木製のベンチは、宝石をちりばめた公爵夫人とは不釣り合いに思われた。

サー・ウォルターは反対側のベンチに座った。顔に白粉をはたき、紅を差し、鬘を被り、シルクのローブをまとっている。見た目は立派な紳士だけれど、卑しい人間だということをティファニーは知っている。

ティファニーは机の向こうに座る判事に目を向けた。フィニアス・フォークナー判事閣下は彼女を見るとき、目を細めた。口許が不気味な線に結ばれる。まちがいない、判事は半年まえの裁判のことでわたしを憶えているし、男性になりすましていたわたしを許してはいない、とティファニーは思う。彼女は公爵夫人が座るベンチまで移動して、端っこに腰をおろした。キャサリンのドレスが、ほぼベンチいっぱいの幅を取っていた。

ティファニーは薄ぼんやりとした廷内を見回した。陪審員席にはだれもいない。あすの裁

判までは無人なのだろう。裁判が行なわれれば。おどろいたことに、傍聴人はアストウェル・パレスからやってきた自分たちだけではなかった。メイプルダウンの商売人たちが残らず集まっているようだ。

ミスター・ギフィンとミスター・サンガーは判事に頭をさげた。

黒いローブをなでつけ、ミスター・サンガーが言った。「判事、意見を述べてもよろしいでしょうか？」

判事の薄い口唇に小さく笑みが浮かんだ。人びとに振るえる力を持っていることを楽しんでいるようだ。彼は鬘の左右を手で押さえた。くるくるの巻き毛が連なるその白い鬘は、肩を過ぎて黒いローブの胸のあたりまで届くほどに長い。

「こちらに来て申し述べてください」

ミスター・サンガーはまた頭をさげ、判事の座る廷内の奥に向かう。鞄から書類の束を引っぱりだし、判事の前の机にきちんと並べた。

「これらの抵当証書や債権証書からわかりますように」事務弁護士が切りだす。「準男爵であるサー・ウォルター・アブニーは、借金の利子を二年以上にわたって支払っていません。利子の総計は一万六千ポンドにものぼります」

サー・ウォルター・アブニーが立ちあがる。顔は真っ赤だ。「これはいったい何事です？ここに集まったのは、わたしの債務について話しあうためではなく、バーナード・コラムという、若くして命を絶たれた白人男性に正義がなされるところを目撃するためですよ」

バーナードのことを白人と強調したことに、ティファニーは顔をしかめた。サミールがインドにルーツを持つことを、判事に思いださせるためだとわかる。ひととちがうという罪があることを。外国人の母親がいるということを。

判事は骨張った指をあげた。「サー・ウォルター、廷内ではわたしに、もしくはほかの出席者に意見を述べることは許されていませんよ。今朝、ミスター・ギフィンからこの件を話しあいたいとの依頼を受け、わたしは引き受けました。まず、これらの債務に関する問題が解決されなくては正義もなされないと信じるにいたりましたから」

「債務は裁判ではなく、金貸しと話しあう案件ですよ」サー・ウォルターは脅すように言う。

フォークナー判事は木槌を持ちあげ、二回、打ちつけた。「静粛に。黙っていられないなら、サー・ウォルター、退廷を命じます」

準男爵はのっそりした顔に反抗的な表情を浮かべたけれど、ティファニーの反対側のベンチにもどって腰をおろした。

「つづけてください、ミスター・サンガー」

事務弁護士は両肩をうしろに引いた。「債務の総額は、ほぼ九万ポンドになります」廷内の商売人たちが吹く低い口笛の音がティファニーの耳に届く。そんな金額は、彼女の想像を超えていた。

ミスター・サンガーは最後の抵当証書に触れた。「この最新の抵当証書を見てわかるように、サー・ウォルター・アブニーは貸付の担保として土地を提供しました。この貸付は、元

はミスター・リチャード・リアドンとの間で行なわれましたが、ミスター・リアドンはそれをミスター・サミール・ラスロップに売却しています」

聴衆の反応を見ようと、ティファニーはふり返った。何人もが息をのんだり、おどろいた表情を浮かべたりしている。

「判事、サー・ウォルターはすべての貸付について返済が滞っており、破産するべきです。しかしながら治安判事であるサー・ウォルターは、ミスター・サミール・ラスロップに殺人の罪を着せることで、債務を帳消しにすることにしました。ミスター・ラスロップが死ねば、一シリングも返済する必要はなくなるのですから」

だれかが叫ぶ。「いかさま師！」

べつのだれかも。「盗人！」

さらにさまざまな罵声が飛んだけれど、だれがなにを言ったのか、ざわめきの中ではティファニーに聞き分けることはできなかった。

判事が木槌を三回、叩きつけると、廷内は静かになった。「ミスター・ラスロップがこの債権の所有者であるなら、どうしてあなたが扱うことになったのでしょう、ミスター・サンガー？」

首が熱を帯びはじめ、それが顔にも広がってくるのをティファニーは感じた。彼女とサミールとの関係は、それが友情であっても醜聞だ。その件が持ちだされることは、彼の立場を有利にしない。

事務弁護士は咳払いをした。「ミスター・ラスロップが不当に監獄に入れられたあと、彼は債権証書をボーフォート公爵夫人に売却しました。いかにもですね、判事、いまやボーフォート公爵夫人がサー・ウォルター・アブニーの債権をすべてお持ちなのです。夫人はまた、メイプルダウンの治安官であるミスター・ラスロップを監獄から出し、治安判事としての権限をサー・ウォルター・アブニーから剝奪《はくだつ》するよう求めておられます。わたしたちの州に住まいがなくなれば、その役割を担うことは、もうできないでしょう」

サー・ウォルター・アブニーは立ちあがり、胸を反らした。「抵当は土地に対して設定されているが、家屋にはされていない。わたしの家を取りあげることはできない」

フォークナー判事はまた木槌を打ちつけた。「サー・ウォルター、法廷内で不適切な機会に発言をしたのはこれで三度目です。四度目はありませんよ。座りなさい、さもなければ退廷させます」そう言って判事は土地の抵当証書を取りあげ、念入りに目を通した。「ミスター・サンガー、サー・ウォルターが怒りを爆発させたことは遺憾ですが、彼はたしかに正当な主張をしていますね。家屋は担保にはふくまれていません」

ミスター・サンガーは判事に頭をさげた。「わたしの依頼人はその事実をきちんと認識されています、判事。しかしながら、公爵夫人は家屋が建つ土地の所有者であります。サー・ウォルターがその土地から家屋を移動させたいのであれば、ボーフォート公爵夫人は歓んで、一時間かそこらの猶予をお与えになりますよ」

傍聴人たちの間でいくつものばか笑いが起こり、野次が飛ぶ。

判事の口唇がゆがみ、苦笑いをつくった。「公爵夫人は見事な指摘をされていますね。債務の返済ができない場合、サー・ウォルター・アブニーの土地は没収されなければなりません。そして、家屋が建つ土地がボーフォート公爵夫人の所有であるなら、その家屋も夫人の所有であるというのは合法ですし筋が通ります。サー・ウォルター・アブニー、債務を全額支払うことはできますか？」

彼は頭をゆらゆらと振った。「利息を支払えるだけの金額は集められるかもしれません、判事。ですが、家財は必要です。何世代にもわたって一族が所有してきた財産ですから」

「ミスター・サンガー」判事は事務弁護士に呼びかけた。「あなたの依頼人は利息分の支払いで納得されるでしょうか？」

弁護士は首を横に振る。「いいえ。ボーフォート公爵夫人はサー・ウォルター・アブニーのメイプルハーストの地所に対して抵当権を実行されます。サー・ウォルターが家屋を売却できないことはじゅうぶんに理解されていますが、家具や絵画や銀器、それにほかの家財は、ひょっとしたら譲渡できるのではないでしょうか。とはいえ夫人はサー・ウォルターに対し、まずは地元の商売人たちへの支払いをすることを求められました。管財人がサー・ウォルターの家財すべてを競売にかけたとして、その収益をもってしても債権者たちに全額を返済できないのではと、夫人は懸念しておられます」

ティファニーは目を見開いて状況を見守ることしかできなかった。キャサリンはサー・ウォルターになにも残さないつもりだ。いま身に着けている上等な衣類以外は。

フォークナー判事はゆっくりと息を吐いた。「あなたの、つまり公爵夫人の条件に同意するまえに、サー・ウォルターの債務の総額を知らなければなりません」

ミスター・ギフィンが立ちあがり、頭をさげた。「判事がお許しくだされば、地元の商売人のみなさんを喚《よ》び、未払い分の請求書を提示してもらいたいと思います」

判事はうなずく。

ミスター・ギフィンは一覧を掲げた。「ミスター・ウェスリー、前に来ていただけますか？」

ティファニーは店員の彼が判事のほうに歩いていき、債権証書を机に載せるようすを見つめた。「サー・ウォルターはうちの店の勘定を三年も払ってません、判事さま。請求書の合計は三百六ポンドです」

「ミスター・グローヴ、前に来てください」

ろうそく職人は帽子を持ちあげて判事に挨拶をし、皺くちゃになった書類を彼の前に置いた。「メイプルハーストのだんなのつけは百五十ポンドですね。支払いのない請求書は四年分あります、判事さま」

ミスター・ギフィンはつぎつぎに名前を呼んだ。食料品店主、精肉店主、蹄鉄工、パン職人、製粉業者、織工、革なめし職人、錠前工、ワイン店主。それぞれの未払いの勘定書の合計は七百ポンドちかくにのぼった。

公爵家の財務担当は足を踏みかえた。「判事、これはサー・ウォルターのメイプルダウン

での請求書にすぎません。ロンドンにはさらに支払いをされていない債権者がいますし、彼はそこにも家を所有しています。ボーフォート公爵夫人は、管財人にメイプルハースト・ハウスの物品を競売にかけるよう提案されています。その収益をもってしてもなお、メイプルダウンのみなさんへの債務が残る場合は、夫人はご自身の資産から返済するおつもりです。この地域の統監はボーフォート公爵ですが未成年でいらっしゃるので、夫人ご自身が、保護下にある人びとの暮らしや福利を保障する義務があると考えておいでです」

フォークナー判事は頭をゆっくりとうなずかせる。「すばらしい。たいへんご立派です。サー・ウォルター・アブニー、あなた次第ですよ。不動産と家財のすべてをボーフォート公爵夫人に譲渡するか、債務者監獄に収監されるか。どちらを選択しますか？」

準男爵の顔色は赤から紫に変わっていた。よろよろと立ちあがりながら言う。「債務者監獄へ行くつもりはない」

判事はていねいに請求書をひとつの束にまとめ、債権証書もおなじようにまとめた。「ミスター・サンガー、あなたの依頼人のボーフォート公爵夫人はいま、メイプルハーストの地所の法的な所有者です。適切な証書の記入をしてください。わたしが署名し、証人になります。サー・ウォルター・アブニーはもはや治安判事ではありません。彼が署名したどの令状も、本日より失効します」

事務弁護士は取り入るように、判事に向かって頭をさげた。「判事、あとひとつ。サー・ウォルターには元の住まいにもどることなく、今夜の郵便馬車でまっすぐにロンドンに向か

うよう、要求してもよろしいでしょうか？　切符はすでに購入してあります」

ティファニーは下唇を噛んだ。キャサリンに手抜かりはまったくない。

「だが、衣類や使用人たちはどうすれば？」サー・ウォルターは哀れっぽく訊いた。甘やかされた子どものように。

ミスター・サンガーがキャサリンを見ると、彼女はかすかに首を横に振った。彼は準男爵に向き直って言った。「残念ですが、サー・ウォルター。衣類の勘定も済んでいませんし、使用人への給金の支払いもできていません。あなたの衣類はほかの家財同様に売却され、商売人のみなさんの請求書の支払いに充てられます」

サー・ウォルターはふり向き、ボーフォート公爵夫人を見ながら言う。「わたしの事務弁護士たちから連絡が行くからな！」

トーマスとミスター・ギフィンでサー・ウォルターの左右の腕を取り、彼を制止した。キャサリンは笑みを浮かべただけだった。「かまいませんよ。ですがそんなことになったら、あなたは債務者監獄で長く過ごす準備をなさい」

サー・ウォルターはトーマスとミスター・ギフィンの拘束から逃れ、公爵夫人に近づこうとした。

ミスター・サンガーが咳払いをする。「サー・ウォルターを退廷させてもよろしいでしょうか、判事？」

フォークナー判事は木槌を打ちつけた。「許可します」

ミスター・ギフィンとトーマスはサー・ウォルターを両脇から抱えるようにして、法廷から連れだした。何人かの商売人があとにつづく。サー・ウォルターはサミールとおなじように、監獄に入れられるという屈辱を味わえばいい。ティファニーにはそう願うことしかできなかった。

ミスター・サンガーが鬘の位置を直した。「判事、サー・ウォルター・アブニーはサミール・ラスロップへの正義ではなく、自身の利益のために行動したことが証明されました。よって、サミール・ラスロップをただちに釈放し、彼に対するすべての告訴を取りさげるよう要請します」

この日の午後はじめて、ミドルセックス裁判所の法廷に完全な静寂が訪れた。ピンが落ちる音さえ聞こえそうだ。ティファニーはフォークナー判事をじっと見つめる。サミールを釈放してくれますように、と切に願いながら。

判事は深呼吸をすると、頭を振った。「裁判はあす行なわれます。ラスロップ治安官がたしかに潔白なら、真実が陪審員にそれを証明するでしょう。これで解散します」

ティファニーは机に叩きつけられる木槌の音を聞きながら顔をこわばらせた。いちばん怖れていたことが現実になってしまった。判事はサミールがミスター・バーナード・コラムを殺したという証拠をなにも持っていない。けれど、殺していないという証拠もない。そして法律の考え方では、ひとは潔白を証明されるまでは有罪と見なされる。

サミールが殺していないことを、わたしは証明しなくてはいけない。けれど、そんな証拠

はない。サミールを失望させてしまった。愛する彼が、わたしをいちばん必要としていたときに。

33

キャサリンはティファニーに夕食を食べさせた。彼女に食欲はなかったけれど。食事の席は静かだった――ティファニーとキャサリン、ふたりだけ。トーマスはその夜の郵便馬車にサー・ウォルターを確実に乗せるため、メイプルダウンに残っていた。

「なにか慰めることばをかけてあげられればいいのだけれど」公爵夫人は口許をナプキンで押さえながら言った。「法は公平だとか公正だとか、断言できればいいのに。でも女性として、わたくしたちはふたりとも、そうではないと知っているわ。それに、ちがう人種のひとを愛することや、そのひとたちが肌の色のせいでいっそう厳しい目にさらされると知っていることの苦しさも」

ティファニーはフォークで野菜をつつき回した。「フォークナー判事が評決の最終決定に関わらないことは、せめてもの希望です――彼は量刑を決めるだけですから。メイプルダウンが地元の陪審員たちは、サミールを潔白と見なすかもしれません。彼を殺人者だなんて信じない程度には、彼のことをよく知っているはずですよね？　サミールはずっと模範的な治安官でしたし、去年、トーマスのことも見事に守り抜きました」

キャサリンは自分の皿に視線を落とし、なにも答えない。その沈黙がじゅうぶん答えになっている。サミールは町の一部だけれど、そうでもない、と。書店主として、彼は町のほとんどの男性よりも高い教育を受けた。紳士ではないけれど、農場主や肉体労働者とおなじ階級ではない。町の人びとはサミールを知っているかもしれないけれど、それはサミール自身を知っていることにはならない。

夕食のあと、ティファニーはキャサリンについて育児室に行った。

ドアの前で立ち止まり、公爵夫人が言う。「残念だけれど、フォークナー判事は裁判のまえに、ミスター・ラスロップに対する〝証拠の記録〟をミスター・サンガーとミスター・ギフィンに見せることを拒否したわ。ミスター・サンガーにはラスロップの弁護をする用意があるけれど、サー・ウォルター・アブニーがなにを記録したか、彼には推測することしかできない。わたくしたちは、バーナード・コラムの父親が証人として召喚されると考えているの。彼が告訴を取りさげたとしても、以前の証言が記録されていれば、依然として効力があるのよ」

「なにをおっしゃっているのですか、キャサリン？」

公爵夫人は片手をティファニーの腕に置く。「最良の結果を期待するべきだけれど、最悪の場合の心構えもしておきなさい」

ティファニーが育児室のドアを開け、ボーのはしゃぐ声が耳に飛びこんできた。気持ちを落ち着けるのに、もう少し時間が必要だと思った。心も身体も、最悪の場合に備えるつもり

はない。そんなことより、ほんとうの殺人者を見つけるしかない……あすの午前の裁判のまえに。

そんな任務は果たせそうにないけれど。

気持ちが落ち着いたところで育児室にはいり、ティファニーはおどろいた。先に部屋にはいっていたキャサリンが、ボーを膝に乗せナットを腕に抱き、床に座っている。そのようすはとてもかわいらしく、ティファニーは息をのんだ。この――この光景のためにわたしは闘っている、と思った。サミールとの家族。トーマスやキャサリンやボーという、大好きな友人たち。世界の中で、わたしがいるべき場所。

「ぼくひとりで赤ちゃんを抱っこしてるよ!」ボーが大きな声で言った。

ボーの腕の中でナットは頭を動かして鼻に皺を寄せ、ぐずりはじめた。

「しーっ、赤ちゃん」幼いボーが言う。「ぼくは公爵だよ」

ティファニーはにっこり笑った。「ナットは小さすぎて、公爵が何なのかまだ理解できませんよ、キャプテン・ボー。でもそのうち、わかるようになります」

以前ティファニーは、自分の子どもたちとボーフォート公爵との間には、計測できないほどの距離があるだろうと考えていた。けれど、いまはそうは思わない。子どもには、おとなよりもずっと大きな自由が与えられている。階級がちがっても友人になれる。成長するまでは。

ナットはぐずりつづける。

ボーがつむじを曲げた。「赤ちゃんを返してあげる、ミス・ウッダール。この赤ちゃん、泣くか、お乳を飲むか、うんちをするかしかしないんだもの。それとね、お母さまがまた、ぼくとジャック・ストローをすると約束してくれたの」

キャサリンがくすくすと笑った。ティファニーは必死に笑いを堪えようと、上下の口唇を一本の線のように引き結んだ。

「紳士はけっして、排泄物について口にしませんよ」ミス・ドラモンドが部屋の隅から声をかけた。陽気な育児室の中で、家庭教師は厳粛な存在だ。

「〝はいせつぶつ〟ってなに?」ボーが訊く。

ミス・ドラモンドは細い両眉をあげた。「身体機能によって体外に排出された、不要な物質のことです」

幼い公爵は頭を振った。「でも、ぼくは機能のことなんて言っていないよ。泣くか、お乳を飲むか、うんちをする、とだけ言ったの」

ティファニーはうつむいた。もう笑いを止めておけない。

「ペレグリン坊ちゃん、紳士は〝うんち〟とは言わないのです」

「だったら、それのことはいったい何て言うの、ミス・ドラモンド?」

ようやく表情の調整ができるようになり、ティファニーは膝をついて、ぐずるナットを幼い少年から受けとった。腕の中でやさしく揺すると、赤ん坊は泣き止んだ。

「どうしてうんちと言うのがだめなのか、ぼくにはわからない」ナットが蒸し返し、公爵夫

人の膝をおりた。「だって、みんなうんちをするのに。馬はしょっちゅうしてるよ。だれかがいるところでも。犬だって、おんなじ」

笑いを抑えきれず、ティファニーはナットを抱いて育児室を出た。ボーが知っている、うんちをする生き物をひとつ残らず挙げないうちに。

それに、ティファニーには考える時間が必要だった。バーナード・コラムの死に関して、なにか重要な点を見落としているはず。サミールの生死を分けかねない、なにか。ナットを自分のゲストルームに連れていき、揺り椅子に腰をおろした。椅子を前後に揺らしているうちに小さな睫毛《まつげ》がぱたぱたと動き、ナットは眠りに落ちた。

赤ん坊が眠ると、ティファニーはバーナードが殺された夜についてわかっていることをおさらいした。

バーナードは、ティファニーに気があることをイーヴィに話すと言ってサミールを脅した。サミールは脅されても金銭を渡すことを拒んだ。バーナードの父親はこのやり取りを聞いていた。彼は息子に三ペニーを渡した。そのお金はあとで、死体となったバーナードのポケットから見つかった。

それから、なにかと口のうまいバーナードはむりやりミス・カーロに迫った。ミス・カーロは彼の顔をひっかいた。彼はブラック・コールドロン・パブでミスター・ハドフィールドと悶着を起こし、夜の九時半を過ぎたころ、ミスター・デイによってパブから叩きだされた。カーロの父親のミスター・アンスティは、性的暴行を受けた娘を守らなかった。いまでも擁

護しようとしない。

ミスター・ハドフィールドとやりあったあと、バーナードはディーの集落《ハムレット》に行き、実の親であるミセス・フォードに金銭を要求した。断られると、彼女の首を絞めようとした。ミセス・フォードは彼の親指を噛み、姉であるイーヴィに家から追いだされ、玄関を閉められた。ディーまで歩いていくのに、少なくとも三十分はかかったとティファニーは考える。ミセス・フォードはなにも言っていなかったけれど、バーナードは脅しを実行したにちがいない。彼はイーヴィに話したのだ。法律上の夫は独身の図書係を好いている、と。そのやりとりは、それほど長くつづかなかったはず。さまざまな証言を聞くかぎり、彼は酔っ払って荒れていたのだから。

バーナードがディーを離れたのは、夜の十時から十時半の間だっただろう。彼がフォード執事に会ったという証言はない。執事は十一時ちかくに家に帰っている。いつもより二時間遅い。

バーナードは父親の農場にはもどっていない。ミスター・ハドフィールドは暗い中、雨が降りはじめるまで彼の帰りを待った。バーナードがアストウェル・パレスに向かったということはないだろう。その時間には、お屋敷の扉や窓はすべて施錠されていたはず。フォード執事が妻の子どもたちをどう思っていようと、執事としてはひじょうに敏腕だから。バーナードはお屋敷には立ち寄らなかったと、ティファニーは確信する。けれど村に向かう途中で、父親の農場のそばも通っていない。ということは、教会のそばの近道を行ったということだ。

だから、ミスター・ハドフィールドと鉢合わせすることはなかった。

アン女王のレースを持ってどこへ行き、だれのために使ったにしろ、バーナードは殺されてティファニーのコテッジまで運ばれた。

どうしてブリストル・コテッジだったの？

ゆらゆらと頭を振り、ティファニーははじめたところにもどった。そのひととは、あるいはそのひとたちは、どうしてわたしのところに死体を運んだの？

アン女王のレースは妊娠を防ぐためのものだ。バーナードのいかがわしい性格と、時間が夜だったことからすると、彼はだれかと性的な関係を結んだと考えるのが、いちばんしっくりくる。

そのだれかは、カーロ・アンスティではない。

アストウェル・パレスのどのメイドも、彼を迎え入れることはなかっただろう。そんなことをしたら、職を失ってしまうのだから。

デイ家の娘のひとりということはある？　娘は三人ともかわいらしくて若いし、バーナードはとびきりかわいらしい娘を標的にしていたようだ。ティファニーは頭を振った。とんでもない決めつけだわ、と思う。彼女たちが胸元の大きくひらいたドレスを着てパブで仕事をしているからといって、倫理観も失っていると考えるなんて。

でも、少なくともミス・ジェシカ・デイは、サミールのためにバスケットを持ってきてくれた。母親から言いつかってきたと話していたけれど、もし、そうではなかったら？　自分

の良心を宥めようとしていたのだとしたら？　彼女の首のうしろの痣はバーナード・コラムが殴ったからで、それで彼女の父親がバーナードを殺したのだとしたら？　ミスター・デイは自前の馬車を持っている。トーマスとティファニーがミスター・ハドフィールドに会いにいくときに、その馬車を貸してくれた。ミスター・デイの身体はがっしりしていて、死体を馬車に乗せたり馬車からおろしたりすることは、苦もなくできそうだ。

いまティファニーに必要なのは、デイ一家がバーナードの死に関係しているという証拠だけれど、どうすればそれを手に入れられるのか、なにも思いつかない。

34

夜のあいだのナットの世話はミセス・エイブルに任せ、ティファニーは自分の部屋にもどった。赤ん坊がお腹をすかせるたび、ふたりとも目を覚ます必要はない。それに、ティファニーには時間がなかった。サミールの潔白を証明する証拠を見つけるのに、十二時間もないのだ。

メアリがドアをノックして部屋にはいってきて、ティファニーの着替えを手伝った。

「マティルダの調子はどう?」

メアリはティファニーのドレスの背中のボタンを外しはじめた。「とびきり上等の雌牛ですよ、ミス・ティファニー。それに美人さんです。ムッシュー・ボンは、あの子の牛乳はおっぱいから直接、クリームが出てくるようなものだと言っています」

ティファニーは口唇をぎゅっとすぼめた。礼儀正しい会話の中で〝おっぱい〟ということばを使うのは、〝うんち〟以上に適切ではないとメアリに教えるのは、いまでなくてもいい。メアリはブリストル・コテッジにひとりきりで過ごしていてさびしいのだ、とサミールが言っていたことが思いだされる。

「お屋敷に泊まることは楽しい？」

メアリは肩をすくめた。「姉に会えるのはうれしいです。でも、自分の部屋が恋しいです。ここではいっしょのベッドで寝ていますけど、姉はとんでもないいびきをかくんです」

「では、ブリストル・コテッジにひとりきりでいてもかまわない？」

「ニワトリの世話は好きですし、いまはマティルダもいます。でも、昼間にやることはそんなに多くありません、ミス・ティファニー」メアリは認めた。「わたしは悪い娘じゃありませんけど、パブにはしょっちゅう行きますよ。だれかしら話し相手になってくれますから。それに、ジェシカは親友ですし」

ボタンが外されたドレスを押さえて、ティファニーはふり返った。「デイ家の末の娘さんよね？」

「はい。わたしとおなじ十五歳です。彼女がマティルダのことを教えてくれました」

なんて若いの。

バーナード・コラムより少なくとも十歳は若い。そう思ってティファニーの胃がよじれたけれど、男女の関係で男性のほうが女性よりも歳上だということは珍しくはない。金銭が絡めば、その差がずっと大きくなることさえある。

ミス・ジェシカ・デイは、そのふくよかな体形のせいでメアリよりずいぶん歳上に見える。メアリはまだまだ、肘と膝小僧が目立つばかりの痩せっぽちだ。あけすけで疑うことを知らない。とても無邪気だ。ティファニーは彼女にひと仕事してもらうことにした。

「デイ家におじゃましたことはある？」

「いちどだけあります、ミス・ウッダール。はい、ボタンはぜんぶ外れました。ジェシカの家ですけど、ブラック・コールドロン・パブから道を少し行ったところですよ」

メアリはティファニーの背後に回り、ドレスを引きおろした。

「まだドレスを脱ぐときではないわ、メアリ」

メアリが手を放す。「もう夜の九時を過ぎていますよ、ミス・ティファニー」

ティファニーは片方の袖をぐいと引っぱりあげ、もう片方もおなじようにした。フォード執事は正しかった。愛するひとを救うために、とんでもないことをしなければならないときがある。「ボタンを留めてちょうだい、メアリ。いっしょにデイ家に押し入るわよ」

メアリは目をぱちぱちさせた。「頭がおかしくなりましたか？」

「さあ、どうかしら」ティファニーは言い、大きく深呼吸をした。「デイ家の全員がパブに出るのでしょう？　わたしたちがいたことは、だれにも知られはしないわ」

「でも、どうしてですか、ミス・ティファニー？　まったく訳がわかりません」

ため息をつき、ティファニーは肩を落とす。この子は思ったほど従順ではない。「メアリ、ミス・ジェシカがあなたの友人だということはわかっているけれど、バーナード・コラムが死んだ日に彼になにがあったのか、彼女は話した以上のことを知っていると、わたしは思っているの」

メアリは頭を前後に揺すった。「ジェシカはあのひとが死んだこととは何の関係もありま

せん、ミス・ティファニー。誓います。バーナードはジェシカのいいひとだったんです。ジェシカのために、野に咲く花を持ってきていました。そうするところを見たことがあります。パブに昼間からいることもしょっちゅうでした、ほかのみんなが仕事をしているときに。ジェシカをからかったり、ふたりでいちゃついたりしていました」

「彼女、キスは許していた？」ティファニーは勢いこんで訊いた。

暖炉の炎が放つ光の中で、メアリの頬がピンク色になるのがわかった。「ブラック・コールドロンではしていませんでした、ミス・ティファニー。ミセス・デイがぜったいにさせなかったはずです。でも、ふたりで待ち合わせて散歩に行くとか、そういうことはしていました。ジェシカはキスを許したけど、最初は好きじゃなかったと言っていましたね。べとべとするから、と。でも、だんだん好きになってきたみたいです。なにがちがうのかわかりませんけど、ミス・ティファニー。わたしはキスをしたことがありませんから」

「バーナードはジェシカに、キス以上のこともしたかしら？」

「キス以上になにがあるんですか？」

ティファニーはメアリの無邪気さをありがたく思うしかない。それでも、彼女には自分やほかの女性をどう守るか、理解してもらう必要はある。

「あと二週間もしたらブリストル・コテッジにもどるから、そのときに話してあげる。でも、とにかく今夜は時間がないの。マントを着てブーツを履かないと。馬車を用意してもらえるか、トーマスに確認してくる。このところの出来事を考えると、夜に付き添いなしで出歩く

のはいやだもの」

メアリはあいかわらず戸惑っているようだ。「なにも盗ったりしませんよね？」

ティファニーは頭をぶんぶんと振った。「なにひとつ、持ちだしたりしません。わたしたちが捜すのは、そこでバーナードが殺されたという証拠よ」

「どんな証拠です？」

「血痕よ」

肩を摑んで押しながら、ティファニーはメアリを使用人用宿舎まで連れていった。そこにはほとんど人気《ひとけ》がなく、フォード執事がいるだけだった。帽子とコートを身に着け、お屋敷を出るところらしい。

執事は帽子を取った。「なにか困ったことでもありましたか、ミス・ウッダール？」

ティファニーは息をのんだ。「お帰りになるところだと思いますが、ミスター・モンターギュに用があると伝えていただけませんか？　わたしが彼の部屋に行くことは、ひじょうに不適切だと思いますので。それに、どこかもわかりませんし」

執事は目でティファニーの顔を探り、それから答えた。「かしこまりました」

フォード執事は脚を引きずるようにして、また廊下に向かった。そのあいだにティファニーとメアリはマントを羽織り、ブーツを履いた。ティファニーが使用人用玄関の扉を開ける。冷たい風に顔をさっとなでられ、肌に雨粒を感じた。扉を閉め、ふたたび錠をかける。雨。雨は今夜、いちばん必要ないのに。

数分してから、フォード執事とトーマスが現れた。友人の服は少しだけ乱れている。脱いだものをもういちど、慌てて着たとでもいうように。執事のほうは、家に帰るところでもなお、身なりは整っている。皺の一本も、見てわかる染みのひとつもない。

「お手間を取ってくださり、ほんとうにありがとうございます、ミスター・フォード」ティファニーは頭をさげてお礼を言った。「心苦しいのですが、もうひとつ頼み事を聞いてください。あなたと奥さま、おふたりであすのミスター・ラスロップの裁判に来ていただけないでしょうか？」

執事は鼻を鳴らした。背すじは一枚の板よりもまっすぐだ。「妻はバーナード・コラムの死とは何の関係もありません」

「ミスター・ラスロップもです。わたしは、あなたのこともあなたの奥さまのことも非難するつもりはありません。おふたりは、バーナードの暴力的な気性や、彼からつぎつぎにお金を無心されたことの犠牲者というだけなのですから。でも、そうする必要ができたときは、あの夜になにがあったか、あなたと奥さまからフォークナー判事に話してほしいのです。できればイーヴィのことも」

「頼み事が過ぎますよ、ミス・ウッダール」

ティファニーは自分の背すじもぴんと伸ばし、顎をあげた。「愛する男性を救わなくてはならないのですから、わたしはあらゆる頼み事をします」

フォード執事は帽子のつばに触れた。「考えさせてください」

「職を失うことを怖れる必要はありませんよ、ミスター・フォード」トーマスが言う。「母もわたしも、裁判に行くつもりです」

執事は素っ気なくうなずき、お屋敷を出ていった。外に出た彼が使用人用玄関の扉を閉めるときに回した鍵の音が、ティファニーにも聞こえた。

踵でくるりとふり向き、ティファニーはトーマスと向きあった。彼の目は真っ赤で、疲れているように見える。「ベッドから引きずりだしたみたいで、ごめんなさい。でも、だれがバーナード・コラムを殺したのか、わかった気がするの」

トーマスがティファニーの腕に触れる。「だれです？」

「ミスター・デイよ。バーナードはミス・ジェシカ・デイとおつきあいしていたと、メアリが話してくれたの。それで思ったのだけれど、彼は……結ぼうとしたのではないかしら……ミス・デイと、ごく親密な関係を。ミス・デイは彼を追い払おうとして、そのせいで顔や首元に痣ができたのだと思うわ。わたしの考えでは、ミス・デイが怒りのあまり、バーナードの後頭部を殴った。とはいえ、殺すつもりはなかった。どのみち死んでしまったけれど。ミスター・デイは死体を二輪馬車に積んで運び、わたしのコテッジの前に落とした。ミスター・ハドフィールドが言っていたの、あの夜、道を馬車が走る音を聞いたと」

トーマスはため息をつき、ティファニーの腕から手を放した。「あなたの仮説は、ほとんどが推測に基づいていています」

「わかっている。でもね、わたしたちには時間がないし、ほかに可能性がありそうなひとは

だれも思いつけないの」ティファニーは言った。声が高ぶっている。「それに、デイ一家はほかのだれよりも、サミールに差し入れのバスケットを持ってきていた。ひとつのバスケットなら、それは支援と友情の証よ。けれどあのひとたちは毎日、差し入れていた。そうさせていたのは罪悪感だと思う。彼が潔白だと知っているから」

トーマスは深く息を吸い、頭をゆらゆらとさせた。「あなたの計画は?」

「雨が降っているし暗いから、馬車を用意してほしいの」ティファニーが答える。「ブラック・コールドロン・パブに着いたら、あなたは中にはいってなにか飲みものを注文する。デイ家の五人がそこにいることを確認してから、外で待つわたしとメアリに教えてちょうだい。デイ家の住まいにおじゃまするときに、だれのこともおどろかせたくないから」

「押し入るんですよね、ミス・ティファニー」メアリがことばを挟む。「招待されていないですから」

ティファニーは肩をすくめた。「デイ家の住まいに押し入るときに、よ」

トーマスはきつい巻き毛に指を走らせた。「馬丁と御者を起こしてきます。ここにいてください」

「ええ」

使用人用宿舎の扉がひらき、トーマスに付き添われて馬車に乗りこむまでに一時間はかかったように、ティファニーには感じられた。けれど、おそらく十五分もたっていない。いま、雨脚は強くなっていた。馬車の中からだと雨音は大きく聞こえる。雨が馬車の前後左右と屋

根に打ちつけるからだ。壁や窓に守られていない御者を思って申し訳ない気持ちになる。ここまで切羽詰まった状況でなければ、馬車を出してもらいはしなかった。

馬車が速度を落とし、パブの前に着いたとティファニーは思った。外は暗く、周囲が見えない。傍らの建物から洩れるわずかな灯りは、雨のせいでかすんでいた。

トーマスが馬車からおりた。「何分もかからないと思います」

彼は馬車のドアを閉めたけれど、すでに帽子とマントは濡れていた。雨はこれまで以上に強く降っている。

メアリが座席でぶるぶると震え、ティファニーのほうに身体を寄せた。「わたしたちは正しいことをしているんですよね、ミス・ティファニー？」

そうだと自分でもわかっていたかった、とティファニーは思った。この危険な賭けがまるまる、無駄骨に終わることもあり得る。わたしの推測はもっぱら、デイ一家があまりにも親切で気前がよかったという事実に基づいている。善良なことを怪しむなんてひどいけれど、ほかの手がかりはすべて、とうに出尽くしているもの。

トーマスが馬車のドアを開け、ティファニーもメアリも飛びあがらんばかりにおどろいた。彼は馬車に乗りこみ、ドアを閉めた。帽子からしたたる水滴がマントを濡らす。「外は土砂降りです。御者にはパブにはいってなにか飲み、身体を乾かすようにと言っておきました。おふたりがデイ家におじゃまするのに、少なくとも三十分は時間があるでしょう。デイ夫妻と娘三人とも、バーにいます。パブの中は、裁判の話をする地元のひとたちであふれかえっ

ていますよ」

「どんなようすだった？　みんな、サミールは有罪だと思っているかしら、それとも潔白だと？」

トーマスは帽子を脱いだ。水滴がさらに流れおちた。「娯楽とショーを求めて集まっているのでしょうね」

「絞首刑ね」ティファニーは乾いた口調で言った。

トーマスは身体をぶるっと震わせてうなずいた。「裕福な商売人の多くは、わたしに挨拶してくれました。サー・ウォルター・アブニーの借金を返済すると言ったことで、母は人気者になったようです。母がサミールを支援していることが、彼の汚名をそそぐための力になればいいのですが」

「もういちど中にはいって、わたしとメアリが事を終えるまで、デイ一家がパブを離れないようにしておいてちょうだい。なにか見つかるかを確認して、三十分以内には馬車にもどります」

トーマスは濡れた帽子をまた頭に載せると馬車のドアを開け、メアリとティファニーに手を貸して馬車からおろした。「幸運を」

ティファニーはうなずいた。ティファニーとメアリにはそれが必要だ。

35

ティファニーはメアリのあとをついてパブの裏手の小径を歩き、通りを渡った。柵や壁にぶつからないよう、両手を伸ばして歩く。雨の降り方は激しく、かろうじて五、六十センチ先までが見えるくらいだ。

びしょ濡れで冷たくなったティファニーの手を摑んでメアリが言った。「ここです、ミス・ティファニー」

真っ黒にしか見えない石造りの二階建ての建物の前で、ふたりは足を止めた。ティファニーがメアリを玄関のほうへぐいと引っぱる。ノブを回してみたけれど、施錠されていた。されているだろうと思っていた。メアリを連れて建物を回り、裏の勝手口に向かう。そこも施錠されている。

中にはいるにはどうしたらいい？　二階の窓がひとつ、わずかにひらいている。あと少し背が高ければ……ティファニーはそう思ったけれど、メアリを持ちあげることはできるかもしれない。メアリではティファニーの体重を支えられないだろう。

顔から雨粒を払いおとし、ティファニーはメアリに訊いた。「窓から中にはいってくれ

る？」

「はい」

ティファニーが両手を組み合わせ、メアリは泥だらけのブーツをその上に載せた。持てるかぎりの力を振りしぼって、ティファニーはメアリを持ちあげる。メアリの手が窓枠を捉え、重さはいくらか減った。ティファニーが見守る中、メアリは窓を引っぱって開けたけれど、中にはいるには身長が足りない。

石の壁に身体を押しつけ、ティファニーは言った。「わたしの肩に乗って」

雨音に消されてメアリがなんと答えたのかは聞こえなかったけれど、片方の肩に足が置かれたのがわかった。それから、もう片方にも。

ティファニーは建物を押すようにして身体を支えなければならなかった。メアリに肩を蹴られ、見上げると彼女の脚が雨の中でぶらぶらしていた。上半身が建物の中にはいり、下半身は外にある。足をばたつかせ、くねくねと動かすうちに、全身が窓をするりと抜けた。ゴンという音やドスンという音が聞こえ、メアリがけがをしていませんように、デイ家の家財がなにも壊れていませんように、とティファニーは祈った。一家が潔白なら、なおさら。ティファニーが石の壁に頭をもたせかけて息を整えていると、メアリが勝手口のドアを開けた。ティファニーは泥や雨粒を落としながら、きちんと整頓された台所にはいった。デイ一家に知られたくないけれど、これではだれかが押し入ったことは一目瞭然だろう。それでもティファニーは、びしょ濡れのマントと泥だらけのブーツを脱いだ。

そのあいだにメアリはろうそくを見つけ、火を灯していた。「ミス・ジェシカの部屋はこっちです、ミス・ティファニー」

ティファニーはメアリにつづき、細い階段をのぼった。のぼった先は狭い廊下で、メアリは右側のいちばん手前のドアを開けた。ろうそくを掲げ、部屋の中を照らす。そこは鋭角に傾斜した屋根の下につくられた、小さなベッドを一台置いただけでいっぱいになる、とても狭い部屋だった。中にはいるのに、ティファニーは首をすくめなければならなかった。彼女の身長はバーナードより低い。彼ほどの体格の男性がはいったら、あまり余裕がなさそうだ。メアリにろうそくを持ってもらい、ティファニーは屈んでベッドの下を探った。埃と、木製の箱がひとつあるきりだった。その箱を移動させて確認したけれど、やはりなにもない。

部屋の中は寒い。暖炉がない。暖を取る手段はなにもなかった。

「言ったと思いますけど」メアリが口をひらく。「ジェシカはなにも関係ありません」

ティファニーは呼吸を整えた。「二階の部屋を見てみましょう」

メアリがドアの前に立ち塞がる。「でも、ジェシカの部屋を見るだけだと言いましたよね。外国人のために、ジェシカの家族の持ちものを見てまわるなんてできません」

ティファニーはひるんだ。「ミスター・ラスロップの国籍がなにか問題なの？」

若いメアリの目がティファニーの顔からろうそくへ、それから床へと移る。「ミス・ティファニー、あのひとの肌は色が濃いから、町のみんなは信頼できないでいます。あのひとは外国人ですし、外国人はよくないと、みんな知っています。奥さんが出ていったのもとうぜ

んです。あのひとは死んだほうが、みんなにとってはいいんです」

生々しい怒りが血管を通じて広がり、ティファニーの心臓に達した。その心臓は、いつもの二倍の速さで打ちつけている。先入観。まったくの、醜い先入観。ひとりの男性の肌の色が濃いという、取るに足らない事柄のせいで。メアリも、メイプルダウンの住人たちも、ほかに証拠がなくてもサミールに罪を着せるつもりだったのだ。ティファニーは歯を食いしばり、なにか容赦ないことをメアリに言ってしまわないよう、自分を抑えた。無知な親のもとで育てられたのは彼女の過ちではない。メアリがこんな考え方をしていることを、ティファニーは知らなかった。でなければ、自身の気持ちを説明しようとしただろう。メアリにはアルファベットや、基本的な単語を教えた。でも、基本的な思いやりは教えられていなかった。

もういちど呼吸を整え、ティファニーは言った。「メアリ、ろうそくを渡して」

メアリは頭をぶんぶんと振った。「あなたをどこへも行かせませんよ」

メアリはなにかを知っている。バーズリーからブランブル農場まで、サミールは潔白だという証拠をティファニーが探し求めていたあいだもずっと、知っていたのかもしれない。そして彼女は、なにも話してくれなかった。

「あなたがそのろうそくを渡そうと渡すまいと、メアリ、わたしはこの家を隅から隅まで調べるつもりよ。でもね、わたしの家にずっといたいなら、そのろうそくを渡しなさい」

メアリは目を大きく見開いた。これまでになく幼く見える。「わたしを追いだそうというんですか、ミス・ティファニー？」

「ええ。そうするかも。わたしはあなたが好きよ。ドレスを着せ、勉強を教え、守ってきた。でも、あなたが殺人者を庇《かば》い、罪のない男性を死に追いやるというなら、あなたを家に置いておくことはできない」

涙がひと粒、メアリの頬を流れおちた。「友人はおたがいに庇いあいます。なにがあっても」

「サミール・ラスロップはわたしの友人で、なにがあってもわたしは彼を守るわ」ティファニーは言い、メアリにぐっと詰め寄った。ふたりの濡れたストッキングのつま先とつま先が触れる。「これが最後の忠告よ、メアリ。わたしはあなたより身体も大きいし力もある。じゃまさせはしない」

メアリは廊下へと後退ったけれど、ティファニーにろうそくは渡さなかった。歯を食いしばり、ティファニーは階段で下階《した》におりると、ほとんど芯がなくなっている小さなろうそくを見つけて火を灯した。家中を探るのに、たいして保たないだろう。

ティファニーは二階にもどり、ろうそくを握りしめるメアリに目をやった。涙がぼろぼろと頬を流れている。ティファニーはその横を通って、つぎの部屋に向かった。先ほどのジェシカの部屋の三倍は広い。小ぶりな暖炉に向かって、部屋の真ん中に大きなベッドが置かれている。ここはデイ夫妻の部屋だろう。ティファニーはろうそくを持ったまま膝をつき、木の床になにかの痕跡がないかを調べた。焼け焦げがいくつかあったけれど、ここで犯罪が行なわれたと信じられそうなものはなにもなかった。衣装戸棚や箪笥を引っかきまわし、ミス

ター・デイがバーナード・コラムを殺すのに使ったかもしれないなにかを、何でもいいから捜した。でなければ、明るい黄色のドレスを。でも、リネン類があるだけだ。暖炉の中を手探りすると、冷えていた。前の晩も今朝も、火は焚かれていないようだ。

　ティファニーは立ちあがり、最後のひと部屋に向かった。中央の部屋とおなじように、ここにもふたりか三人は横になれそうな大きなベッドがあった。ただ、部屋の真ん中にではなく、片隅にぞんざいに押しやられている。これでは暖炉の火が近すぎて、危なく思える。自分がベッドを脇に移動させるなら、反対側の壁に向かって押しただろう。もう一方の壁には、この部屋のたったひとつきりの窓と、石でできた煙突があるので、そちらには動かせない。暖炉の中に置かれた石は、家の外に転がっている石と変わらないように見える。

　サイドテーブルにろうそくを置き、床のすり切れた敷物をめくった。衣装箪笥と、ベッドの端に設えられた収納箱もくまなく調べた。凶器として使われたと思われるものも、バーナードがここで最期を迎えたことを示す証拠も、なにも見つからない。ろうそくを持ちあげ、ほかのふたつの収納箱を調べようとしたときだった。暖炉の中の石のひとつに、小さな赤い染みがあることに気づいた。石の端はかなり鋭く尖っている。この部屋にはいったときには、石のこちら側は見ることができなかった。ろうそくを近づけ、小さな染みはあと三つあることがわかった。血が跳んだ痕に見える。

　バーナード・コラムはこの部屋で死んだ。ティファニーは確信した。いまにも消えそうなろうそくをサイドテーブルに置き、ベッドの枠を引っぱった。もういちど、ぐいと引っぱり、

さらに強く引っぱった。ベッドが壁からじゅうぶんに離れ、彼女はその隙間にはいった。背中を枠に預け、足で壁を押し、ベッドを部屋の真ん中に移動させる。ベッドがあったところには、べつのすり切れた敷物が敷かれていた。ゆっくりめくると、ごまかしきれない大きな染みが現れた。床のほかの部分の木板よりも色が濃い。染みは暖炉まで達している。ベッドがあそこまで暖炉の近くに置かれていたのは、このためだったのだ。

「それは見てほしくなかったな、ミス・ウッダール」

ティファニーが敷物から手を放してふり返ると、掲げたろうそくにぼんやりと照らされ、ミスター・デイと思われる人影がドア枠をすっかり塞いでいた。

ティファニーはよろよろと立ちあがった。膝はがくがくと震えている。「バーナードはあなたの娘を傷つけたのですか？　それで彼を殺したのですか？」

ミスター・デイが部屋にはいってきた。ティファニーのそばまで来て、その前に立ちはだかる。「あいつは若い娘たちを喰いものにしていた。とうぜんの報いを受けただけだ。おれでなければ、ほかのだれかがやっただろうよ」

ティファニーは息をのんだ。「バーナードはレイプ魔です。そんな男にふさわしい最期を迎えたという点には同意します。でも、どうしてその死体をわたしの家まで運んだのですか？　わたしのコテッジまで？　わたしがあなたに、なにかしました？」

がっしりした体格の男が拳をぎゅっと握り、ティファニーは殴られるのではと怖くなった。

「死体はあいつの父親の農場に持っていくつもりだった。だが、道にだれかいたんだ。だか

らべつの道を行き、あいつを押しだした。あんたのコテッジの近くだなんて、気づいちゃいなかったよ」

ティファニーはうなずいた。ミスター・デイが馬車から見たというのは、ミスター・ハドフィールドにちがいない。バーナード・コラムの死の真相が解明されつつある。

「あなたはバーナードの死体を自分の家から離れたところに捨て、だれかが見つけるのを待ったのですね。死体を捨てた場所が意図したものでなかったら、ミスター・ラスロップが殺人の罪で逮捕されたときに、なにかがおかしいと気づいたはずです。自分の代わりに、彼に絞首刑になってもらうつもりだったのですか？」

ミスター・デイがさらにティファニーに近づいた。彼の息や着ているものからはホップのにおいがする。「そんなことはいちどだって言っていない。サムにはあんたがついてる。しかも、公爵夫人のお気に入りだ。夫人にはロンドンに立派な弁護士もいる。彼が有罪になるなんて心配する必要はないんだよ」

「あすの裁判に来て、ほんとうのことを話してくれますよね？」

「いいや、ミス・ウッダール。それに、あんたも行かないよ。他人の事情には首を突っこまなければよかったんだ」

ティファニーは両腕を自分の身体に回した。「なにをするつもり？」

「なにもしやしないさ。おれは悪いやつじゃない。おれは父親で、家族を守ってるんだよ。裁判が終わるまで、あんたにはこの部屋にいてもらう」

ミスター・デイの胴回りはわたしの二倍はあるにちがいない、とティファニーは思う。彼に力で勝つことはできないわ。メアリがわたしを負かすことができないように。

メアリ。

「わたしを閉じこめても意味がありませんよ、サー。わたしのメイドがミスター・モンターギュにわたしの居場所を伝えて、彼が助けに来てくれるから。あなたはさらに罪を重ねているだけです」

ミスター・デイはドア枠のところまでもどった。「たわ言を言っていればいい。おれはメアリ・ジョーンズを知っている。おれをここに連れてきたのは彼女だ。ミスター・モンターギュには、あんたはコテッジにもどることにしたと話してたよ。あすの朝まで、だれもあんたを捜しには来ない」

ミスター・デイはドアを閉めて錠をかけた。

36

ティファニーは身体を震わせた。濡れたドレスが腕や脚に張りつく。どうしよう？　どうすればサミールを救える？　部屋の小さな窓越しに、丸石が敷かれた路地が見える。地上まで少なくとも三メートルはありそうだ。飛びおりることができたとしても、大けがをしないではいられないだろう。

両腕をさすり、産毛が逆立っているのがわかる。いまのところできるいちばんのことは、濡れた衣類を取り去ることだ。ストッキングを脱ぎながら、メアリのことを考える。姉のエミリーのように、彼女も上品なレディーズ・メイドになりたがっていた。自分がメアリに献身的なように、彼女も自分に献身的だとティファニーは思っていた。あきらかに、そうではなかったのだけれど。

ティファニーはドレスとペチコートとシュミーズも脱いだ。衣装箪笥を開け、清潔で乾いた寝間着を探しあてると頭からかぶって着た。どうにか膝まで届く程度の丈しかない――ティファニーはそれほど、デイ家の三姉妹よりも背が高い。ぐっしょり濡れた衣類を拾い、腕も脚も鳥肌が立っているのを感じた。身体は乾いた寝間着以上のものを必要としている。火

だ。

膝をつき、暖炉の中にわずかな焚付けと一本の薪を見つけた。ひと晩にこれだけでは足りないだろうけれど、暖まるきっかけにはなる。ところが、火をおこそうとベッドサイド・テーブルのろうそくを手にした拍子に、足を二枚目の敷物に引っかけてしまった。ティファニーは思いきり床に倒れたものの、暖炉の横から突きでていた鋭い石に、かろうじて顔を打ちつけずにすんだ。落としたろうそくを摑み、熱い蠟で炎が消えてしまわないうちに、手で囲って火をふたたび大きくする。ろうそくの最後の炎を慎重に手に持ち、暖炉の焚付けの中に置いた。

焚付けの木片はすぐに燃えあがり、ティファニーは火の暖かさを感じることができた。オレンジ色の炎は、一本きりの薪が火を捉えると、少しだけ小さくなった。燃えはじめたときより明るさも勢いも弱まったけれど、これなら夜通し、安定して燃えつづけてくれるだろう。熱に向けて両手を伸ばす。雨と寒さのせいで、指に皺ができている。じっさいの年齢の二倍も歳を取った女性のようだ。それでも、尖った石のほうへ両手を動かさずにはいられなかった。石はそれほど鋭くない。けれど、バーナードが後頭部から倒れたのだとしたら。ティファニーのように敷物につまずいて頭を打ちつけたのだとしたら、倒れたときの勢いで命を落としたとも考えられる。彼女は古びた敷物を、もういちど持ちあげた。それは、暖炉のそばの血だまりを覆っている。

ミスター・デイは、バーナードをハンマーだとかなにかの凶器で殴ってはいないのだとし

たら？　ひょっとしたら、彼の死は偶然だった？

ミス・ジェシカはバーナードと親密な関係を結ぶ気がなくなったのでは？　彼女はあきらかに自分の家にバーナードを招き入れたけれど、やめるよう彼に言った可能性はある。でも、彼はやめなかった。彼女にその意思があってもなくても、力ずくで事におよぼうとした。その結果、ミス・ジェシカの顔に痣ができた。バーナードは彼女にアン女王のレースを渡していなかった。あるいは、彼女がそれを飲まなかった。ティファニーの頭の中がぐるぐると回る。ベッドのそばに立つバーナードをミス・ジェシカが押しのけたのだとしたら、彼は敷物につまずいて頭を暖炉に打ちつけたかもしれない。大量に血を流した彼は数分のうちに息絶え、若い娘には、どうにかしないといけない死体が残された——三枚の硬貨と、アン女王のレースがポケットにはいった死体を。

ティファニーは、まだ見ていないふたつの収納箱をかき回した。身頃が破れた、明るい黄色のドレスが見つかった。バーナードの人差し指の爪の間に挟まっていた糸くずとおなじ色合いだ。このドレスを引き裂いたとき、爪を引っかけたにちがいない。ティファニーの考えは正しかった。ミス・ジェシカは進んでバーナード・コラムのものになろうとはしなかったのだ。

ジェシカ・デイには愛してくれる家族が四人いる。父親が死体を運びだし、母親と姉たちが部屋をきれいにして家具を移動させたにちがいない。父親は死体を馬車に乗せ、ティファニーのコテッジの前の雨と泥の中へ捨てた。そこに血痕がなかったのは、この部屋で流れ切

ってしまったからだ。

バーナードの死は、ジェシカが身を守ろうとした結果だった。

偶発的だった。

童話そのものだ。赤頭巾ちゃんが悪いオオカミを倒したのだ。

バーナードの死で、だれも絞首刑になるべきではない。彼は殺されたわけではないのだから。この部屋から出ることさえできれば、ティファニーはミスター・デイも彼の娘も罪に問えないと、フォークナー判事と陪審員を説得できる。バーナードがどれほど女性に暴力的だったかという前歴をミス・アンスティが証言してくれれば、なおさら。ミスター・アンスティは、なにがあったかを語る自分の娘の証言を支持しなくてはならない。法制度に従えば、犯罪の被害者は男性である父親だとされる。法に対して、女性は何者でもない。

ティファニーは目をごしごし擦って眠気を覚ました。眠っているひまはない。この部屋から出る方法を考えないと。サミールの命はそれにかかっている。

37

目が覚めたとき、ティファニーの頬は床に張りついていた——ありがたいことに、血痕の残る床板のところではなかったけれど、それは顔のほんの数センチ先にあった。目を擦って眠気を払い、ベッドから持ってきてくるまっていたブランケットの中から、ふらふらと立ちあがった。暖炉の火は消えていたけれど、少なくともドレスはあらかた乾いていた。借りた寝間着を脱ぎ、ベッドの足元の板に引っかけた。ひとつずつ順番に、泥で汚れた衣類を身に着ける。頭に手をやり、残っていたヘアピンを外して髪を肩におろした。櫛がないので、三つ編みにするしかない。

三つ編みの先にリボンを結び終えると、ティファニーは窓のところに行った。陽がのぼり、輝いている。時間は九時から十時のあいだだろうと目星をつけた。裁判はもうはじまっているかもしれない。あるいは、いつはじまってもおかしくないだろう。窓を押し開け、村の住人が歩いていないか確かめようと、顔を外に出す。でも、通りにはだれもいなかった。視線を落とし、まえの夜にこの高さをどう見積もったかを思いだす。飛びおりるには高すぎる。

ドアまで行き、ドンドンと叩いた。「ここから出して！　お願い。わたしを出して！」

手を止めて木製のドアに耳を押し当てる。だれもいないか無視しているか、どちらかだろう。ティファニーは頭を摑み、苛立って叫び声をあげた。ようやく、バーナード・コラムの身になにがあったかがわかったのに。サミールを自由にしてあげることができるのに。わたしたちには三万ポンドを超える大金があるのよ！　それだけあればすばらしい人生を過ごせるのに、サミールとふたりで、息子にすてきな未来を約束できるのに。

ティファニーはドアに頭をごんごんとぶつけた。ボーに読んで聞かせた、フランスの妖精物語の登場人物になった気分だった。いまのこの物語の中では、人食い鬼《オーグル》はミスター・デイだ。灰だらけのフィネットは妖精に助けを求めたけれど、現実ではそうはいかない。この苦境から抜け出させてくれる毛糸玉は存在しない。舞踏会ごとに新しいドレスを用意してくれる、魔法の衣装箱はない。

待って、衣装箱ならこの部屋にある。三つも。三姉妹それぞれの衣装箱。

どの箱にも、真珠飾りのついた赤いビロードのダンス用の靴ははいっていなかったけれど、嫁入り道具用のリネンはあった。さらし状の布だ。これを結び合わせればロープがつくれる。端をベッドにくくりつけてから窓の外に出て、そのロープを使って丸石の敷かれた通りまでおりる。しっかりと摑まっていれば、無事におりられるだろう。

ティファニーは大きく息を吸い、衣装箱を開けてリネンを結びはじめた。三つの箱からぜんぶのリネンを取りだして使った。先をベッドの支柱に三重に巻きつけ、反対側を窓の外に出す。リネンのロープは、丸石の敷かれた道までちゃんと届いた。身頃の破れたドレスを窓

から放り、ひらひらと地上に落ちていくようすを見つめる。息を吐き、すばやく祈りのことばを口にすると、リネンのロープを片方の手で握り、もう片方の手で身体を支えながらうしろ向きに窓の外に出た。両脚が宙に浮くと、窓の出っ張りから片手を放した。そうして下までおりるつもりだったけれど、腕は身体を支えられそうにない。指が滑り、ひとつ目の結び目までずり落ち……ふたつ目まで……三つ目……四つ目――そしてストッキングを穿いた足の裏を、通りの硬い石にしたたかに打ちつけた。

痛さのあまりうめき声が洩れたけれど、ぐずぐずしてはいられない。

灰だらけのフィネットとはちがい、ティファニーは赤いビロードの靴の片方さえ履いていない。なくした片方は、ハンサムな王子さまが見つけていたかもしれないけれど。ブーツはこの家の台所に置きっぱなしになっているはずで、ミスター・デイかミセス・デイがいる場合を考えると、わざわざ取りにもどることはできない。ティファニーは顔をしかめ、黄色のドレスを拾いあげると、丸石の敷かれた小径をぎこちない足取りで歩いて表通りまで出た。ミドルセックス裁判所は一区画離れたところにある。彼女は歯を食いしばり、少しでも痛みを感じないよう、大きめの石の上を歩いた。

裁判所の扉の前にたどり着くころには、だれもティファニーのことを童話のお姫さまだとは思わないような有り様になっていた。靴は履いていない。着ているものには乾いた泥が盛大にこびりつき、三つ編みからは髪があちこちへ飛びだしている。それでも扉を開けると、トーマスの裁判のときがそうだったように、廷内はひとであふれかえっていた。男性も女性

も、子どもさえいる。トーマスは正しかった。裁判と、判決として予想される絞首刑が、あたかも人びとの娯楽として用意されたかのようだ。

サミールはトーマス、ミスター・サンガー、ミスター・ギフィンと並んで、廷内の最前列に座っていた。フォークナー判事は机について座り、陪審員たちはなにやら議論している。裁判が終わり、評決について話しあっているところにちがいない。

「待って！」ティファニーは叫んだ。

痛みを忘れようと身体の脇をぎゅっと摑みながら廷内へはいり、真ん中の通路を進む。

「お願いですから待ってください！　わたしはだれがほんとうにバーナード・コラムを殺したのかを知っていますし、証拠もあります」

フォークナー判事は木槌をテーブルに打ちつけた。「お静かに、そこのお方。わたしの法廷で許可のない発言はできません」

「でも、わたしはミスター・ラスロップの潔白を証明できます」

判事は五回つづけて木槌を鳴らした。「わたしの法廷から彼女を連れだしてください」

ミスター・ニックスとミスター・ハドフィールドが両腕を摑もうとでもするように、ティファニーに向かってやってきた。彼女は陪審員席へと近づいた。

「お願いです。真相を聞いてください」

ばん。ばん。ばん。

ティファニーはふり返った。その音は木槌ではなく、ボーフォート公爵夫人の杖が鳴らし

ていた。キャサリンが立ちあがっている。廷内の目という目が彼女に据えられる。キャサリンは今回も豪華絢爛な装いだ。紫色のシルク製のドレスを着て、頭に載せた白い鬘には、ドレスに合わせたすみれ色のリボンが結ばれていた。「この地域の統監代理として」彼女は話しはじめる。「未成年である息子のボーフォート公爵に代わり、ミス・ウッダールの証言を聞くよう、判事に要求します。あなたの究極の目標は正義がなされることであると、わたくしは承知しています、判事。この件で新たな証拠が出たとなれば、その証拠は審理され、徹底的に調べられるべきです」

廷内はしんとした。

ティファニーはふり向いてメイプルダウンの住人たちに目をやった。ひとりひとりの顔を順番に見る。だれも彼女と目を合わせようとはしない。

すると、店員のミスター・ウェスリーが立ちあがった。「公爵夫人はサー・ウォルターの借金をぜんぶ払ってくだすったようだ。うちへの分もふくめて。夫人がミス・ウッダールの証言を聞いてほしいと思いなさるなら、わたしは歓んで聞くね」

彼の数列うしろでワイン店主が立ちあがった。「そうだな。ミスター・ラスロップはいい治安官だったけど、一ファージングだって給金はもらっていない。感謝の気持ちに、彼に対する弁護を聞くことくらいはしてもいいんじゃないか」

ひとり、またひとりと、キャサリンが借金の支払いを約束したほかの証人たちが立ちあがり、サミールを支持すると誓った。そのうちの四人は陪審員だった。

フォークナー判事はつねに準備万端の木槌を、もう三回、叩きつけた。「わかりました、公爵夫人。ミス・ウッダール、証言してください」

ティファニーの指が首をさすった。自分が裁判にかけられたときよりも緊張している。そのとき、廷内の後方にデイ一家が座っているのが見えた。反対側にはアンスティ一家がいる。父親と母親、その娘と孫だ。その前列にはフォード夫妻とイーヴィ、それにミスター・テイト。

大きく息を吸い、ティファニーは証言をはじめた。「すでになにが述べられたのか、それがわからないことをお詫びします。もっと早く来るつもりでしたが、ある家の二階の部屋に閉じこめられてしまったものですから」

ティファニーの告白に、ぎょっとしたり口笛を吹いたりする音がつづいた。

「それで、だれがあなたを閉じこめたのですか、ミス・ウッダール？」

ティファニーはごくりと息をのんだ。「ミスター・デイです、判事さま。わたしは彼の娘の寝室で、ミスター・コラムが亡くなったときの血痕を見つけました」

廷内にざわめきが広がる。

「静粛に！」判事が叫び、またもや木槌を叩きつけた。「ミスター・デイがミスター・バーナード・コラムを殺害したと告発しているのですか？」

ティファニーは頭を左右に振った。「いいえ、判事さま。彼が証拠を消すために、死体を移動させたことを告発しています。ミスター・バーナード・コラムは殺されたのではありま

せん。事故で亡くなったのです」

「どんな事故か、説明してくれますか？」

「ハドソン医師がすでに陪審員のみなさんと判事さまにお伝えしたと思いますが、ミスター・バーナード・コラムの死体はわたしのコテッジの前で見つかりました。けれど、その付近に血痕はひとつもありませんでした。ミスター・コラムの目の周りには痣ができ、頬には四本のひっかき傷がありました。親指には噛まれた痕があり、人差し指の爪の間に黄色い糸くずが挟まっていました。そして、後頭部には殴られたような痕。ポケットにはいっていたものは三ペニーと、アン女王のレース――避妊のために使われる、ごくふつうのハーブです」

「ふしだらなことを言うな！」ひとりの男性が叫び、ティファニーに向かって拳を振りあげた。

ティファニーはもういちど、息を吸った。「死体に硬貨が残されていたことから、彼の死は強盗の結果ではないと治安官は考えました。じっさい、そうではありません。また、ミスター・コラムはたしかにミスター・ラスロップを脅迫しましたが、彼は義理の弟を襲っていません。ミスター・コラムはブラック・コールドロン・パブに行き、そこで泥酔したうえに若い女性、ミス・アンスティに不愉快な思いをさせました。彼女に顔をひっかかれた彼は、ミス・アンスティのことを好きものの尻軽女《ストロー・ダムセル》と呼びました。ミスター・ハドフィールドはその言い草に腹を立て、彼と殴り合いをはじめます。そしてふたりとも、ミスター・デイにパ

ブから放り出されたのです。

ミスター・バーナード・コラムはひどくお金を必要としていました。そこで彼は、母親の家に行ったのです。ミセス・ルドミラ・フォードは〝妻売り〟によってミスター・フォードと結婚していますが、ミスター・バーナード・コラムの実母です。ミスター・コラムは母親にお金を要求しましたが、彼女には息子に渡せるお金はまったくありませんでした。それで息子は母親の首を絞めようとし、そのときに親指を嚙まれたのです。ミセス・フォードの歯型は死体の嚙み痕と一致しています。ミスター・コラムはお金をせしめることはできませんでした。というのも、姉のイーヴィ・ラスロップがそこにいたからです。彼女には、弟を家から力ずくで追いだすことができました。一方、ミスター・ハドフィールドは歩いて自分の家までもどっていましたが、ミスター・コラムと決着をつけようと思い立ち、馬に乗って彼の農場に向かいました。ところが農場までやってきても、本人はいません。ミスター・ハドフィールドはそこで二時間ちかく待ちました。

そのあいだ、ミスター・コラムは農場とは逆のほうに向かっていました。まだ家に帰るつもりはなかったのです。そのとちゅうでミス・ジェシカ・デイにばったりと会い、彼女はミスター・コラムを自分のコテッジに招き入れました。そして、姉妹でいっしょに使っている寝室へと行ったのです。姉ふたりはまだ、パブにいましたから。ところがミス・デイは気持ちが変わり、彼と関係を持つことを拒んだのでしょう。それでもミスター・コラムは、むりやり彼女を自分のものにしようとしました。ミス・デイは彼を押しのけます。その拍子に彼

はミス・デイのドレスを引き裂き、敷物に足を取られて、暖炉の石に後頭部を打ちつけたのです」

ティファニーは身頃が破れた、明るい黄色のドレスを掲げた。「ミスター・コラムの死は偶発的なものです。彼はレイプ魔でしたから、とうぜんの報いを受けたのでしょう」

バーナードの父親が立ちあがり、ティファニーを指さして言った。「おれの息子は、どの女も力ずくでものにしようとしたことはない」

ティファニーはアンスティ一家へと目を向けた。カーロが証言してくれますようにと願ったけれど、彼女は視線を膝に落としたままだ。

父親のミスター・アンスティが立ちあがった。「バーナード・コラムは娘をレイプし、そして妊娠させた。ルークはわたしの息子ではなく、孫なんだ。バーナードがまだ生きていたら、愛しく無垢なわたしの娘にしたことの罪で首を吊られることを望む」

ミスター・デイが立ちあがり、ティファニーが証言する廷内の前方へと歩みでた。彼女の血管の中で、脈が雷のようにとどろいている。彼はとても体格がよく、筋肉質だ。背丈はティファニーよりも低いとはいえ。

「ミスター・バーナード・コラムが死んだせいでだれかを絞首刑にしたいなら、おれの首を吊ってくれ」ミスター・デイは言った。「おれはあいつを殺しちゃいないが、殺したいと思っていた。あいつにはおれの娘をぶつ権利も、むりやり自分のものにする権利もなかった」

フォークナー判事の小鼻が広がる。「殺人の告白ですか？」

「家族を守るために、事件現場から死体を移動させたことを告白しているのです」ティファニーが割ってはいる。「あの夜、ミスター・デイが馬車を走らせる音をミスター・ハドフィールドが聞いています。暗闇で雨が降っていたとしても、です。殺人はありませんでした、判事さま。若い女性が自分の身を守っただけなのです」

傍聴人たちは野次を飛ばし、バーナードの父親はベンチにぐったりと腰をおろす。

ばん。ばん。ばん。

フォークナー判事がまたもや、木槌を叩きつけた。「ミスター・ハドフィールド、ミス・ウッダールの証言を傍証できますか？」

ミスター・ハドフィールドはティファニーと並んで立ったままでいる。彼はこくんとうなずいた。「はい、判事さま。真夜中ちかくに、だれかが馬車を走らせている音を聞きました」

「ミセス・フォードは傍聴席にいますか？」判事は訊いた。

ティファニーはフォード夫妻ふたりともが立ちあがるようすを見つめた。自身の脚も不自由なのに、フォード執事は妻のよいほうの手を握り、彼女を支えながらふたりで廷内の前へと歩みでる。

「ミセス・フォード、あなたはミスター・コラムの息子の指を噛みましたか、噛みませんでしたか？」

彼女は涙声で答えた。「ほかにどうすればいいのか、わかりませんでした。首を絞められたものですから。わたしがお金を渡そうとしないので、バーナードはとても腹を立てて。お

酒を飲んでいたせいで荒れていましたから」

バーナードの父親がまた立ちあがり、ミセス・フォードに襲いかかる。「役立たずのあばずれが」

拳がミセス・フォードに届かないうちにミスター・フォードの杖が振られ、バーナードの父親の首を打ちつけた。その衝撃で彼は背中から床へと倒れこんだ。ふたたび立ちあがろうとしたものの、その間《ま》もなく、ミスター・ハドフィールドとミスター・フェルプスに腕を摑まれ押さえつけられた。

フォークナー判事は立ちあがり、ドアを示した。「ミスター・コラム・シニアをこの法廷から連れだしてください。監房で待機させ、気持ちを落ち着けてもらいましょう。そのあと、治安官が釈放するかどうかを決めます」

ミスター・コラムはおとなしく連れていかれるしかなかった。それでも腕を摑むふたりに抵抗し、ストッキングを穿いたティファニーの足につばを吐いて叫んだ。「独り身の売春婦め！」

サミールが走りでて、ティファニーと彼との間に立ちはだかる。「あとひと言でもなにか言ってみろ、半年後の巡回裁判まで釈放しないからな！」

顔を歪ませてコラム農場の主《あるじ》は口を閉じ、廷内から連れだされた。

サミールはふり返り、ティファニーの頬に触れた。「だいじょうぶ？」

ティファニーがなにか答えるまえに、フォークナー判事が木槌を振るった。「ミスター・

ラスロップ、被告人として、裁判のあいだに発言してはなりません」

ティファニーがサミールに向かって従うようにとうなずいてみせ、彼はベンチにもどった。

「ハドソン医師」フォークナー判事が若い医師を木槌で指しながら言った。「あなたの見立てはミス・ウッダールの述べたことと一致しますか？　彼女のことばが真実であると納得できますか？」

医師は陪審員席で立ちあがった。「はい、判事さま。ですが、わたしとほかの陪審員たちは、デイ家の寝室に行って検証するべきだと思います」

判事は頭をうなずかせた。それに合わせて鬘もかすかに前後に動く。「わたしと陪審員でミスター・デイに同行し、彼の家に行きます。わたしたちがもどるまで、みなさんはここでお待ちください」

いつものように、女性たちは残るように言われる。ティファニーがふと目をやると、あとをついていくようにと、キャサリンが杖の先でミスター・サンガーをつついていた。ミスター・ギフィンも慌てて立ちあがり、フォークナー判事と陪審員のあとにつづいた。町を行進するパレードさながらだ。

トーマスがひょいと現れ、ティファニーのところにやってきた。「とんだことでした、ティファニー。あなたが閉じこめられているなんて、思ってもいなかった。家に帰ったと、メアリに言われたものですから。コテッジに立ち寄って、無事に帰っているかを確かめるべきでした」

ティファニーは頭をぶんぶんと振った。「あなたがメアリを信じない理由なんてないもの。きのうの夜の災難については、あなたには何の責任もない。それにけっきょくのところ、ひと晩じゅうあそこにいて、それがいちばんよかったのだと思う。でなければほんとうはなにが起こったのか、気づかなかったかもしれない。わたしは、バーナード・コラムを殺したのはミスター・デイだと確信していたの。彼の体格と腕力を考えると、その可能性が高いように思えたから」

それからティファニーは、体格も腕力も備えた立派な男性の腕に抱きあげられた。彼女は目を閉じ、サミールにぎゅっと抱きつく。一週間ほどが過ぎてようやく、ふたりの間の鉄格子はなくなっていた。秘密もない。

あるのは、愛だけ。

38

「あんたとあたしの夫の間に、なにかがあることはわかってたけどね」背後からイーヴィの声が聞こえた。

ティファニーとサミールはぱっと身体を離した。サミールの頬にわずかな赤みが差す。自分の頬は真っ赤だとティファニーにはわかる。

イーヴィ・ラスロップはミスター・テイトを自分の横に引き寄せた。「母さんから聞いたよ、あんたが赤ん坊の世話をしてくれてるんだってね、ミス・ウッダール。あんたのほうで心の準備ができてるなら、サムに言って、見本市のときにあたしをミスター・テイトに売らせていいよ。そうしたらあんたたちふたりは結婚できる、ほぼ正式な形で。でしょう、ミスター・テイト？」

たくましい鍛冶屋はどちらかといえばイーヴィに怖れをなしているようで、頭をこくんとさせた。彼が自分とおなじくらいこの取り決めにわくわくしているのか、ティファニーには確信がないけれど、ひとの厚意にあれこれ言うものではない。

「つぎの見本市はいつ？」ティファニーが訊いた。すぐだといいのだけれど、と思う。

イーヴィは肩をすくめた。「メイ・デイじゃないかな。ミスター・テイトとあたしで、そのときにもどってくるよ」

コツン、コツン、コツン。

キャサリンがティファニーたちのところにやってきた。ミスター・テイトとイーヴィがさっとどいて、彼女が通れるようにする。イギリスの国王でさえこうやって道をあけそう、とティファニーは思った。

「ミセス・ラスロップ、お母さまとお母さまのご夫君を呼んできてちょうだい」

ティファニーは公爵夫人の尊大さに息をのんだけれど、イーヴィはただうなずくと、ふたりを呼びに傍聴人たちの中へともどっていった。

「ミスター・テイト」威厳の滲《にじ》む声でキャサリンが呼びかけた。「妻を買うのにじゅうぶんな額はお持ちかしら？」

鍛冶屋は頭をさげ、髭がほとんど膝に届きそうになる。「二シリングあります、奥さま」

公爵夫人は頭をふるふると振った。「トーマス、この方に十ギニー渡してちょうだい。五ギニーは貯えに回し、五ギニーを花嫁のために支払うのよ。妻になる女性は、自分には大金にふさわしい価値があると知っておくべきです。あなただって、わずかな金額で買われたなどと、妻に思ってほしくはないでしょうから」

ミスター・テイトはうなずいた。なにも言えないようだ。

トーマスは硬貨を入れた袋を取りだし、数えたギニー硬貨を十枚、ミスター・テイトの荒

れた掌に載せた。「お受けとりください、サー」

「連れてきましたよ、奥さま」イーヴィが言った。

フォード執事は完璧なお辞儀をしてみせ、ミセス・フォードは膝を曲げた。

「ミセス・フォード、わたくしといっしょにいれば安全ですよ」キャサリンは言った。「フォード、わたくしの馬車でアストウェル・パレスにもどり、使用人全員を連れてきてちょうだい。それと、ボンが食品庫や食料貯蔵室に置いている食べものも、すべて持ってきて。きょうは絞首刑ではなく、〝妻売り〟をするわ。ホイートトリー家政婦長とメイドたちには、リボンだとかそういった飾りを持ってくるように頼んでくれるかしら。ボーとドラモンドにはゲームを担当してもらうわ。ラウンダーズに、輪投げもいいわね」（ラウンダーズは野球に似た遊び。女性や子どもがよくプレイした）

執事はもういちど、お辞儀をした。「かしこまりました、奥さま」

キャサリンは彼に向かって手をひらひらさせた。「さっそく取りかかってちょうだい、フォード。それでトーマス、あなたにはミセス・デイとワイン店主のところに行って、話をつけてきてもらうわ。支払いはするので、きょうのわたくしたちのお祭りで、住人みんなにビールとワインをふるまいたい、と」

トーマスがこほんと咳払いをした。「ミセス・デイはすでに、心身が参りきっているのではないでしょうか。娘がひとを死なせ、夫がそれを隠そうとしたのですから」

「わたくしもそう思うわ。でも、この地域社会での彼女の立場を回復するのに、パブの常連

客に一日無料でお酒をふるまう以上の支援はないはずよ——支払いはわたくしがするのですから、なおさら。彼女の利になりこそすれ、負担になりはしないわ」

トーマスはデイ一家の女性たちにちらりと目を向けた。ティファニーにはその四人がはっきりと見えた。だれもが彼女たちから離れたベンチに座っているのだから。まるで、この一家を厄災だとでも思っているようだ。不運な状況と邪悪な若者の犠牲者ではなく。

トーマスは自分の母親に頭をさげた。「わかりました」

イーヴィが笑顔で訊く。「あたしも一杯か二杯、飲んでいいかな?」

「ひとつの婚姻が終わり、新しい婚姻がはじまるお祝いね」キャサリンが念を押す。「でも、まずはミスター・ラスロップにあなたを売りに出してもらわないといけないわ」

イーヴィはミスター・テイトの背中をバンと叩いた。「よろしく」

ミスター・テイトは顔をしかめた。

ティファニーの口唇が笑みの形をつくる。

サミールはイーヴィとミスター・テイト、ふたりに向かって頭をさげた。「きみたちふたりが、とびきり幸せになるよう願っている」

イーヴィはにっこりと笑った。「これ以上ないほど幸せになるよ、約束する」

鍛冶屋が黒い髭をぐいと引っぱった。イーヴィほどの確信はないらしい。

トーマスがもどってきた。「ミセス・デイは裁判が終わったらパブを開けるそうです、お母さま。それと、窓越しにミスター・サンガーとミスター・ギフィンの姿が見えました。席

にもどりましょう」

公爵夫人はトーマスに向かって厳めしくうなずくと、ミセス・フォードのよいほうの腕を取ってベンチまでもどった。コラム家のふたり目の妻は、公爵夫人が隣にいるときにはミセス・フォードに近づこうとはしない。イーヴィはミスター・テイトの手を握り、自分のほうに引き寄せた。トーマスも最前列の自分の席にもどり、傍聴人たちはべつとして、ティファニーとサミールはふたりきりになった。

「感謝しきれないよ、ティファニー」

サミールに触れられてはいないけれど、その目を見れば、ティファニーは彼の温かさを感じられる。

ティファニーは頭を振った。「お礼を言われることなんて、ひとつもないわ。あなたのためなら何だってするつもり。サミール――あなたはわたしの世界のすべてよ。わたしの人生の物語は、あなたに出会ってからはじまったのだもの」

「そしてきみは、ぼくにはもうけっしてないと思っていた、〝それからふたりはずっと幸せに暮らしました〟そのものだ」

ティファニーはサミールに触れたかったけれど、公衆の面前でそんなことをするのは不適切だとわかっていた。彼は殺人を犯したとして裁判を受けているのだし、この傍聴席にいるべつの女性と結婚しているのだから――そういったことがきょうのうちに解決するよう、ティファニーは願っている。

彼女の目の端に、フォークナー判事が行列の先頭に立ってミドルセックス裁判所の法廷にはいってくるところが映った。サミールはティファニーの肩に一瞬、触れてから、トーマスの横に腰をおろした。靴がなく、あいかわらずストッキングを穿いているだけのティファニーは、自分はどこに座ればいいのかわからなかった。空いている席はない。廷内は満員だ。手をぱんと打ち合わせ、ぎこちなく廷内の端に立つことにした。判事と陪審員が法廷の前方にもどってきた。ミスター・サンガーとミスター・ギフィンはトーマスと並んで座った。陪審員たちはそれぞれの席に腰をおろした。

フォークナー判事は座らず、テーブルを前に立ったままでいる。お気に入りの木槌を手に取り、三回、打ち鳴らした。

「書店主であり治安官でもあるミスター・サミール・ラスロップは、一七八五年三月三十日にミスター・バーナード・コラムを殺害したという怖ろしい罪について無罪とする。ミスター・バーナード・コラムの死は偶発的なもので、ミス・ジェシカ・デイに対してはいかなる刑事責任も問わない。また、建物内から死体を移動させたミスター・フランク・デイについても、同様に刑事責任は問わない。訴追側の証人は、ミセス・ルドミラ・フォード、ヒゼキヤ・ハドソン医師、ミスター・コラム・シニア、ミスター・ローレンス・ハドフィールド、ミスター・ルーカス・アンスティ、そしてミス・ティファニー・ウッダール。本件の審理はこれで終了します」

拍手する傍聴人もいたけれど、大半のひとはこの判決にがっかりしたようだった。ひそひ

そと囁く声や、ぶつぶつと文句を言う声が聞こえる。きょう、絞首台で刑は執行されない。十字路のさらし台で腐敗していく死体はなし、ということだ。

キャサリンは立ちあがり、杖で床を突いた。「メイプルダウンのみなさん、判事さま、新しい治安判事であるトーマス・モンターギュを謹んで紹介します。彼はメイプルハースト・ハウスに居を構えます。彼の就任を祝い、スクウェアでお祭りを開催します。飲みものと料理はすべて、わたくしからの振る舞いです。デイ夫妻のパブで、わたくしたちの新しい治安判事のために祝杯をあげてくださいな」

公爵夫人のことばに、廷内の後方の傍聴人たちは立ちあがり、拍手喝采した。手と手が打ち鳴らされる音とやんやの歓声が法廷内を満たした。

39

靴を履かないまま、サミールにもたれかかるようにして裁判所からスクウェアまで歩いて向かったティファニーは、自分の目を疑った。フォード夫妻とホイートリー家政婦長は魔法を使っていた。料理が載ったいくつものテーブル。リボンで飾られた五月柱《メイポール》（メイ・デイを祝うお祭りで立てられるポール）。各自フィドラーを持った六人から成る即席の楽団が、ジグ（アイルランドやスコットランドの伝統的な舞踊曲）を演奏している。ボーとミス・ドラモンドは輪投げに必要な道具の準備を終え、いまは村の子どもたちやミセス・エイブルの息子のピーターといっしょに、ラウンダーズをして遊んでいる。ミス・ドラモンドがバットを振り回すのを見て、ティファニーはたいそうおどろいた。彼女が生まれながらに身体を動かすことが得意なのはまちがいない。

ティファニーとサミールは腕と腕を絡ませ、住人たちがテーブルからテーブルへと移動するようすを眺めた。ミスター・ハドフィールドがミス・アンスティの腕を取り、ダンスをはじめた。ふたりにつづいて、若いカップルもそれほど若くないカップルも加わる。

「売られる準備はできたよ」イーヴィがふたりの背後から声をかけた。

サミールはティファニーの掌にキスをしてから、手を放した。「〝妻売り〟はどこでやるん

だろう?」

イーヴィは首吊り用の縄がぶらさがる木製の台を指さした。「みんな、あの下であたしを見物するんだ。来て、ミスター・テイト――あたしたちの関係をほぼ法的なものにしよう」

鍛治屋を引きずりながら、イーヴィは人だかりをかき分けて絞首台の足場まで行き、ちょこちょこと段をのぼった。

サミールは彼女のあとを追う。バイオリンの音が止むのを待ち、彼はこう切りだした。

「メイプルダウンのみなさん、少しお耳を貸してください」

ひとり、またひとりと、だれもが絞首台の上のサミールとイーヴィに目を向けた。サミールは襟元を引っぱった。この場の全員の注目を集め、居心地の悪さを感じたのだ。ところがイーヴィは、その注目を受けとめた。売られることを何とも思っていないのがはっきりとわかる。人だかりの誰彼なしに向かって手を振り、にこにこと笑っている。

サミールがイーヴィを示して言った。「ご存じの方もいると思いますが、妻のイーヴィ・ラスロップです」

イーヴィは群衆に熱心に手を振った。

サミールは息をのんでつづける。「彼女とわたしはこの十年ちかく、妻と夫ではなくなっていました。そこできょう、わたしは妻を売ろうと思います。相手は彼女が結婚を望むミスター・テイトです。では、入札をはじめてくれますか?」

ミスター・テイトは両手で髭を引っぱった。きょう一日で、彼がことばを発したのはいち

どきりだ。群衆を前に彼は怖じ気づいてしまうのでは、とティファニーは心配になった。ミスター・テイトが帽子を取る。「五ギニーで入札するが、イーヴィに値段なんてつけられないことはわかってるつもりだ」

サミールが口をひらくまえに、フォークナー判事が絞首台に現れた。「ほかにミセス・イーヴィ・ラスロップへの入札はありますかな？」

群衆が静まりかえる。判事は木槌を足場の板に打ちつけた（どこへ行くにも、持ち歩いているにちがいない）。「ミセス・イーヴィ・ラスロップはミスター・テイトに売られました。彼女は今後、ミスター・テイトの正式な妻となり、イーヴィ・テイトという名で知られることになります」

判事の宣言に人びとは歓声をあげた。ミスター・テイトはギニー硬貨を五枚、取りだしてサミールに渡し、サミールは「ありがとう」と言って受けとった。

イーヴィはフォークナー判事のローブのラペルを摑み、彼の頰にキスをした。「なんだかんだいってあんたは正しいね、判事さま」

それからイーヴィはサミールの両方の頰にもキスをすると、ほとんど跳ねるようにして、木製の足場からミスター・テイトの腕に飛びこんだ。そして彼の口唇に熱いキスをする。群衆の目の前で。彼女の情熱に、周囲に集まったひとたちはさらに大きな歓声をあげた。

サミールがフィドラーを指さすと、奏者たちはべつのジグの演奏をはじめた。

イーヴィはミスター・テイトをスクウェアの真ん中に引っぱっていって踊りはじめる。

「いろいろあったけど、きょうがあたしの結婚記念日だ！」

フォークナー判事がサミールに手を差しだしていた。ティファニーが息を詰めて見つめていると、サミールも手を差しだし、判事と握手した。

「法に先入観を持ちこむべきではありませんな、ミスター・ラスロップ」判事が言う。「きょうという日から先、わたしはひとの罪と肌の色はおなじだと考えることはしません。許してもらえるといいのですが、治安官」

サミールは歯を食いしばったけれど、うなずいた。「半年後に、つぎの巡回裁判でお目にかかりましょう、判事さま」

フォークナー判事は握手していた手をおろすと、片方の口の端に笑みらしきものを浮かべた。「それまではメイプルダウンでこれ以上、殺人が起こらないように努めてください、治安官」

「最善を尽くします」

ふたりは絞首台からおりた。はじめて対等な立場で、いっしょに並んで。台の下で待っていたティファニーは、両手をサミールに差しだした。サミールは自分の温かい両手でその手を包み、彼女を胸元に引き寄せてぎゅっと抱きしめた。

「ブーツをなくしたみたいだね、靴ふたつさん」

サミールもジョン・ニューベリーの本を読んだのね！　でも靴ふたつさんは、片方だけは持っていたわ。ティファニーは彼の頰にキスをして、耳にそっと囁いた。「両方の靴がなく

ても、わたしはまだお金持ちの寡夫さんと、つまり、以前は結婚していた男性と結婚することができるわ」

サミールは顔を引いた。それでティファニーの目を見ることができる。「ぼくがお金持ち？」

ティファニーはにやりと笑った。「あなたの机の中を見たの。あなたは大金持ちだったのね！　それも、わたしがあなたの抵当権を、三万ポンドで公爵夫人に売却するまえから」

サミールの茶色い目が大きく見開かれ、顎がだらんと落ちた。「額面価格の三倍じゃないか」

ティファニーは肩をすくめる。顔にはまだ笑みを浮かべていた。「そうだけれど、そうではないの。キャサリンはあの抵当権のついた土地に建つ家を買ったということなの。わたしたちにはじゅうぶんなお金があるから、コテッジの増築もできるし、家族が増えてもだいじょうぶよ。シャーリー牧師のところに行って、結婚予告を読みあげてくれるよう、お願いしましょうか？」

サミールは頭を振った。「結婚には特別な許可が必要だと、きみの新しい友人の公爵夫人からすでに聞かされた。夫人は弁護士にもおなじことを伝えていて、彼が今週中にその許可をもらってもどってくるらしいよ」

ティファニーはにっこりと笑う。「それだってわたしは待ちきれないわ」

「ぼくもさ」サミールは口唇でティファニーの口唇にそっと触れた。「わたしと踊ってくれ

ますか、ティファニー？」

「誘ってもらえるとは思っていなかったわ」

サミールはティファニーの手を取り、みんなが輪になって踊っているところまで、人びとのあいだを縫って彼女を連れていった。お辞儀をしてから、ティファニーに腕を回す。ストッキングにいくつもの穴ができてしまうまで、ティファニーは踊った。

陽が沈みはじめても、人びとはお祝いをつづけていた。サミールに家まで送ってほしいとティファニーが言いかけたところで、メアリとミス・ジェシカ・デイがふたりのところにやってきた。メアリは、まえの夜にティファニーがデイ家に残してきたブーツを持っている。新品のようにぴかぴかで、泥の痕はひとつも見えない。彼女はブーツをティファニーの前に置いた。

ミス・ジェシカ・デイが膝を曲げてお辞儀をした。「あなたとミスター・ラスロップには、お返しできないほどの恩を受けました。それに報いるために、なにか言えることやできることがありましたら、わたしはそうします」

ティファニーはサミールをちらりと見た。

サミールは頭を横に振った。「ミス・ジェシカ、きみが怖い目に遭って気の毒に思う。治安官として、きみのご家族の友人として、今回の出来事できみが味わった不愉快な思いを、また味わうことはないと保証するよ」

るかどうか、わからなかったから。

　ティファニーには少しだけ、許せない気持ちがあった。デイ一家は彼女を部屋に閉じこめ、犯していない殺人の罪をサミールに負わせようとした。彼は監獄で一週間あまりを過ごし、絞首刑にされるところだった。だから彼女は、なにも言わなかった。この先もすっかり許せるかどうか、わからなかったから。

　メアリが背すじをぴんと伸ばし、頭を少しだけうつむかせると、ドレスのスカートを両脇でつまんで広げながらお辞儀をした。ティファニーが教えたとおりに。「ミス・ティファニー、わたしを許してくれますか？　これからもわたしを家に置いてくれますか？」

　キリスト者として育てられたとはいえ、許せないとティファニーは感じている。メアリに裏切られたからだけでなく、サミールの肌について彼女が言ったことのせいだ。サミールはこれまでもずっと偏見と向きあってきた。けれど、とティファニーは思う。わたしのコテッジではそんなことはしない。わたしたちのコテッジでは。

「ごめんなさい、メアリ。わたしは自分の言ったことは守りたいの。そこを曲げるつもりはないわ。あなたを許すためであっても」

　メアリはめそめそと泣き、目を擦った。「家には帰れません、ミス・ティファニー。二度と帰ってくるなと、お父さんに言われていますから」

　ティファニーはゆっくりと頭を振った。「家には返さない。新しいお勤め口を探すのを手伝うなり、評判のよい帽子職人かドレス仕立職人のところで見習いをするのにバースに行くというなら、その費用を支払うなりはするつもりよ……ミス・ジェシカも見習いに行くなら、

彼女の分も歓んで負担するわ。若いレディには新しく出発しないといけないときがあるのよ」

ジェシカはうつむき、丸石の敷かれた通りを見つめながら言った。「わたしはレディではありません、ミス・ウッダール」

ティファニーはそっとジェシカの顎に手を当て、顔をあげさせた。「あなたはレディよ。あなたになにがあっても、あなたがレディであることは奪われない。女性としての価値はなにも変わらないのよ」

ジェシカの目から涙がぽろぽろと落ち、ティファニーは彼女の顎から手を放した。

メアリがジェシカに腕を回した。「わたしは帽子職人になりたいな。技術を身につけたら、何年かのうちにメイプルダウンでお店を出せるかもしれないね。自分たちのお店を持つ店主だよ、想像してみて」

涙を拭い、ジェシカは笑顔を見せた。「わたしはボンネットを仕立て直すことが、ずっと好きだった」

「すぐにバースの帽子職人宛に手紙を書いて、見習いをふたり、受けいれてくれるかどうかを訊いてみるわね」

メアリはまた鼻をぐずぐずさせ、空いているほうの手の甲で拭った。「自分の荷物を取ってきます」

「バースに行くことになるまで、うちにいればいいわ」ジェシカが言った。「バースまで父

さんが馬車に乗せてくれるはず」

ティファニーの元メイドはあっという間に元気を取りもどし、くすくすと笑った。「家族の中のだれも、バースに行ったことがない」

ジェシカはまた涙を拭い、にっこりと笑った。「わたしの家族も。すごくおしゃれなところだと、母さんは言っているけど」

メアリはジェシカに肘を差しだし、大げさなほどに礼儀正しく言った。「エスコートさせていただけますか、すてきなレディ」

ジェシカはメアリの腕に腕を絡ませ、ふたりはお祭りのほうへ歩いていった。そこではフィドラー奏者たちは音楽を奏で、人びとはあいかわらず踊り、お酒を飲んでいる。

ティファニーは屈んでブーツを履いた。ゆっくりと紐を結び、また立ちあがる。目に涙が浮かんでいた。「メアリを許さないなんて、わたしはひどい人間よね？　ミス・ジェシカに、もっとずっとまちがったことをされたあなたが、彼女をすんなりと許したのに」

サミールの腕に引き寄せられ、ティファニーは涙に濡れた顔を彼の広い肩に預けた。

「許すということは、相手を自分の人生や家の中に留めておかなくてはならないということではない」彼は囁くように言った。「それに許すということは、相手からくり返し傷つけられることを受け入れるということでもない。ほんとうに許すということは、変わり成長する機会を相手に与えることだ。まさにきみは、メアリ・ジョーンズとジェシカ・デイにその機会を与えたじゃないか」

サミールはティファニーを抱きしめた。ふたりは音楽に合わせてやさしく揺れた。ようやく、おたがいの腕の中で。

40

ミセス・エイブルがティファニーに結婚式のドレスを着せた。ミセス・エイブルと息子は、ナットとともにブリストル・コテッジで暮らすようになっていた。彼女たちが引っ越してきたおなじ日、ミスター・デイが揺り椅子を運んできたけれど、彼はひと言も話さなかった。コテッジの玄関扉の脇に置いていっただけだ。その椅子を贈ることで、デイ一家なりに償いをしているのだろうとティファニーは思った。

きのうは、アンスティ夫妻が木製のベビーベッドを持ってきてくれた。切られたばかりの木でできていて、新鮮なにおいがする。ミスター・アンスティは、大急ぎで完成させたにちがいない。あの棺職人はまちがいなく、才能あふれる木工だ。彼のこしらえたベビーベッドは芸術作品で、脚の部分に施された彫刻はぶどうの蔓さながらに見える。これで愛しいナットはもう、簞笥の抽斗の中で眠らなくてすむ。

ティファニーのウェディングドレスは落ち着いた青色のシルク製で、繊細な花模様がちりばめられている。襟ぐりはやや深く、ティファニーは首にレースのフィシューを巻いた。白いレースがついた短めの袖を飾るのは、色を合わせたリボンだ。

ミセス・エイブルは、円い筒状に巻かれたティファニーの髪に、対《つい》になるように白いリボンを結んだ。それからヴェールを顔におろして言った。「ほんとうにすてきです、ミス・ウッダール。あなたの半分の歳の新婦さんとおなじくらい、かわいらしいわ」

ティファニーはにっこりと笑ってお礼を言った。新婦や、新生児の母親というには歳を取っている。それは自分でもわかっている。けれど彼女は主を信じているし、時期を決めるのは主だと思っている。四十年間、ずっと料理をして過ごしてきたとはいえ、そこから得たなにもかもが彼女の努力の成果だ。学び、成長し、そうしていまのティファニーになった。サミールに愛してもらえる人物に。ナットの母親に。トーマスとキャサリン、それにテスの友人に。ボーの図書係に。

嘆いてはいない、とティファニーは思う。十七歳か十八歳のときに、頬を赤らめた新婦になれなかったことを、ナサニエル・オッカムとともに過ごすことがかなわなかった人生を、わたしは嘆いていない。これまでの人生で起きたことのなにもかもが、わたしをここに導いたのだから。まさにこの瞬間に。

「支度を手伝ってくれてありがとうございます、ミセス・エイブル」ティファニーは言った。「わたしを着飾ることは、あなたのお務めではないのに」

ミセス・エイブルは頭をさげた。「たしかにそうですね、ミス・ウッダール。ですが、どうかしら、と思っています……というか、考えています。ナットの乳母の役目を終えたら、わたしを家政婦として雇うことを検討していただけないか、と。わたしはあなたのこともミ

スター・ラスロップのことも尊敬していますし、息子のためにも決まった住まいがあり、乳母として新しい家庭に呼ばれるたびに引っ越さなくてすめば、ありがたいです」

異母兄が亡くなったとき、未婚の女性だったティファニーには、選択肢はごくわずかしかなかった。コテッジを失うならと、異母兄になりすまして彼の仕事に就くことにした。子どものいる寡婦として、ミセス・エイブルの選択肢はもっと少ないだろう。

ティファニーは手を差しだした。「あなたを家政婦として雇えたらわたしもありがたいです、ミセス・エイブル。ですからあなたも息子さんも、ここを自分の家だと思ってくださいね」

ミセス・エイブルは笑みを浮かべ、手を伸ばしてティファニーと握手した。「ありがとうございます、ミス・ウッダール」

ふたりで慎重に、狭い階段をおりた。下階《した》の客間でトーマスが待っていた。ティファニーには父親も男きょうだいもいないので、新郎に引き渡す役目を彼が担うことになっている。

「きらきら輝いていますね、ティファニー」トーマスはそう言い、腕を差しだした。

ティファニーはにっこりと笑ってその腕を取り、ふたりで馬車へと向かった。トーマスは彼女を先に乗せ、ミセス・エイブルが息子とナットを連れてくるのを待つ。トーマスの手を借りて三人も乗りこみ、五人はアストウェル・パレスへ向かった。

キャサリンは結婚式をお屋敷の舞踏室で開くことにしていた。というのもシャーリー牧師に司式を依頼すれば、式全体が台無しになると考えたからだ。ティファニーはこれ以上ない

ほど、彼女に同意した。一方でおどろいたことに、キャサリンはティファニーのかつての友人で、サリー公爵夫人のテスを招待していた。故人となった夫と関係を持っていたテスのことを、キャサリンは憎んでいると思っていたのに。彼女はテスの息子のテオフィロス卿も招待していた。最近、聖職に就いたばかりの彼に、司式を依頼したのだ。

理由を尋ねたティファニーに、キャサリンは肩をすくめただけだった。「わたくしの手紙に返事をくれたのは彼女だけだったもの。それに、友人としての彼女が懐かしかったの。しかもわたくしたちはふたりとも、世間から冷遇されているでしょう。耐えるならいっしょのほうがいいわ」

結婚式のために新しいドレスを持ってきてくれたのはテスだった。ティファニーがこれほどすてきなドレスを用意しようと思ったら、一年分の給金を使うことになっただろう。

馬車に揺られてのアストウェル・パレスまでの道のりは、あっという間だった。ティファニーの脈は激しく打ち、胃がねじれている。怖れているからではない。希望のせいだ。馬車をおりるのに、トーマスが手を貸してくれるのを待つこともどかしかった。ナットを残してミセス・エイブルとその息子のピーターがおりると、ティファニーは待ちきれずに立ちあがった。ナットを抱いて式場まで行きたかったけれど、花嫁は赤ん坊を抱いていてはいけないと、キャサリンからすでに三回も念を押されていた。

トーマスがまたティファニーに腕を差しだし、ふたりでゆっくりとお屋敷の正面玄関へ向かう。フォード執事がいつものように全身に威厳を漂わせ、両開きの扉を開ける。ティファァ

ニーとトーマスはそのまま舞踏室へと進む。これまで、ちらりと覗いたことしかない部屋だ。ふたりのフットマンが両開きのドアを開けたけれど、そこが大理石でできた大きな舞踏室だとはわからなかった。ティファニーがよく事情を知らなければ、これほど多くの花を目の前にして、自分は庭園にいると思ったことだろう。おそらくキャサリンは、温室につぼみひとつさえ残していない。椅子が何列にも整然と並べられ、部屋の前方の、本物の庭園につづくフレンチドアの近くに、白いリボンと花で飾られたウェディング・アーチが置かれていた。

サミールがそのアーチの下に立っている。銀の糸で刺繍が施された青いシルク製の新しいスーツを着て、それとおそろいの靴を履いた彼は、これまでになくハンサムだった。その姿にティファニーの呼吸が止まる。ドーノワ伯爵夫人の妖精物語に出てくる王子さまみたい。ちがう、彼は実在する生身の人間よ。そして、じきにわたしの夫になる！

ミセス・エイブルと男児ふたりは、いちばんうしろの席に座っていた。ティファニーはあらためて、あまりのひとの多さにおどろく。学生時代の古い友人で公爵夫人のテスがいる。彼女から一列だけあけたところにはホイートリー家政婦長と、フォード執事の妻のルドミラの姿も見える。お屋敷のメイドやフットマンや庭師はみな、晴れ着姿でおめかししている。控えめながらも美しい光景だった。

キャサリンは立ったまま、通路に近いところに置かれた鉢植えの載った台を移動させるよう、フットマンのひとりに指示していた。彼女の装いは、シャンパン色のシルク地のサック・バック・ガウンだ。ゆったりとしたレースの袖は肘までの長さで、フープ・ペチコート

でスカートを膨らませている。そして、ティファニーがこれまで見た中でいちばんヒールの高い靴を履いていた。ティファニーの姿を見ると、キャサリンの目は眉につくほどまでに見開かれた。キャサリンが地元の楽団に合図して、音楽がはじまる。弦楽器の出した最初の音は音程がずれていたけれど、すぐにティファニーのお気に入りの『アメイジング・グレイス』を美しい旋律で奏ではじめた。彼女はトーマスといっしょに足早に最前列へ向かい、テスの隣に腰をおろした。テスの着ているエメラルドグリーンのシルク地のドレスもまた、まばゆいばかりだった。郊外の結婚式ではなく、宮殿に着ていくほうがふさわしそうな一着だ。

トーマスは腕に置かれたティファニーの手をぽんぽんと叩いた。「準備はいいですか?」

お母さまがここにいてくれたら、とティファニーは思わずにいられない。母親は、いまのティファニーよりも若い年齢のときに亡くなっていた。哀しいけれど、父親や異母兄がいないことは残念ではない。ふたりとも心が狭く、サミールのことは褐色の肌の色でしか判断できなかったはずだから。それに、ふたりがティファニーの失敗や性格の欠点を許すことはなかっただろう、トーマスがそうしてくれたようには。まさに、彼女を救うためになにもかも投げだしてくれた友人以上に、付き添ってもらうにふさわしい人物はいないということだ。

ティファニーは頭をうなずかせて答えた。「ええ」

参列者はウェディング・マーチに合わせて立ちあがった。姉のエミリーと並んで座るメアリに気づいて、ティファニーは笑みを見せた。たぶん、ひとは変われる。それはゆっくりで痛みも多く伴うけれど、変化は訪れる。

トーマスがティファニーの手を取って、サミールに引き渡す。ティファニーはサミールに向かって大きな笑みをずっと浮かべたままで、おかげで頬が引きつった。ふたりの前には、いまは牧師だけれど間もなくメソジストの伝道者になるテオフィロス卿が、小さな黒い聖書を持って立っていた。厳めしい雰囲気をまとっていても、顔いっぱいに歓びが表れている。明るい青色の目と、鬘を被っていない生来の濃い色の髪に、テスの面影が見えた。

楽団が最後の音を奏で終え、テオフィロス卿が咳払いをして話しはじめる。「神は愛であり、愛に住む者たちは神の中に住み、神はその者たちの中に住んでいます」

若い牧師の結婚に向けたお説教は簡潔で、最初から最後まで神の愛について語っていた。年配のシャーリー牧師にこの若者を見習う気概があればいいのに、とティファニーは思った。

「父と子と精霊からなる神の御前に」テオフィロス卿ははっきりとした大きな声で言った。「わたしたちはみな集い、サミール・ラスロップとティファニー・ウッダールの結婚を目撃し、ふたりへの神のご加護を祈り、その歓びを分かちあい、ふたりの愛を祝福します」

サミールは鼻をぐずぐずさせ、片方の頬を涙が流れおちた。焦がれるような表情を向けられ、彼は哀しいからではなくうれしくて泣いているのだとティファニーにはわかる。彼は必死に感情を抑えようとしているけれど、ティファニーはそうしなかった。涙を流しながら笑みを浮かべた。

テオフィロス卿が手に持った小さな聖書を閉じる。「では、おたがいに結婚の誓いを述べてください」

サミールはティファニーの手をしっかりと握った。「わたし、サミール・ラスロップはティファニー・ウッダールを妻として迎え、神の聖なる法によって死がふたりを分かつまで、きょうからずっとともに過ごし、支え、良いときも悪いときも、豊かなときも貧しいときも、病んだときも健やかなときも、彼女を愛し慈しむことを、神の御前で誓います」

ティファニーもおなじ誓いを述べた。ひと言ひと言が、ふたりでともに目指す未来の約束だ。

トーマスがサミールにダイアモンドのクラスターリングを渡した。サミールは新しい指輪を買うと申し出ていたけれど、この指輪こそが、これまでのティファニーのすべてと、こうなりたいとティファニーが願っていたあらゆることと結びついている。

サミールはその指輪を、ティファニーの左手の薬指に嵌めた。「わたしの身体をもってあなたを敬い、わたしのすべてをあなたに捧げ、わたしの持つすべてをあなたと分かちあいます……」

そのことばは、ほかの結婚式のときに何千回となく口にされてきただろう。けれどティファニーにとっては新鮮で、希望に満ちたものだ。金の指輪をサミールの指に嵌め、いまや彼は自分の夫であるというその象徴に、身体がぞくぞくした。彼はこれからもずっとわたしの夫よ、と。

式のその後のことは、ぼんやりとした光と幸せと神の愛の中で過ぎ、テオフィロス卿が最後の祈りのことばを口にした。

メアリが立ちあがって叫ぶ。「キスはしないんですか？」

ティファニーは思わずにやりとしてしまった。参列者が声をあげて笑う。サミールがティファニーの顔を覆うヴェールを上げ、彼女の口唇にそっと口唇を触れると、腕の中に彼女をぐいっと引き寄せ、ずっと深いキスをした。ティファニーはそのキスを全身で受けとめた。

ようやくふたりは身体を離し、サミールがティファニーの腕を取って通路を進み、部屋の後方へと歩いていった。ボーは花びらをいっぱいに詰めたバスケットを持っている。その花びらをティファニーの顔めがけて投げる。ティファニーは顔をそらしながら、けらけらと笑った。世話を任されたたいせつな少年はいつだって、公爵というよりは海賊だ。

エピローグ

一七八六年一月二十七日の午後、本来なら寒い日のはずだけれど、じっさいはちがった。ティファニーはハンカチーフで額《ひたい》の汗を拭ったものの、まだまだ炎に灼かれているように感じた。

「もっと息みなさい、ティファニー。一日じゅうはつきあっていられないわよ」キャサリンが言う。

「落ち着いてくださいな、奥さま」ミセス・バログが言い、クロスの水を絞ってからティファニーの顔に置いた。「赤ちゃんは準備ができたら出てきますから」

公爵夫人はため息をつく。「でも、わたくしはもう準備できているわ」

「わたしもよ」彼女の隣の椅子に座るテスも同意した。「赤ん坊が生まれるまでに、これほど時間がかかることをすっかり忘れていたわ。夜、夕食をすませたあとに来ればよかった」

できればそうしてほしかった、とティファニーは思った。たいせつな友人ふたりは、それぞれのお屋敷にいるときはとても頼もしい存在だけれど、この小さなコテッジではまったくあてにならない。キャサリンはトーマスに言いつけて、客間から椅子を二脚、ティファニー

の寝室まで運ばせていた。おかげで彼女たちは、女王が宮殿でお芝居を鑑賞するかのように、出産のようすをまじまじと眺めていられるというわけだ。

キャサリンが扇子でぱたぱたと自分を扇ぎながら言った。「わたくしは女の子がいいわ」

「わたしもずっと女の子がほしかったの」テスも口をそろえる。「あなたのフットマンに言って、紅茶を持ってきてもらえない？」

陣痛がまたはじまった。あまりにも強烈で、ティファニーは息もできない。身体全体が張りつめ、縮こまった。目をぎゅっと閉じてうめき、それから苦痛の叫び声をあげる。そのとき、手を片方ずつ握られたような気がした。目を開けると、一方にキャサリンの、もう一方にテスの姿が見えた。いちばん必要としたときに、ふたりはそばにいてくれる。

「さあ、身体じゅうの力を振りしぼって息んでください、ミセス・ラスロップ」ベッドの足元のほうからミセス・バログが声をかける。

ティファニーはもういちど叫ぶと、赤ん坊が産道を通れるよう、身体のあらゆる部分を動かした。

ミセス・バログはにっこりとした。「出てきましたよ。頭が見えます。さあ、もっと息んでください」

ふたりの友人の手をしっかりと握りしめ、ティファニーはうめきながら、赤ん坊を外に出すために精力のすべてを使った。

「頭が見える。髪の色がとても濃いわ！」テスが言った。

キャサリンはベッドの足元のほうに首を伸ばした。「肩が見えたわ。あら！　女の子よ！　やったわね、ティファニー」

女の子。

娘。

ティファニーは笑みを浮かべながら、目の涙を拭った。赤ん坊の泣き声が聞こえる。この世界でこの子がはじめて発した音。ミセス・バログがリネンで赤ん坊をくるみ、ティファニーに渡した。赤ん坊にはまだ血がついたままだ。濃い色の巻き毛に何度もキスをした。どこもかしこも巻き毛だわ！　顔はまん丸で赤ん坊らしいけれど、サミールの目の特徴を受け継いでいることがわかる。完璧な赤ん坊だ。

ミセス・バログはふたりの公爵夫人を部屋から追いだした。それから後産に対処し、ティファニーと赤ん坊、ふたりの身体をきれいにした。だれも見物人がいないところで娘にはじめての母乳を飲ませられて、ティファニーはありがたく思った。

「ミスター・ラスロップを呼んできますね」ミセス・バログが言った。「まず彼に来てもらうのがいちばんですもの。そうしないと公爵夫人はおふたりとも、赤ん坊を抱っこさせる順番を譲りませんよ。紛れもなくお父さんは彼なのに」

疲れ切っていたけれど、助産婦であるミセス・バログのことばが的を射ていることに、ティファニーの口唇の端はあがったままだった。ミセス・バログが部屋を出てドアを閉めると、一分もしないうちに、ナットを抱いたサミールが寝室にやってきた。妹と並んだ兄は、とて

も大きく見える。彼の丸い頭には綿毛のような髪しかなく、ぷくぷくした手を拳にして熱心に吸っていた。

ナットは母親を見ると、父親の腕の中から飛びだそうとした。ティファニーは娘を片腕に抱き、もう一方の腕を息子に向けて広げた。サミールがナットを慎重に彼女の肩に乗せる。ナットはティファニーに身体をすり寄せた。彼女は子どもたちを両手に抱き、これまでにない満たされた気持ちになる。

サミールはにこにこしながら、ベッドの端に腰をおろした。そうすれば赤ん坊の顔が見える。「娘だ。ぼくたちの家族が必要としていたよね。ああ、ティファニー。この子は何て美しいんだ」

ティファニーはもういちど、娘の額にキスをした。それから息子にも。「この子はお父さんそっくりよ」

ティファニーの夫はやさしく娘の髪をなでた。「生まれたばかりのときは、どれほど小さいかを忘れていたよ。名前は決めた？　キャサリンとテスが現れて、ふたりのどちらかの名前をつけるよう言いださないうちに決めたほうがいい」

ティファニーは頭を揺らしてけらけらと笑った。「わたしたちの母親の名前をつけられたらいいと考えていたの。プーリヤ・エリザベス・ラスロップよ」

サミールはティファニーの額にキスをし、それから娘の額にもキスをした。「エリザベスでいるほうがこの子は生きやすいだろうね、プーリヤよりは」

「かもしれない。でも、インド人の血を引いていることを誇りに思ってほしいの。わたしたち家族と、自分が何者であるかを誇ってほしい。わたしたちがそのことを隠そうとしたら、それはなにか恥じるべきものだと娘に宣言することになるわ」

髪をうしろになでつけ、サミールは笑みを浮かべた。「自分の名前をつけられた孫を持って、母が生きていたら名誉に思っただろう」

ティファニーはハンサムな夫の顔を見上げた。肩をうしろに引き、誇らしい表情を浮かべている。つぎに彼女は息子に目をやり、それから娘を見た。ティファニーははじめて信じられた。童話の〝それからみんなで幸せに暮らしました〟を。

著者覚書き

ジョン・ニューベリー（一七一三年〜一七六七年）は児童文学の父と目されています。子ども向けの優れた文学作品に贈られるニューベリー賞は、彼の名前を冠した賞です。ニューベリーの最初の児童書『小さなかわいいポケットブック』（一七四四年）は教訓を与えるのでなく、子どもたちを楽しませることだけを意図して書かれました。じつに斬新な考えですね！　また、その本は小型で、子どもの小さな手にぴったりでした。彼が『靴ふたつさん（原題：*The History of Little Goody Two-Shoes*）』（一七六五年）を執筆および／または出版したことで、〝goody two-shoes〟はその敬虔《けいけん》なヒロインにちなみ〝善良なひと〟を表す成句になりました。

〝妖精物語〟はマリー＝カトリーヌ・ル・ジュメル・ド・バルヌヴィル、ドーノワ男爵夫人によってつくられたことばです。彼女はドーノワ伯爵夫人という名前でも知られています。〈灰だらけのフィネット〉（一六九七年）をはじめ、フランスで多くの妖精物語を著しました。〈灰だらけのフィネット〉とおなじ年にフランスで出版されたのが、シャルル・ペローの有名な『シャルル・ペローの童話集／マザー・グースが教訓とともに語った、むかしのお話』

です。〈サンドリヨンまたは小さなガラスの靴〉、〈眠れる森の美女〉、〈親指小僧〉、〈猫の親方または長靴をはいた猫〉、〈とさか頭のリケ〉、〈青ひげ〉、〈仙女たち〉、〈赤頭巾ちゃん〉が収録されています（各話のタイトルは、『眠れる森の美女　シャルル・ペロー童話集』村松潔訳／新潮文庫から）。

あらゆる物語が〝童話〟のような終わりを迎えるわけではありません。十八世紀のイギリスでは、離婚はめったにありませんでした。しかも高額な費用がかかり、イングランド国教会か議会の法令を通じてのみ可能でした。階級の低いひとたちにとって、離婚は非現実的だったのです。〝妻売り〟については、トーマス・ハーディの『カスターブリッジの市長』（上田和夫訳／潮出版社）を読んではじめて知りました。ハーディによると、売られた農民の妻にとって〝購入者は彼女が忠実に従った最初の相手ではなく、最後でもなかった〟ようです。ダニエル・プールは、一七五〇年から一八五〇年のあいだに〝イギリスの地方では、このような自前で行なわれた離婚が三百八十件ほどあった〟と指摘します。記録では、妻は首に縄を巻かれて会場まで連れていかれたということです。

裁判で被告が自らを守るための意見を述べることは、一八九八年になるまで認められていませんでした。ダニエル・プールによると、被告は一八三九年まで、自分に不利な〝証拠の記録〟を見ることもできなかったようです。本書でティファニーとトーマスは、サー・ウォルター・アブニーがサミールに対してどんな証拠を握っているのか、まったくわからないままでした。十八世紀、裁判は迅速に行なわれ、判決はさらに迅速に出されました。絞首刑の場には、何千という見物人が集まることもありました。一八四九年、殺人を犯したある夫妻

の処刑には、三万人以上が押し寄せたそうです。公開処刑は一八六八年までつづきました。

トーマス・モンターギュが治安判事に任命されたエピソードは、ジョージ王朝に実在したナサニエル・ウェルズという黒人男性をモデルにしています。彼はチェプストウにピアースフィールド・ハウスを購入し、一八〇三年、治安判事に任命されました。そして一八一八年、モンマスシャーの副知事になりました。

特別な許可があれば、カップルはいつでもどこでも結婚することができましたが、それには費用がかかり、大司教とのコネがある人物が必要でした。幸いにもボーフォート公爵夫人であるキャサリンは、財力とコネ、どちらも持ちあわせていました。おかげでサミールとティファニーは、〝それから幸せに暮らす〟結婚をすることができたのです。

Boreman, Thomas. *Curiosities in the Tower of London about his Majesties animals in the Tower Zoo*. Second edition. London: Tho. Boreman, 1741.

Boreman, Thomas. *Gigantick Histories*. [volume the second. Which completes the history of Guildhall, London. With other curious matters]. London: Tho. Boreman, 1741.

Boreman, Thomas. *Three Hundred Animals*. [A Description of Three Hundred Animals; viz. beasts, birds, fishes, serpents, and insects. With a particular account of the whale-fishery. Extracted out of the best authors, and adapted to the use of all capacities . . . Illustrated with copper plates, etc.]. London: R. Ware, 1753.

Cooper, Mary. *Tommy Thumb's Pretty Song Book*. Volumes I and II. London: Mary

Cooper, 1744.

D'Aulnoy, Comtesse. *Marie-Catherine Le Jumel de Barneville*. 〝Finette Cendron〟 [〝Cunning Cinders〟]. In Les Contes des Fées. Paris: 1697.]

Newberry, John. *A Little Pretty Pocket-Book, intended for the Amusement of Little Master Tommy and Pretty Miss Polly with Two Letters from Jack the Giant Killer*. London: J. Newberry, 1744.

Newberry, John. *The History of Little Goody Two-Shoes; otherwise called, Mrs. Margery Two-Shoes. With the means by which she acquired her learning*, etc. London: J. Newberry, 1765.

Perrault, Charles. 〝Englished by G. M., Gent.〟 *Histories or Tales of Past Times, told by Mother Goose, with morals*. London: 1719. [French publication in 1697]

Pool, Daniel. *What Jane Austen Ate and Charles Dickens Knew*. New York: Touchstone, 1994.

Samber, Robert. *The Original Mother Goose's Melody* [To which are added the "Fairy Tales of Mother Goose," first collected by Perrault]. London: John Newberry: 1760. [Samber's original translation is 1729.]

Swift, Jonathan. *Gulliver's Travels, or Travels into Several Remote Nations of the World. In Four Parts. By Lemuel Gulliver, First a Surgeon, and then a Captain of Several Ships*. London: Benj. Mott, 1727.

謝辞

読者のみなさん、ロマンスの要素と童話の要素を交えた、心温まる殺人ミステリを愉しんでいただけましたか。みなさんの応援には、とても感謝しています！　レビューを書いたり、ソーシャル・メディアで作品を拡散したり、お友だちに勧めてくれたりして、ありがとうございました。口コミの宣伝効果はなににも勝ります！　売りこんでくれた販売促進チームのみんなに、心からの感謝を。本好きのひとたちが集まる、ブログ、ＴｉｋＴｏｋ、インスタグラムなどで紹介してくれたすべてのみなさん、ありがとう。みなさんの蔵書の一部になれて幸せです。

　これが妖精物語なら、わたしの妖精はフェイス・ブラック・ロスということになります。彼女はおどろくべき洞察力のある、とてつもない編集者です。表紙を描いてくれたイラストレーターのサラ・ホーガンに、心からのありがとうを贈ります。この表紙は本物の魔法です。ドゥルセ・ボッテロと驚異的な販売チームのみなさんにも、ありがとうを贈ります。みなさんはわたしの作品の評判を広めてくれました。それも、魔法の杖を使うことなく。クルックド・レーン・ブックスのレベッカ・ネルソンとタイ・ファンタウジ・ペレスが、あらゆる点

で力になってくれたことをとてもうれしく思っています。

エージェントのジェン・ネイドルとアンター・エージェンシーの舞台裏での大活躍は、ほんとうにありがたかったです。

父にはとても感謝しています。父は毎晩、姉のステイシーとわたしに、ベッドで本を読んでくれました。わたしたち姉妹は『マザー・グースのおとぎ話』を持っていましたが、それが三百年もまえに書かれたものだとは思ってもいませんでした！　わたしたちは成長すると、いちばん上の姉のシェリーを〝灰だらけのシェリー〟と呼ぶようになりました。家の手伝いをいちばんがんばっていたからです。妖精物語やその登場人物は永遠なのです。母はわたしたちを連れてしょっちゅう公立の図書館に行っていたので、そのうちそこで仕事をするようになりました。本はいつだって、人生のたいせつな一部でした。

わたしは童話が大好きですし、わたしだけの愛しい王子さまもいます！　ジョン、あなたはドラゴンを相手にするにはなんとも頼りないと思うけれど、コンピュータの問題だったら、まさにお手のものよね。靴を片方だけ履いて暮らしていた『靴ふたつさん』のマージェリーのように、わたしには四人のおどろくべき子どもがいます。アンドルー、アリヴィア、アイザック、そしてヴァイオレット。〝そして幸せに暮らしました〟にしては、洗濯や食器洗いの回数は思っていた以上に多いけれど、それもまた、すてきなことです。ただし、数学の新しい問題をどう解くかはべつ。あれは邪悪な魔女か悪い妖精の発明にちがいありません。

わたしと、わたしの執筆活動を支えてくれる現実の世界の友人たち、そしてユタのすばら

しい作家コミュニティのみなさんの存在は、ほんとうにありがたく思っています。おたがいを高めるために助け合う、才能あふれるひとたちばかりです。みなさんのことば、みなさんの世界とそこを満たす物語に感謝します。

あなたの人生の新しいページが、最高のものになりますように。

読書会での質問集

1. サミールはなぜ、自分の過去をティファニーに打ち明けなかったのでしょう？　秘密にしていた彼を、あなたなら許せますか？
2. ボーフォート公爵夫人であるキャサリンは、ティファニーにとってよい友人でしょうか？
3. カーロ・アンスティは性暴力の被害者です。にもかかわらず、彼女の父親は娘にまったく落ち度がないことを信じませんでした。いまのわたしたちは、性暴力の被害者を信じるでしょうか？　あるいは、服装、話し方、行動のせいだと、そのひとたちの責任にするでしょうか？
4. イーヴィ・コラムは同情できるキャラクターでしょうか？
5. ティファニーは〝愛するひとを守るために、ひとはとんでもないことをすることもある〟と考えています。あなたは同意しますか？　愛が動機であれば、悪いことや犯罪行為も正当化されるでしょうか？
6. サー・ウォルター・アブニーが受けた判決は妥当でしょうか？

7. 十八世紀のイギリスで離婚することはむずかしく、また、多額のお金も必要でした。そのため、一般的なひとが離婚することは不可能でした。〝妻売り／自前での離婚〟について、あなたはどう考えますか？　容認しますか、非難しますか？

8. 「許すということは、相手を自分の人生や家の中に留めておかなくてはならないということではない」とサミールは囁きました。「それに許すということは、相手からくり返し傷つけられることを受け入れるということでもない。ほんとうに許すということは、変わり成長する機会を相手に与えることだ。まさにきみは、メアリ・ジョーンズとジェシカ・デイにその機会を与えたじゃないか」とも。あなたは同意しますか？　ティファニーはメアリをブリストル・コテッジに住まわせておくべきだったでしょうか？　あなたにとって、許すとはどういうことですか？

9. ティファニーの人生は『靴ふたつさん』のマージェリーや〈灰だらけのフィネット〉のフィネットと、どういう点が似ているでしょう？　ティファニーの迎えたエンディングは、彼女にふさわしいものでしょうか？

10. バーナード・コラムの死は、どういうところが〈赤頭巾ちゃん〉の物語と似ているでしょうか？　本書の冒頭で引用した〝狼〟と彼には、どのような共通点があるでしょう？　判事と陪審員によって正義がもたらされたと思いますか？

訳者あとがき

〈英国貴族の本棚〉シリーズの二作目をお届けします。このあとがきでは内容に触れていますので、気になる方は本編を先にお読みください。

前作でティファニーは、ボーフォート公爵家で図書係を務めていた異母兄が亡くなると、彼になりすますという大胆な行動に出ました。住んでいるコテッジと収入を失わないためにです。そうして仕事をはじめた矢先、公爵家で殺人事件が起きます。彼女はみごとに真相を突きとめ、公爵夫人にたいそう感謝されました。その結果、コテッジを譲られ、ティファニー自身として図書係の仕事をつづけることになりました。本作でティファニーは、ロンドンの学校に預けられていた公爵夫人の息子、ボーの教育係も任されています。てんてこ舞いしながらも幸せな日々を過ごしつつ、思いを寄せる書店主のサミールとの関係がはっきりしないせいで、不安を募らせてもいます。そんなとき、彼女はまたもや殺人事件に巻きこまれてしまうのです。しかも、容疑者はサミール。愛するひとを救うため、ティファニーはふたたび、事件の真相に迫るべく奮闘します。

事件解決への過程で、公爵家のフォード執事について明らかになった事実には訳者もおどろきましたし、〝妻売り〟という慣習が存在したことは、にわかには信じられませんでした。本作のエピソードのように、売られたことでつらい状況を抜け出せたひともいたかもしれませんが、じっさいは、さらにつらい状況に追いこまれたことのほうが多いようです。物語を通じて、当時の貴族だけでなく庶民の生活の実態を知ることができるのも、本書の読みどころです。おどろいたといえば、サミールの過去も衝撃的でした。

一方、カーロとジェシカの身に起きたことには心からの憤りを覚えました。性別に関係なく、そしてどんな状況であっても、「NO／いやだ、やめろ」は明確な拒絶だということを、だれもが承知しておくべきだと思います。

ティファニーがボーのためにそろえようとする本のいくつかが、日本でもおなじみのものが多いことは、読んでいて心が躍ったポイントでした。時代を超えて、ティファニーやボーとおなじ物語を楽しめると考えると（謝辞の中で、著者もそう言っています）、本というもののすばらしさをいっそう実感できます。そして、小さな公爵のボーにはとても癒やされました。わんぱくで頭がよく、しかも思いやりがある六歳。末恐ろしいです。かならず、立派な公爵になってくれることでしょう。

本作では盛りだくさんの出来事があり、ティファニーには一気に家族が増えました。この先の物語はどう展開するのでしょう。三作目の情報はまだありませんが、いつかご紹介できればと思っています。

吉野山早苗

コージーブックス

英国貴族《えいこくきぞく》の本棚《ほんだな》②
公爵家《こうしゃくけ》の図書係《としょがかり》は恋《こい》をする

著者　サマンサ・ラーセン
訳者　吉野山早苗《よしのやまさなえ》

2025年　2月20日　初版第1刷発行

発行人　成瀬雅人
発行所　株式会社　原書房
〒160-0022 東京都新宿区新宿1-25-13
電話・代表　03-3354-0685
振替・00150-6-151594
http://www.harashobo.co.jp
ブックデザイン　atmosphere ltd.
印刷所　中央精版印刷株式会社

落丁・乱丁本はお取り替えいたします。
定価は、カバーに表示してあります。
 ISBN978-4-562-06148-8 Printed in Japan

ONCE UPON A MURDER
by
Samantha Larsen

Japanese translation rights arranged with CROOKED LANE BOOKS,
an imprint of the Quick Brown Fox & Company LLC
through Japan UNI Agency, Inc., Tokyo

装画／こより

英国貴族の本棚②

公爵家の図書係は恋をする

サマンサ・ラーセン　吉野山早苗 訳

Once Upon a Murder

by Samantha Larsen

コージーブックス